아프니까 사춘기다

A. 리하노프

아프니까 사춘기다

초 판 1쇄 인쇄 2011년 8월 20일
수정판 4쇄 발행 2013년 1월 10일

지은이 : 알베르트 리하노프
정 리 : 김 영 권
발행인 : 황 세 연
발행처 : 도서출판 **중원문화**
디자인 : EG디자인
인 쇄 : 한교원색
주 소 : 서울시 마포구 서강로 11-24
전 화 : 02-325-5534 FAX : 02-324-6799
 ISBN 978-89-7728-408-1(43890)

❈ 잘못된 책은 구입하신 서점에서 바꾸어 드립니다.
(파손된 책은 반품되지 않습니다.)

아프니까 사춘기다

A. 리하노프 지음 | 김영권 정리

СОЛНЕЧНОЕ ЗАТМЕНИЕ

by Альберт Лиханов 1976

Original Russian edition published by

"Молодая гвардия", Москва

이 책은 출판 저작권법 부칙 제4조에 의하여 법률적으로 보호를 받는 저작물이며 본사의 허락 없이는 무단으로 사용할 수 없습니다.

ⓒ Copyright 1987 by Jungwon munhwa Publishing Co.
Reprinted 2013 by Jungwon munhwa Publishing Co.

아프니까 사춘기다 ◆ 차례

- 이 책을 읽는 분을 위하여

1. 푸른 하늘을 닮은 소년 · 9
2. 고향은 사랑을 낳고 · 23
3. 아버지, 우리 아버지 · 37
4. 추억이란 이름으로 · 51
5. 네가 거기 있었어 · 69
6. 왜 어른이 되는 거죠 · 85
7. 행복의 꼬리를 붙잡고 · 103
8. 빗속에서 이루어진 사랑 · 117
9. 해가림 날 · 149
10. 행복은 어디에 있을까 · 173
11. 저녁 햇살을 타고 떨어지는 서러움 · 197
12. 창문을 열어봐 · 219
13. 눈물에 젖은 종이비행기 · 231
14. 쫓겨 가는 고향 · 241
15. 친구야, 나는 또 어디에서 쉴까 · 255
16. 아프니까 사춘기다 · 275
17. 잠들고 싶은 하루 · 291
18. 슬픔은 꿈을 타고 · 303
19. 어른이 될 때까지 · 325

이 책은 읽는 분에게

   이 책의 원저작는 러시아의 알베르트 리하노프(Albert Likhanov, 1935~현재)이다. 원제가 '해가림'['일식'日蝕]인 이 책은 의 1976년에 발표된 작품이다. 저자는 이 책외에도 사춘기 청소년을 위하여 많은 작품활동을 해오고 있다. 이 책은 소련정부시절 최고의 작품상인 '레닌 콤소몰상'을 수상한 바 있고, 1980년 이후 미국, 영국, 독일, 프랑스, 이탈리아, 일본 등 전세계에 번역 소개되어 소련의 생활상과 함께 청소년들의 아픔도 어른 못지않다는 메시지를 전세계 어른들에게 알리는 데 성공하였다. 저자는 지금도 「러시아 아동기금협회」 의장으로 활동하고 있으며 전세계 청소년들을 위하여 왕성한 작품활동도 게을리 하지 않고 있다.

   사춘기시절 세상이 한없이 좋아보였다가 다시 나락으로 떨어질 것 같았던 아픔을 겪고 있는 일들은 어른이 되고 있다는 증거이고 그 아픔이 있기에 인생은 아름다운 것이다. 삶이란 결국 불행과 행복이 해가림처럼 교차하지만 궁극적으로는 참된 행복을 찾아 노력하는 것이라는 깨달음을 이 책의 저자는 우리에게 전달하고 있다.

   휠체어를 탄 아름다운 소녀 레이나와 고독한 소년 페자 사이에 일어나는 사랑, 고통, 슬픔, 좌절, 반항을 다룬 이 책은 어려움에

선 젊고 투명한 첫사랑의 전율과 마음의 고통, 그리고 비애에 젖은 눈물과 정신적 승리의 환희가 한없는 생명력과 어우러져 있다. 그리고 사춘기 주인공들이 어른들과 세상을 바라보는 투명하고 예리한 안목은 우리 누구에게나 깊은 감동을 불러일으켜준다.

사춘기시절 서로 의지할 수 있는 사람이 있다는 것은 삶에 용기와 희망을 북돋아준다. 사랑을 느끼면서 그들은 서로를 의지할 수 있고, 그럼으로써 그들에게서 삶이란 이제 결코 외롭고 어두운 것이 아니라는 것을 알게 된다.

이 책의 주인공 레이나도 친한 친구의 갑작스런 죽음과 그로 인한 죽음에의 공포로 다시 헤어날 수 없는 절망의 구렁텅이로 떨어진다. 하지만 이러한 모든 불행도 레이나를 버려두진 않았다. 모든 부정은 스스로의 노력에 의하여 극복할 수 있다는 긍정을 심어준 페자가 있었기 때문이다.

페자는 인간은 결코 고독하게 살 수 없음과 자신을 의지하고 자신과 함께하는 사람에게는 끝까지 책임을 져야 한다는 것을 깨달음으로써 모든 절망과 불행을 행복으로 만들어 버린다.

절망과 고통으로 침몰해 가던 두 젊은 청춘은 삶을 그 자체로서, 그리고 그것을 슬기롭게 가꾸어나감으로써 참된 의미를 구축해 나갈 수 있다는 깨달음을 얻고 거기에서 그들 사이의 사랑의 가능성을 찾게 된다.

사춘기는 사랑과 아픔이 동시에 시작되는 시기이다. 어린 시절처럼 어른이 되면 잊어버리는 아픔이 아니라 장래를 결정하는 고민과 이성적 사랑을 느껴가는 그런 아픔을 앓기 시작하는 시기이다.

때문에 저항하고 좌절한다.

  이 책 속에는 저항하고 좌절하는 사춘기 청소년들에게 인생에 있어서 참된 가치란 무엇인가, 그리고 그런 참된 삶을 방해하는 것은 무엇인가? 그런 것들에 대한 명확한 답이 담겨 있다.

  마지막으로 이 책은 서울대학교를 졸업하시고 신목고등학교 등에서 교사를 역임하셨던 김용신 선생님이 번역하셨고, 이를 김영권 선생님께서 번안 정리하셨다. 이를 정리하는 과정에 성균관대학교 러시아어과 김수진학생의 큰 도움이 있었음을 밝혀둔다.

2011년 8월에
편집부

1. 푸른 하늘을 닮은 소년

10 아프니까 사준기다

푸른 하늘…….
조종사는 날고 싶을 때 날면 된다.
하지만 비둘기광은
그저 휘파람을 불면서
비둘기가 어지럽게 날아다니는 모습만을
바라볼 수 있을 뿐이다.
그때마다 비둘기광은
다만 사랑하는 마음으로 바라보기만 할 뿐,
하늘은 늘 갈 수 없는
먼 곳에 있다.
가끔 비둘기광은
비둘기가 아니라 마치 자기가
하늘을 나는 듯한 착각에
빠지기도 한다.
그때마다 비둘기광은
얼마나 애타게
푸르른 하늘을 갈망하는지
모른다.

1. 푸른 하늘을 닮은 소년

이곳은 이미 변두리라고는 할 수 없었다. 꽤 오래 전에 들어선 고층 아파트가 줄지어 서 있는 이 마을은 전체적으로 현대적 감각을 지닌 도시였다. 그리고 멀리서 보면 하얀 안개 저편으로 수많은 아파트가 어렴풋이 보이면서 멋진 장관을 이루고 있었다. 그리고 이 마을을 바라보노라면 무언가 꼭 좋은 일이 생길 것만 같았다.

그러나 막상 길을 따라 마을로 접어들면 제일 먼저 커다란 건물과 마주친다. 누구나 멀리서 바라본 멋진 장관을 보고 아파트 건물 앞은 '넓게 펼쳐진 들판으로, 민들레가 피어 있고……'라고 생각할 것이다. 하지만 민들레 들판 대신 역시 아파트가 줄지어 서 있다. 그 앞도 또 그 앞도 끝없이 아파트가 줄지어 서 있다. 이 단지를 빠져나오려면 힘이 쭉 빠질 지경이다. 거기다가 넓은 아스팔트 길 때문에 눈마저 이상해질 것 같았다.

중앙도심과 신시가지 중간쯤에 있는 이 마을에 일단 들어서게 되면 마을은 멀리서 보기와는 영 딴판이었다. 아파트 주변에는 아직도 낡고 자그마한 허름한 집이 군데군데 흩어져 있었다. 큰 아파트 옆에 앉은뱅이처럼 납작하게 엎드린 이 허름한 집 사이를 헤집고 지나가면 아카시아 나무가 우거진 좁은 버스 길 옆에 송곳처럼 잡초가 삐죽삐죽 돋아나 있는 공터가 나타난다. 봄이면 민들레가 피어나고 가지를 축축 늘어뜨린 늙은 버드나무가 길바닥에 솜 같은 꽃가루를 흩뿌려 마치 융단을 만들어놓은 것 같기도 했다.

길옆의 버드나무와 아카시아 나무가 빽빽이 들어선 숲과 고요한 공기가 도시의 소음과 번잡함을 가로막아 주었다. 그래서인지 마을은 무척 조용했다. 때로는 사람들로 북적대는 소란스런 도시란 사실을 잊어버린 채, 한적한 시골 마을에라도 와 있는 듯한 착각이 들 성싶었다. 도심에서 버스를 타고 온 사람들은 물건보따리나 손가방 등을 들고 정류장에서 아카시아 가로수길까지는 종종걸음으로 바삐 오다가도 이 지역에 들어서면 갑자기 자기도 모르게 발걸음을 늦췄다. 그리고 문득 새삼스럽다는 듯 주위를 둘러보면서 어쩐지 마음이 부드러워지는 걸 느끼는 것이다. 마을은 늘 편안하게 사람들을 맞이했다. 이곳은 다른 숨결, 다른 리듬이 숨 쉬고 있기에 이곳에 들어선 사람들은 모두 똑같은 생활의 율동을 요구받기 때문일 것이다.

그러나 오직 한 사람, 페자의 아버지만은 달랐다. 그는 평소보다 더욱 빠른 걸음으로 아카시아 가로수길을 빠져나와 자기 집 쪽으로 내닫곤 하는 것이다.

페자는 언제나 비둘기집 옆에 앉아 꼼짝도 않고 마치 아버지를 힘껏 지키겠다는 듯이 아버지를 기다리고 있었다.

아버지가 오가는 길가에는 합판으로 벽을 두르고 노란색 플라스틱 골판재로 지붕을 얹은, 아마도 이 지역에서는 가장 현대적인 듯싶은 이동식 맥주가게가 있었다. 이 집에는 언제나 사람들이 들끓었다. 퇴근 무렵 시작되는 술판은 해가 저물고 밤이 깊어져도 끝날 줄을 몰랐다. 그 맥주집을 바라보는 페자의 마음은 늘 우울했다. 고성방가와 어른들의 거친 욕지거리와 때로는 주먹질이 오가는 그곳은 단순히 그 도시 안의 일정한 공간을 차지하는 장소만은 아니었다. 페자는 그곳에서 이미 인생의 서글픈 한 단면을 읽었던 것이다.

아아! 인생. 아직 어린 페자였지만 그의 짧은 삶 속에서 이미 인생의 서글픔과 실망을 가슴속 깊이 간직하고 있었다. 학교 성적은 밑바닥을 맴돌았고 그가 기르는 비둘기 때문에 다른 사람과 싸우기도 했었다. 페자로선 어쩔 수 없는 일이었고 그때마다 아버지에게 호되게 맞기도 했다. 하지만 그런 것은 아무래도 좋았다. 아무리 불쾌하고 분한 일이라 할지라도 저 지긋지긋한 맥주집에 비하면 하찮은 상처에 불과했다. 그 어느 것과도 비교할 수 없이 가슴을 짓눌러오는 아픔은 오직 아버지에 대한 연민이었다. 자신의 아버지가 욕을 보는 것만큼 고통스러운 일이 또 어디에 있을까. 페자는 자주 아버지를 떠올렸고, 그럴 때면 늘 깊이를 알 수 없는 우울함이 밀려왔다.

아버지는 다 낡아빠진 신발을 신고 계셨다. 그 낡은 신발처럼 아버지의 모습도 초라해 보였다. 퇴근 무렵이면 아버지는 항상 가죽이 벗겨져 속이 허옇게 드러난 구두로 먼지를 일으키면서 변함없는 자세로 힘차게 집을 향한다. 버드나무에도, 푸른 풀잎에도, 하늘의 구름에도 눈길 한 번 주지 않고 뭔가 심각한 일이라도 생각하고 있는 듯 발밑을 응시하며 긴장된 태도로 바람처럼 달려간다. 페자도 아버지에게서 눈을 떼지 않는다. 페자의 감시도 종종 효력이 있어, 아버지가 맥주집을 들르지 않고 그냥 지나치는 경우가 있는 것이다. 원래 아버지는 맥주집을 그냥 지나치면 곧바로 의기소침해져 동작도 느릿해지고 긴장된 마음도 늦춰지곤 했다. 그러나 페자가 한눈을 판다든지, 비둘기 쪽으로 눈길을 보내든지, 어떤 다른 일을 생각하거나 하면, 아니 때로는 아버지에게서 눈을 떼지 않고 있을 때조차도 항상 그 지긋지긋한 일이 되풀이된다.

"어이!"

맥주집에서 쉰 목소리가 튀어나오고, 뒤이어 늘 똑같은 시비가 시작된다.

"존! 선창에서 오는 건가?"

그 정도는 점잖은 편이다. 곧 이어 욕지거리에 가까운 빈정거림이 와 꽂힌다.

"양키! 이쪽으로 와서 실컷 처마시라구."

그러면 맥주집 주위에 모여 있던 사람들은 맥주집이 떠나갈 듯 발을 구르며 웃음을 터뜨렸다.

"누구야, 엉? 양키라고 떠든 놈이, 어떤 녀석이야?"

아버지는 당장이라도 싸울 듯한 기세로 노기등등하게 외쳐대지만 그러면 그럴수록 술꾼들은 재미있다는 듯 여유를 부린다.

"그만둬, 게러. 아, 다 자네가 좋아서 그러는 건데 뭘 그러나? 그러지 말고 자자, 와서 한 잔 하세."

겨우 이 따위 말 한마디에 아버지는 금세 온순해져서 그만 입을 다물고 만다. 그러고선 밤늦게까지 맥주집에서 비틀거린다. 그런 날이면 아버지는 밤이 이슥해서야 만취가 되어 흐느적거리며 집으로 돌아왔다. 아버지가 문을 열고 들어서는 순간 세 식구가 사는 집안은 온통 맥주냄새와 근심거리로 꽉 차버리는 것이다.

이제 아예 어머니는 울지 않는다. 그저 아버지를 불쌍하다는 듯이 바라볼 뿐이다. 어머니 자신도 널빤지처럼 바싹 말랐고 살갗은 거무스름하며 몸은 완전히 할머니처럼 보인다. 아버지는 아예 어머니를 외면하고 거친 숨을 내쉬면서 구두를 벗는다. 그러고 나서 변명을 시작한다.

"너무 그러지 말아, 토냐. 코가 삐뚤어지도록 취한 것도 아닌데 뭘 그래. 딱 맥주 한 잔만 했을 뿐이라구."

아, 아! 한심하고 불쌍한 아버지. 한 잔이라니. 마시고 싶으시다면 세 잔이든 다섯 잔이든 좋아요. 그래도 양이 차지 않으면 아예 병째 마셔도 상관없어요. 누가 뭐래요.

페자의 고민은 그런 게 아니었다. 아버지의 술버릇이 아니었다. 그런 건 아무려면 어때. 다들 그런데……. 페자는 아버지가 창피했던 것이다. 남자답지 못함이, 아버지의 그 패기 없음이 너무너무 치욕스러웠다.

아버지는 1930년대 어느 해인가 태어나셨다. 사람들이 놀리듯 아버지의 이름은 정말로 미국식 이름인 '존'이었다. 마치 옷이나 노래,

구두가 유행하듯 아버지가 태어날 무렵에는 아이의 이름을 정성스레 짓는 게 유행이었다. 게다가 당시엔 외국풍의 이름이 아주 인기가 있었다고 한다. 그래서 할아버지는 유행을 따라 아버지에게 '존'이라는 미국식 이름을 지어주셨다. 하지만 그 이름은 어느새 사람들의 빈축을 사기 시작했고, 아버지는 그런 자신의 이름을 무척이나 창피하게 여겼다. 전통 깊은 나라에서 미국풍의 이름이라니! 왜 하필이면 존이냔 말이야.

아버지는 지나간 시대의 우스꽝스런 유행 때문에 자신이 놀림감이 된 사실이 무척 억울했던지 러시아식으로 '게러'라고 이름을 바꾸었다. 하지만 마을 사람들은 모두 아버지의 옛 이름을 들먹이며 끊임없이 놀려대는 것이었다.

어머니는 아버지가 태어나서부터 지금까지 쭉 이 마을에서만 살아왔기 때문에 그런 우스운 꼴을 당하는 거라고 하셨다. 저 허풍선이 술꾼들이 어릴 때부터 친구 사이니 어쩔 도리가 없다는 것이다.

페자는 생각하고 또 생각해 보았다.

(그럴까? 정말 그래서일까! 꼭 지팡이를 짚고 다녀야 하는 저 호호백발 아저씨도 아버지와 어릴 때부터 친구 사이라고 했지. 빨강머리 아저씨도, 또 배불뚝이 아저씨도…….)

그들은 늘 아버지와 함께 넘쳐흐르는 맥주잔을 부딪치며 호탕하게 웃어젖히면서 무언가 얘기를 나누곤 했다. 그리고 페자는 비둘기집에서 그 광경을 지켜보았다. 그때마다 그들의 어릴 때 모습을 떠올리려 애써보았지만 번번이 실패하고 말았다.

저 사람들도 정말 조그만 아이였던 때가 있었을까? 페자는 그들의 모습이 우습기도 하고 신기하기도 했지만 무엇보다 꼴불견이라는 생각을 떨쳐버릴 수 없었다. 그래 저 패거리가 아버지의 어릴 때 친구들이라니……. 그건 그렇다고 치자. 어릴 때부터 지금까지 이 마을에서 살아왔고 그만큼 서로 잘 알고 있다고 치자. 그렇다고 해서 이름을 가지고 바보 취급을 하며 놀려도 된단 말인가. 게다가 머리가 하얗게 샐 정도로 나이를 먹었는데도 아직까지도 계속해서 놀리는 건 도대체 무슨 심보인가. 저 패거리에게 아버지가 뭘 잘못했길래? 듣고 싶다.

아버지의 친구들은 그렇지 않다. 그들 사이에서 흰 머리 아저씨는 '이반 스테파노비치'라고 부칭(父稱)*까지 붙여 정중히 부르고 있다.

다른 한 아저씨도 '프라토노프'라는 성을 부른다. 또 대머리 아저씨는 '에고르'라고 보통 러시아인 이름으로 부르는 것이다. 그런데 유독 아버지에게만 '양키'라고 한다.

"어라, 저게 양키 존이야……."

지금 그 나이에도 아버지는 변함없이 양키요, 그들의 놀림거리가 되고 있다.

맙소사……. 다른 사람 같으면 어떨까? 아마도, 어릴 때 일을 가지고 저렇게 막무가내로 놀려댄다면 그날로 인연을 끊어버릴 것이다. 그렇지 못할 바에야, 남이야 뭐라고 하든 말든 놀림 따위에는 신경도 쓰지 않고 맥주집 앞을 태연히 지나치기만 하면 되는 것이

---

* 러시아에서는 이름, 부칭, 성을 순서대로 붙여서 부르는 것이 정식 호칭이다. 이반 스테파노비치란 스테판의 아들 이반이라는 뜻이다.—역주

다. 불행하게도 아버지는 그럴 용기도 없었고, 그렇다고 무시하고 지나칠 수 있을 만큼 속이 넓은 것도 아니었다. 아버지는 너무나 소심한 사람일 따름이었다.

오늘도 저쪽 길모퉁이에서 아버지가 걸어 나왔다. 다른 때와 마찬가지로 조금도 한눈을 팔지 않고 집으로 힘차게 걸어가고 계셨다. 여전히 고개를 푹 숙인 채……. 그날, 페자는 절망스러운 기분으로 아버지를 바라보기만 할 뿐 더 이상 어쩌고 싶은 마음도 생기질 않았다. 드디어 아버지가 맥주집 앞에 다다랐다. 그 순간 대머리 아저씨가 소리쳤다.

"샘 아저씨!"

"헬로우, 존 아저씨! 이리 와서 한 잔 걸쳐요. 빚진 게 있으니까."

그러자 아버지는 갑자기 발에 무엇이 걸리기라도한 듯 멈춰 섰다. 그리고 싫다는 듯 페자를 향해 손을 흔들었다. 그러나 사람들은 그런 아버지를 가만두지 못하고 더더욱 빈정대기만 했다. 기어코 분을 이기지 못하고 아버지는 맥주집으로 달려가 크게 소리쳤다.

"어떤 놈이야, 샘 아저씨라고 한 게?"

그러자 맥주집 주위에 있던 사람들은 배를 잡고 웃음을 터뜨렸다. 온 마을이 떠나갈 듯이……. 어릴 적 세 친구뿐이라면 또 모르겠지만 그곳에 있는 사람들은 모두들 하나같이 떼를 지어 아버지를 놀리고 있는 것이다.

(아버지는……, 사람들의 삐에로다…….)

페자는 맥주집으로 달려가는 아버지의 뒷모습을 보면서 지그시 입술을 깨물었다. 분통이 터졌다. 페자는 자리에서 벌떡 일어났다.

그러고서는 도끼를 들고 미친 듯이 통나무를 패기 시작했다.

"에잇, 내가 알 게 뭐야. 죽는 수밖에 없지."

'죽는 수밖에 없지…….' 아버지가 술에 취해 돌아올 때마다 어머니는 늘 이 말을 뇌까렸다. 어머니의 한탄처럼, 어느새 페자에게도 이 말이 입에 붙어버렸다. 어쩔 도리가 없었다. 도끼질을 멈추고 페자는 마치 넋 나간 사람마냥 무엇인가를 황망히 바라보았다. 아주 한참 동안……. 그러다가는 갑자기 잠에서 깨어난 것처럼 흠칫 놀라 주위를 둘러보았다.

페자는 외로웠다. 항상 혼자였다. 이유는 간단했다. 아버지처럼 양키가 되고 싶지 않았던 것이다. 하기야 페자는 무슨 일이 있어도 절대로 양키라고 놀림 받지는 않을 자신이 있었다. 만약 그런 식으로 부르는 놈이 있다면 그에 걸맞은 복수를 해줄 테니까. 결코 아이들이 자기를 놀릴까 봐 두려운 게 아니었다. 다만, 아버지가 놀림을 받는다는 사실이 너무나 창피했다. 다른 아이의 아버지들도 대개 둘째가라면 서러워할 술꾼이었지만 어느 누구도 바보 취급을 받진 않았다.

페자는 그 누구에게도 아버지를 떳떳하게 말할 수 없었기 때문에 점점 자신을 고립시켜 나갔던 것이다.

이제 외톨이가 된 페자는 친구들과 떨어져서 무엇이든 혼자서 하는 일에 익숙해 있었다. 혼자서 도끼를 휘두르고, 대패질을 했다. 건설현장에서 나뭇조각이며 철망도 모았다. 늘 혼자였지만, 또 쓸쓸했지만 모든 것을 잊고 묵묵히 일을 하고 있노라면 어느덧 콧노래를 흥얼거리곤 했다. 우스꽝스러운 옛날 노래였다. 언젠가 라디오에서 들었는데 이젠 기억조차 희미하다.

터키 해변에는 볼일이 없다.
아프리카 해변에도 볼일이 없다……♪.

이 소절밖에 생각나지 않았다. 그러나 페자는 야릇하게도 이 가사가 무척 마음에 들었다. 페자에게 터키 해변에 무슨 볼일이 있겠는가. 아프리카 해변에도 역시……. 볼일이 있다면 페자가 사는 이곳일 뿐이다.

조용하고 따뜻한 여름, 페자 앞에서 비둘기 한 쌍이 다정스레 놀고 있었다. 목젖을 떨면서 '구구구' 울어대며 소란스레 노닐고 있었다. 금빛 수놈이 암비둘기 앞에서 꼬리를 쫑긋 세우고 장난치는 모습이 무척 귀여웠다.

요것들 이 염치없는 녀석들아. 이제 다 됐으니까 조금만 참아라. 너희 페자님께서 새 집을 만들어줄 테니까. 너희들 모두가 쉴 수 있게 아주 크고 편한 집으로 말야. 지붕은 비가 들이치지 않도록 비스듬하게 만들 거야. 어때, 진짜 집 같지? 좋아? 응, 그래. 아마 멋진 집이 될 거야. 아버지 친구들 따윈 멋대로 살아도 상관없어. 아버지도 내가 알 게 뭐람…….

이런……. 또 아버지를 생각했다. 순간 손이 떨리면서 쇠망치를 떨어뜨렸다. 온몸에 힘이 빠지고 손끝이 차가워졌다. 늘 이렇다. 아무리 다른 일을 생각해도 아버지 생각만 나면 손바닥에서 땀이 나고 몹시 우울해져 버리는 것이다.

페자는 고개를 들어 맥주집을 바라보았다. 아버지가 이쪽을 향해 갈지자를 그리며 걸어오고 있었다. 이제 서두를 것은 없다. 뭐가 그리 자랑스러운지 마치 자신을 보아달라는 듯 주위를 두리번거리며……. 도대체 무엇을 보란 말인가.

페자는 고개를 가로젓고 하던 일을 다시 시작했다. 대팻밥 냄새가 '찡'하고 코끝에 와 닿았다. 좋다. 이 냄새를 맡으면 항상 마음이 맑고 깨끗해진다. 페자는 다시 기분이 좋아졌다. 자신의 비둘기를 흘끗 보고는 머리 위의 맑게 갠 푸르디푸른 하늘을 올려다보았다. 하늘에는 끝이 있을까? 못으로 철망을 나무들에 대면서 페자는 자꾸만 하늘을 바라다보았다.

조종사는 누구보다도 하늘을 사랑한다고 들었다. 하지만 페자의 생각은 달랐다. 정말로 하늘을 사랑하는 사람은 조종사가 아니라 자기와 같은 비둘기광인 것이다. 푸른 하늘……. 조종사는 날고 싶을 때 날면 된다. 자기 비행기를 타고서……. 하지만 비둘기광은 휘파람을 불며 비둘기가 어지럽게 나는 모습을 바라볼 수 있을 뿐이다. 그럴 때마다 비둘기광은 다만 사랑하는 마음으로 하늘을 바라볼 뿐, 하늘은 늘 갈 수 없는 먼 곳에 있다. 가끔 비둘기광은 하늘을 나는 것이 비둘기가 아니라 자기 자신인 것처럼 착각하기도 한다. 아무런 엔진도 달지 않고 자신의 날개를 퍼덕이면서 푸른 하늘을 날고 있는 듯한 느낌. 그때마다 비둘기광은 얼마나 애타게 푸른 하늘을 갈망하는가 모른다.

하지만 누구한테도 이런 기분을 말해 본 적은 없다. 마음을 털어놓기도 어렵거니와 이런 기분을 달리 설명할 수도 없었다.

페자는 작업대로 다가갔다. 그러고는 머리를 뒤로 젖혔다. 마치 높푸른 하늘 위로 끝없이 날아오르는 듯한 느낌이 들었다. 순간, 아찔하면서 명치끝이 저려오는 쾌감에 페자는 몸을 떨었다.

2. 고향은 사랑을 낳고

휠체어는
레이나를 위로해 준 친구였다.
무슨 일이 있든
늘 함께 이야기를 나누고,
함께 있었던 정든 친구…….
부끄러움이나 불행을 느끼게 하는
그 무엇이 결코 아닌
레이나의 가장 정든 친구였다.

2. 고향은 사랑을 낳고

아침 햇살이 어지럽게 창문을 간지럽힌다. 햇살은 점점 길어져 그 커다란 창을 타고 누운 채 방안을 온통 자기 것으로 만들고 만다.

레이나는 이 햇살이 좋았다. 창가의 햇살 너머 들려오는 소리가 좋았고, 그 소리에 실려 오는 내음이 좋았다.

레이나가 집에 온 지도 벌써 일주일째이다. 그동안 레이나는 쭉 한 소년을 관찰해 왔다.

창문을 열면 레이나의 집 바로 옆에 사는 소년이 지어놓은 비둘기집이 있었다. 소년은 늘 이곳에서 혼자 무언가를 만들고 있었다. 소년의 비둘기집은 레이나의 고층아파트와 꼭 같은 높이에 있었기 때문에 거기에서 이야기하는 소리는 아주 작은 속삭임이라 해도 레이나의 방까지 들려왔다. 그 소리 때문에 레이나는 소년의 이름을 알 수 있었다. '페자'였다.

소년은 비둘기집 건너편에서 한 소녀가 자신을 지켜보고 있는 줄은 꿈에도 생각하지 못했다.
　바람이 커튼을 가볍게 흔들며 레이나 쪽으로 지금까지 맡아본 적이 없는 신선한 향기를 몰아왔다. 방 안 가득히 대팻밥 향내가 몰려든다.
　(아아, 신선한 향기…….)
　레이나는 이 싱그러운 대팻밥 향기 속에 몸을 던져 심호흡을 하고 싶었다. 머리가 어찔어찔할 정도로 마셔보고 싶었다. 어쩌면 그건 마음먹기에 따라선 조금도 어려운 일이 아니었다. 아버지나 어머니에게 직장에서 돌아올 때 레이나가 원하는 만큼의 대팻밥을 가져다달라고 하면 된다. 하지만 레이나는 부탁하지 않았다. 눈앞의 즐거움을 놓치고 싶지 않았다. 그렇게 소년을 지켜보면서 소년의 모습과 함께 전해져 오는 대팻밥 향기가 좋았기 때문이다.
　아침에 눈을 뜨자마자 레이나는 바깥 소리에 귀를 기울였다. 비둘기집에서 비둘기가 '구구구' 울어대는 소리, 멀리 전차길에서 들려오는 짧은 종소리, 레일과 쇠바퀴가 맞부딪치는 소리, 아카시아 가로수길을 지나다니는 버스 소리……, 아침의 밝고 힘찬 소리가 들려온다. 하지만 페자가 모습을 보이자 모든 소리들은 한꺼번에 사라져버린다. 그러고는 소년의 소리가 들려온다. 나무를 '쓱쓱' 깎는 소리, 도끼 소리, 활기 띤 비둘기의 퍼덕이는 소리, 그러다가 갑자기 시작되는 페자의 목쉰 노랫소리……. 온통 소년의 소리만이 남는다.

터키 해변에는 볼일이 없다.

아프리카 해변에도 볼일이 없다……♪.

레이나는 휠체어를 창가로 밀고 갔다. 그리고 소년이 눈치 채지 못하도록 커튼을 살짝 들어 올리고는 소년을 바라본다. 그러다가 소년이 조금이라도 머리를 들듯 하면 흠칫 놀라 살며시 방 가운데로 물러나버린다. 폐자에게 모습을 드러내고 싶지 않았던 것이다. 그냥 이대로가 좋았다. 전혀 그렇지 않을 수도 있지만 이렇게 바라보고만 있는 편이 즐거웠다.

집으로 돌아온 지난 일주일은 레이나에게 무척 낯선 나날이었다. 폐렴에 걸려 다시 돌아온 이 집은 어쩐지 정이 들지 않았다. 아니, 정확하게 말하면 정이 들 수 없었다. 철이 든 이래 레이나는 아주 오랫동안 집을 떠나 있었기 때문이다. 어린 시절부터 지금까지 대부분의 시간을 신체장애자의 보육원에서, 기숙학원의 뜰에서, 또 자기처럼 몸이 불편한 소녀들과 함께 쓰는 기숙사 방에서 보냈던 것이다.

그렇기 때문에 레이나의 집에 대한 추억은 오히려 학원 친구들과의 소곤거림, 소란, 또 고요함과 같은 것이었다. 학원 생활은 지금처럼 완전히 혼자뿐인, 마치 유폐되어 있는 듯한 상황과는 아주 달랐다. 친구들이 있었고, 기쁨과 슬픔이 넘쳤다.

소녀들은 모두 몸이 아팠고 그렇게 처지가 같은 소녀들 사이에는 밤마다 독특한 고요함이 형성되었다. 그들의 상처만큼이나 깊고 외로운 밤이 찾아오면 소녀들은 슬픈 이야기를 듣고 함께 울곤 했다. 그건 자신들의 이야기이기도 했기 때문이었을까. 소녀들은 모두 슬픈 이야기를 좋아했다.

그 고요함 속에 흐르던 외로움과 눈물은 그들의 우정과 사랑을 더욱 깊게 만들어주었다. 날이 저물어 선생님들이 집으로 돌아간 뒤 두샤 아주머니가 자신의 방에서 꾸벅꾸벅 졸고 있는 밤이면, 이 소녀들의 숨죽인 울음은 묘하게도 그 아이들의 마음을 하나로 묶어주었다. 슬픔에도 날개가 있는 듯, 그들의 울음과 그들의 하나 됨은 그들에게 오히려 용기를 주곤 했다.

이런 일들은 대개 늦은 밤 잠들기 전에 일어났다. 아침이 오면 슬픔은 어느새 흔적도 없이 사라지고, 소녀들은 힘차게 각자의 생활로 돌아갔다. 눈부신 아침 햇살을 받으며 모두들 힘을 내어 휠체어에 탔다. 또 불편한 다리를 질질 끌며 옆으로 쓰러질 듯하면서도 서로 도와가며 몸단장을 했다. 그 또래의 아이들이 그렇듯이 서로 웃고 떠들며 소리를 지르고 또 울기도 했다. 낮이 되면 기숙사는 더욱 활기에 찼다. 더욱 큰 소리로 떠들며 밝게 웃는 모습은 그들의 아픔 따윈 깨끗이 씻어낸 모습이었다. 환한 대낮에 슬프게 우는 모습은 좋지 않기 때문에 그들 스스로 그렇게 정한 것이다.

그런데 집으로 돌아오면서 모든 것이 달라졌다. 사람들이 밝게 웃고 떠들어야 할 환한 낮에는 혼자서 쓸쓸하게 지내다가 사람들이 일터에서 돌아오고, 어머니도 아버지도 집으로 돌아오는 저녁이 되어서야 활기를 띠는 것이다.

낮에는 페자만이 레이나의 벗이 되어주었다. 창가에 앉아 아무도 모르게 페자를 지켜보고, 비둘기와 함께 페자의 얘기를 들었다. 혼자서 노래를 부르고, 중얼거리고, 비둘기에게 말을 걸고 그러다가는 또 신나게 대패질을 하는 소년, 레이나는 소년과 하루를 함께 했지만, 소년은 휠체어로밖에 움직일 수 없는 한 소녀가 창 너머 커튼 사이로 자신을 보고 있는 줄은 꿈에도 생각하지 못했다.

　레이나는 자신이 타고 있는 휠체어를 물끄러미 바라보았다. 레이나는 작은 손끝으로 손잡이를 꼬옥 잡아보았다. 아아, 휠체어! 신체장애자의 기숙학원에서 친구들과 지낼 때 휠체어는 레이나를 위로해 준 친구였다. 무엇인가 일이 있을 때면 휠체어와 이야기하기도 했다. 그랬기에 늘 레이나와 함께 있었던 휠체어는 그곳에서는 정든 친구였다. 부끄러움이나 불행함을 느끼게 하는 그 무엇이 아니라, 이렇듯 소녀들은 그곳에서 단지 있는 그대로 살았을 뿐 자신들의 불행에 마음을 쓰지 않고 지냈다.

　참으로 그런 소녀들이 자신들의 불행에 대하여 전혀 신경 쓰지 않는 것은 이상한 일이었다. 하지만 모두 몸이 불편했고, 모두 척추 카리에스(Caries ; 뼈결핵)나 소아마비를 앓았다는 점 때문에 모두를 서로 사이가 좋고 서로 하나로 묶이는 것 같았다. 그들 사이에는 뭔가 다른 정상적인 사람들이 알 수 없는 정감과 따뜻한 동료애가 흐르고 있었다.

　불구인 소녀들에게 기숙사의 방은 단순한 방이 아니라 뭔가 전혀 다른 의미를 지니고 있었다.

　레이나와 친구였던 지나는 손발이 모두 마비된, 심한 불구의 소녀였다. 어느 날 지나가 몹시 어둡고 우울한 표정으로 자기들의 방은 수도원의 기숙사 같다고 말했다. 순간, 방 안에는 팽팽한 긴장이 감돌았다. 모두들 마치 쥐죽은 듯 기침소리 하나 내지 않았다.

수도원이란 말 때문이었다. 그 말은 어둡고 쓸쓸한 느낌을 주는 말이었다. 세상에서 떨어져 혼자 외로이 있는 것 같은 적막한 수도원은 소녀들에게는 전혀 어울리지 않았다. 그만큼 소녀들은 긴장했고, 새삼스레 자신의 처지가 비참하다는 기분에 사로잡힌 것이었다.

그때, 레이나는 밝고 힘찬 목소리로 말했다.

"지나, 여기는 수도원의 기숙사와는 달라. 자, 봐. 아주 좋은 방이야. 더할 나위 없이 훌륭한 공동의 방, 우리들의 멋진 방이야."

순간, 숨 막힐 듯한 긴장이 일시에 깨지면서 '와!'하는 탄성이 터져 나왔다. 소녀들은 모두 뛸듯이 기뻐했다. 마치, 레이나가 까다로운 낱말 맞추기 문제를 풀기라도한 듯 서로들 얼싸안고 '까르륵'댔다. 그렇다. 정말로 이처럼 멋진 수도원은 있을 리가 없다. 벽에는 천정에서 바닥까지 자수를 놓은 아름다운 벽걸이가 걸려 있다. 이 벽걸이를 달 때 문지기 스테판 아저씨가 특별출연했던 일은 아이들 사이에서 두고두고 이야기되었다.

그 옆으로 인기 배우의 천연색 초상화가 잔뜩 붙어 있는 벽걸이도 있었다. 그 중에서도 영화배우 마체슬라브 치호노프의 초상화가 가장 많이 걸려 있었다. 마체슬라브 치호노프는 소녀들이 가장 좋아하는 배우이며 영웅이었기 때문에, 누구나 저마다 한 장씩은 그의 사진을 걸어놓고 있었다. 그리고 밝은 오렌지색의 산딸기로 만든 목걸이와 집에서 보내온 고운 연하장도 있었다. 모두 소중하고, 멋진 것들이었다.

오히려 학원의 소녀들은 매일매일의 생활을 즐기고 있었고, 어느 누구도 서로를 불구라고 생각하지 않았다. 모두 평등했다. 마치 친형제처럼 서로 마음을 터놓고 지냈으며 정직했다. 그러나 무엇보다도 좋은 것은 밝고 구김살이 없는 점이었다. 걱정이나 불행한 마음이 없는 것은 아니었지만, 서로 위로해 주면서 그것들을 단호하게 물리쳤다.

어느 날이던가, 레이나가 6학년이 되던 해, 한 선생님이 부임해 오셨다. 선생님의 이름은 베라 일리니치나였다. 지금은 아이들 사이에서 어머니 선생님이라고 불리고 있지만 막 부임해 오셨을 당시에 베라 선생님은 늘 눈에 눈물을 머금고 계셨다. 베라 선생님은 학생들을 보면 아무런 이유도 없이 눈시울이 젖고 충격을 받은 것처럼 놀라곤 했다. 나중에 안 일이지만, 선생님은 건강한 아이들이 다니던 학교에서 전근해 오셨던 것이다.

그날은 마침 베라 선생님의 문학 수업 시간이었다. 학생들은 수업시간에 「젊은 친위대」*에 대하여 토론하고 싶다고 선생님에게 부탁했다.

「젊은 친위대」는 5학년 과정에 있는데 이미 인기가 떨어진 작품이었다. 하지만 학생들이 이 작품에 대하여 대단히 활기차게 토론하자, 선생님은 깜짝 놀라 입을 다물지 못했다. 수업이 거의 끝났을 때야 선생님은 겨우 말문을 열었다. 학생들의 토론내용이 아주 재미있기도 했지만, 무엇보다도 무척 놀랐다고 말했다. 선생님이

---

* 『젊은 친위대』: 알렉산드르 파제예프(Aleksandr Aleksandrovich Fadeev, 1901~1956) 작. 제2차 대전 중에 소련에 침입해 온 나치 독일군에 저항하여 죽음으로써 조국을 지킨 소년소녀에 대한 이야기.―역주

지금까지 근무했던 학교에서는 8학년 학생들조차 이 작품을 잘 이해하지 못한다고 했다. 특히 이 작품에 등장하는 주인공 소녀 울리아나 그로모바와 루바 세프초바의 용기 있는 삶에 대해 때때로 잘못 파악하곤 한다는 것이다.

레이나와 다른 소녀들은 고개를 갸우뚱거렸다. 어떻게 그런 일이 있을 수 있는지 잘 이해가 되지 않았다. 베라 선생님은 그 이유에 대해 자세히 말해 주었다. 즉 놀기만 하는 소녀들은 앉아서 책을 읽고 있을 틈이 없다는 것이다. 춤을 추거나, 브로드웨이 어쩌고저쩌고 하는 제멋대로 이름붙인 거리를 쓸데없이 어슬렁거리기에 바쁘다는 것이다.

몸이 불편한 소녀들의 감수성은 무척 예민했다. 순간 교실 안은 일시에 찬물을 뿌린 듯 가라앉아버렸다.

그때였다. 줄곧 선생님의 말씀을 듣고 있던 레이나가 조심스럽게 입을 열었다.

"베라 선생님, 저희들은 선생님을 어머니처럼 생각하고 있습니다. 선생님은 좋으신 분입니다. 하지만 부탁드리고 싶은 것은……."

선생님을 괴롭혀드릴 생각이 아니었지만, 레이나가 말을 꺼내자 선생님은 무척 당황했다. 어쩔 수 없는 일이었다. 선생님은 그 크고 물기어린 눈을 동그랗게 뜨고 연신 눈을 깜박거렸다. 레이나는 선생님을 똑바로 바라보면서 말을 이었다.

"저희들을 가엾게 생각하지 마시란 뜻입니다."

레이나의 말이 끝나자 선생님은 황급히 고개를 끄덕였다. 그 뒤로 선생님은 결코 눈물을 글썽이지 않았다. 항상 아이들에게 밝고 따뜻하게 대해 주었고, 정상인처럼 대해 주었다. 또 정상인들의 나쁜 점을 말할 때도 결코 그 결점의 원인에 대해서는 한마디도 언급하지 않았다. 물론, 일반 학교의 8학년 학생이「젊은 친위대」를 제대로 읽지 않는다거나, 멋대로 이해해 버리는 일들은 그들이 그 시간에 춤추러 가거나 데이트로 바쁘기 때문이긴 하다.

수업이 끝난 뒤 레이나는 맨 마지막으로 교실을 나왔다. 선생님도 빈 교실에 남아 레이나를 기다리고 있었다. 선생님과 레이나는 단 둘이 있게 되었다. 선생님이 레이나 곁으로 다가왔다. 레이나가 의자에서 휠체어로 옮겨 타려 하자 선생님은 자신의 팔로 레이나를 부축해 주었다. 그러고는 교실을 빠져나와 기숙사까지 휠체어를 밀어주었다. 레이나는 선생님에게 걱정이 있는 건 아닌가 하고 생각했다. 레이나의 생각대로였다.

기숙사 입구에까지 왔을 때, 선생님은 가만히 레이나의 어깨에 손을 얹었다. 따뜻하고 정다운 손이었다.

"레이나, 한 가지 물어볼 게 있는데……."

"말씀하세요, 선생님. 어떤 얘기인데요?"

"아까 수업시간에, 왜 내게 그런 말을 했니?"

레이나는 선생님을 가만히 바라보았다.

"아! 그거요. 저희는 어느 선생님에게라도 그런 말을 해요."

"응, 그렇구나."

베라 선생님은 더 이상 아무 말도 하지 않았다. 뭔가를 이해한 듯 연신 고개만 끄덕이셨다. 그렇게 얼마쯤 지났을까. 선생님은 아주 따뜻한 눈빛으로 한참 동안 레이나를 바라보았다. 그 눈빛에는 사랑이 넘쳐나고 있었다. 레이나도 선생님을 올려다보며 부드러운 눈길로 대답했다.

"그런데 선생님. 저희는 베라 선생님을 우리 학급의 어머니 선생님으로 정했어요."

"저런……. 내게 그런 자격이 있을까?"

"그럼요, 충분히 있죠. 선생님은 마치 어머니처럼 따뜻하고 헌신적으로 저희를 돌보아주시잖아요. 우리 모두 선생님을 마치 친어머니처럼 사랑해요."

"모두들 정말 고맙구나!"

선생님은 금방 코끝이 시뻘개져서 목멘 소리로 말했다.

"잠깐! 멈춰주세요, 선생님."

레이나는 명령조로 부탁했다.

"선생님, 잠깐만 제 앞으로 몸을 구부려주세요."

베라 선생님이 몸을 구부리자 레이나는 선생님의 목을 감싸 안았다. 그러고는 다정하게 선생님의 목에 입을 맞췄다. 순간 선생님은 레이나의 등 뒤로 얼굴을 감췄다. 레이나의 어깨 위로 뜨거운 눈물방울이 떨어졌다. 역시 눈물을 참을 수 없었나 보다. 레이나의 등을 어루만지며 선생님은 다시 코를 훌쩍거렸다.

"어머, 또!"

레이나는 마치 나무라는 듯이 한숨을 쉬었다.

"선생님에게 잘 보이려고 입을 맞춘 건 아니에요. 저는 다만, 선생님이 좋기 때문이에요."

그 뒤, 베라 선생님은 학생들한테서 '어머니 선생님'이라는 최고의 칭호를 받았다.

　레이나가 8학년이 되었을 때, 선생님은 레이나에게 이때의 일을 얘기해 주었다. 밝게 웃으면서 그때 주고받은 얘기가 얼마나 자신을 놀라게 했던가를 솔직하게 털어놓았다.

　"레이나, 난 말야. 그때 네가 나보다 어른인 것처럼 생각되더라."

　"물론이지요."

　레이나는 입가에 엷은 미소를 머금으며 장난스레 말했다.

　"선생님 아직까지 모르셨어요? 전 선생님보다 나이가 많아요. 정신적인 면에서 말이에요."

　실제로 레이나와 같은 소녀들의 학원생활은 독특했다. 생활 속에 휠체어며 목발이며, 마비된 손과 발이 항상 달라붙어 있었다. 그 생활에서는 추하다든가 아름다운 것은 아무런 의미도 없었다. 가치판단을 하는 저울은 따로 있었다. 성의라든가 사랑이라든가 양심이라는 저울이 그것이다. 그리고 그것들이 그들의 생활을 엮어주고 있었다.

　그런데 이곳 고향집으로 돌아오면서 모든 게 변하기 시작했다. 친구도 없고, 말 상대도 없는 쓸쓸한 방에서 레이나는 그저 창을 통해 밖만을 바라보고 있다. 창밖의 거리에는 건강한 사람들이 오가고 있다. 그런가 하면 그 옆에서 한 무리의 어린 소녀들이 재잘거리며 줄넘기를 하고 있다. 그리고 집 바로 옆 베란다 한 모퉁이에 맑은 푸른색 눈을 가진 소년이 있다. 항상 혼자인 별난 소년이 대패질을 하거나 쇠망치로 무언가를 두드리고 있었다. 대팻밥 향기처럼, 바라보기만 해도 기분이 좋아지는 이 소년은 언제나 갑자기 콧노래를 흥얼거렸다.

　터키 해변에는 볼일이 없다.
　아프리카 해변에도 볼일이 없다…….

　레이나는 웃고 말았다. 학교에서처럼 마음을 터놓고 큰 소리로 웃고 싶었지만 행여 소년이 눈치 챌까 두려워 손으로 입을 가린 채 웃었다. 소년이 듣지 못하도록 나지막이……. 소년에게는 소녀의 웃음소리도 들리지 않고 추하고 꼴사나운 모습, 부끄러운 휠체어의 모습도 보이지 않았다.

3. 아버지, 우리 아버지

38 아프니까 사춘기다

푸른 하늘을 보라.
저 하늘을 맘껏 날아다니는 비둘기.
그 사이로 불어오는
향기로운 바람은 얼마나 싱그러운가
정말, 세상은 이토록 밝고 환한데
어머니와 아버지는
왜 저렇게밖에 살지 못하는 걸까.
서로 사이좋게,
서로 즐기고,
사랑하며
행복하게 살아갈 수는 없을까…….

3. 아버지, 우리 아버지

페자는 아주 오랫동안 날아다니는 비둘기들을 멍하니 바라보고 있었다. 그러다가 비둘기들이 집으로 날아드는 모습을 보고서야 겨우 정신을 차려 재빨리 수를 확인하고는 망사창을 닫았다. 막 대패질을 시작할 때였다.

"페자, 페자!"

저쪽에서 어머니가 부르는 소리가 들려왔다.

바짝 마른 몸에 여윈 어깨를 잔뜩 움츠린 어머니가 초췌한 얼굴로 페자를 올려다보고 있었다. 슬픔이 복받쳐 올랐다. 마치 애원이라도 하는 듯한, 그런 어머니의 모습은 페자의 도움이 필요하다는 몸짓이었다.

페자는 황급히 대패를 내려놓고 어머니 쪽으로 달려갔다. 어머니는 말없이 신문지 뭉치를 페자에게 내밀었다. 그 속에는 소시지를 넣어 만든 샌드위치가 두 개 들어 있었다. 어머니는 아무 말도 하지 않았지만 폐자는 충분히 이해할 수 있었다. 그것은 저녁식사였다. 오늘 저녁 굳이 밥을 먹으러 집에 오지 않아도 된다는 뜻이었다. 어머니는 집에 있는 것이 견딜 수 없는 것이다.

"아. 대팻밥 냄새! 얼마나 좋은 냄새냐. 여기 잠시 앉았다 갈까?"

어머니는 비둘기집으로 올라가는 계단에 힘없이 걸터앉으셨다. 꺼칠한 얼굴이 한눈에 들어왔다. 고통스러웠던 세월의 모진 풍파가 그 얼굴에 아로새겨져 있었다. 어머니 스스로도 어쩌지 못하고 묵묵히 참아온 고통의 흔적이 어디 얼굴뿐이랴. 굳은살이 박인 억센 손이며, 버릇처럼 새나오는 한숨소리며, 무엇보다도 한없이 오그라진 가슴속에서 끝없이 출렁거리고 있었다.

폐자는 어머니의 괴로움을 이해할 수 있었다. 자신이 괴로운 것처럼 아버지 때문에 어머니의 속도 무던히 썩어 있으리라. 아니 그보나 넟 배 더 괴로우리라. 지금 그 괴로움을 삭이며 아들의 저녁을 챙겨 집 밖에 나와 앉아 계신 것이다. 어머니는 연신 이마의 흩어진 머리카락을 쓸어올리며, 무엇인가 혼잣말로 중얼거리셨다. 마치 자기 자신에게 들려주듯 조용한 속삭임이었다.

"휴우, 힘들구나……, 산다는 게 뭔지…….."

어머니의 입에서 무겁고 긴 한숨소리가 새어나왔다. 폐자는 묵묵히 소시지를 입에 넣었다. 견디기 힘든 시간이었다. 그러나 피할 수는 없었다. 폐자가 피하면 어머니는 누구한테 하소연을 하랴.

"저녁 드셨어요? 엄마도 좀 같이 드세요."

"아니다. 난 생각이 없구나."

어머니는 고개를 가로저으며 먼 산을 바라보듯 폐자를 바라보았다. 그 눈엔 한없는 슬픔과 시름이 고여 있었다.

"페자, 나도 사내라면 말이야……, 그랬다면 너와 함께 비둘기를 기를 수 있을 텐데……."

어머니는 그러고선 입을 꼬옥 닫고 할 말을 잃은 듯 넋을 놓고 앉아 있었다. 페자도 무슨 말을 해야 할지 몰랐다. 한참 동안 무거운 침묵이 흘렀다. 입으로는 소시지를 꾸역꾸역 밀어넣으면서도 페자의 신경은 온통 말없이 앉아 있는 어머니에게 쏠려 있었다. 한바탕 비명이라도 지르고 싶었다.

아아, 싫다. 정말 싫다. 어른들은 도대체 뭘 하고 있는 거야? 아버지와 어머니 같은 생활은 돼먹지 않았어. 나도 알고 있는 이런 사실을 어른들은 모른단 말인가? 말도 안 돼. 뭘 어떻게 하자는 거야? 푸른 하늘을 보라. 그 하늘을 마음껏 날아다니는 비둘기며, 그 사이로 부는 향기로운 바람은 또 얼마나 좋은가……. 그뿐인가. 보라. 사람들은 거리에서 힘차게 걸어 다니고 있다. 세상은 정말 이토록 훌륭하고 밝은데……. 이렇게 멋진 세상에서 왜 어머니와 아버지는 저렇게밖에 살지 못하는 걸까? 서로 사이좋게, 함께 즐기고 사랑하고 행복하게 살아갈 수는 없는 것인가?

페자는 더 이상 먹고 싶은 생각이 없어졌다. 마음이 우울했다. 자신은 언제든 참을 수 있지만 어머니는 달랐다. 어머니는 너무 많이 늙고 또 너무 많이 생활에 찌들어 있었다. 아버지와 살아오는 동안 젊은 시절의 아름다움은 이미 오래 전에 어디론가 사라져버리고 고통스러운 세월의 흔적만이 남아 있었다.

페자네 집 벽에는 젊은 시절의 어머니의 모습이 담긴 사진이 걸려 있었다. 아주 어렸을 때부터 페자는 그 사진을 바라보기만 하면 항상 마음이 설레었다. 검고 맑은 눈, 가슴까지 기다랗게 땋아 내린 머리를 한 어머니의 젊은 날의 모습은 정말 아름다웠다. 그 행복했던 시절의 어머니의 마음은 언제나 부자였는 듯 무엇 하나 부족함이 없어 보이는 충만한 얼굴이었다.

그런데 이제 그 아름다운 모습은 온데간데없고 빛바랜 사진만큼이나 퇴색되고 찌들은 모습만이 남아 있었다. 오직 굵고 깊게 패인 주름살만이 어머니의 고통스러웠던 세월을 말없이 대변해 주고 있었다.

페자는 마치 마지못해 먹는 사람처럼 입 안 가득 소시지를 쑤셔 넣은 채 대충대충 씹어 삼켰다.

"저어."

무슨 말이든 하고 싶었다. 무슨 말이든 해야 한다고 생각했다. 이 미쳐버릴 것만 같은 침묵을 깨뜨리기 위해.

"누가 제 비둘기를 사려고 그래요. 요 근처에 사는 사람인데 퇴역 대령이고 무척 부자래요. 얼마 전에 여기에 와서 이것저것 묻고 갔어요."

어머니는 버릇처럼 또 길게 한숨을 쉬었다.

"휴……, 페자……. 그렇지만 새를 파는 건 죄다. 살아 있는 거니까. 게다가…… 새는 자유를 좋아하잖아."

그러고는 슬프게 한숨을 쉬었다. 어머니의 심정이 충분히 이해가 가면서도 페자는 치밀어 오르는 화를 어쩌지 못했다. 어머니는 한숨과 눈물을 빼놓고는 어떤 얘기도 할 수 없는 걸까. 이렇게 되풀이되는 긴 한숨 끝에 남는 건 결국 한탄과 눈물일진대, 어머니는 스스로를 깊은 절망과 슬픔의 구렁텅이에 빠뜨리고 있지 않은가. 페자는 눈앞에 먹구름이 잔뜩 낀 날씨를 떠올리며 암담한 기분으로 어머니를 바라보았다.

어느새 어머니의 한숨은 눈물로 이어지고 있었다. 어머니의 눈물을 본 순간 페자는 더럭 짜증부터 났다.

"엄마, 왜 이래? 또, 또 시작이야!"

페자는 괜한 말을 꺼냈다 싶었다. 하지만 달리 또 무슨 말을 할 수 있으랴 싶었다. 어떤 얘기에 어머니가 울지 않고 웃을 수 있을까. 지금 어머니에겐 무슨 말을 해도 모두 슬프게만 들릴 것이기 때문이다.

아아, 불쌍한 어머니. 짜증 섞인 암담함과 함께 슬픔이 가슴 저 밑바닥에서부터 밀려올라왔다. 그러고 싶진 않았지만, 어머니의 눈물 속에 페자도 이미 한없이 가라앉고 있었다. 어쩔 수 없이. 어머니를 바라보았다. 오직 바라만 볼 뿐, 뭘 어떻게 할 수 있단 말인가. 그러자 어머니는 아들 앞에서 눈물을 보인 것이 새삼 미안했던지 당황스레 눈물을 훔쳐내고는 페자 쪽을 돌아보았다. 눈엔 물기가 그대로 배어 있는 채였다.

"미안하다, 페자. 다신 울지 않을게. 너무 걱정하지 말거라."

목이 멘 탓인지 어머니의 목소리는 축축하게 젖어 있었다. 페자는 차마 그 처량한 어머니의 얼굴을 마주대할 용기가 없어 젖은 눈으로 다시 고개를 떨구었다. 그때, 어머니가 힘없이 부르는 소리가 들렸다.

"페자……."

고개를 들어보니 아직도 눈물이 그렁한 젖은 눈으로 어머니는 페자를 바라보고 있었다. 그 눈은 한없이 슬프고 한없이 처량해 보였다.

"페자, 엄마 옆에 앉아라. 엄마하고 얘기 좀 나누자꾸나."

페자는 어머니의 시선을 외면한 채 몸을 던지듯 대팻밥 위에 풀썩 주저앉았다.

"페자, 엄마는 아버지와 얘기해도 결론이 나지 않으니까……."

어머니는 마치 변명하는 것처럼 말해 놓고선, 자신도 어색함을 눈치 챈 듯 잔잔하게 웃어 보였다.

"그러니까, 페자. 엄마 말은…… 너하고 엄마하고 같이 생각해 보자는 거야."

페사는 어머니를 물끄러미 바라보며 말없이 고개를 끄덕였다.

"잘 들어라, 페자. 너도 이제 어른이다. 사리 판단도 할 줄 알고 집안에서나 또 사회에서나 이젠 한몫을 해야 할 나이잖니. 게다가 나라의 청년조직의 한 명이잖아. 페자가 엄마를 이해해 주렴. 엄마를 비난해도 괜찮아. 하지만 엄마를 이해한다면, 지금 엄마의 말을 잘 듣고 엄마에게 힘이 되어주렴. 엄마는 지금 몹시 힘이 들어. 더 이상 견딜 수가 없단다……. 이제껏 이를 악물고 버티긴 했지만 엄만 이제 더 이상 참을 수가 없단다. 그뿐이다."

어머니는 한마디 한마디를 이어가기가 어렵다는 듯 힘겹게 말을 마치고는 한참 동안 무엇인가 골똘히 생각하는 듯했다. 페자의 존재는 잊어버린 것 같은 태도였다. 페자는 가슴이 무거워져오기 시작했다. 어머니의 태도도 심상치 않았지만, 다음에 무슨 말을 꺼낼지 두려웠다. 어머니는 지금 무슨 말을 하고 싶은 걸까……? 무슨 말인지 감이 잡히지 않는 건 아니었다. 하지만 생각하고 싶지 않았다. 페자는 근심스런 눈빛으로 어머니의 표정을 살폈지만, 어머니는 미동도 않은 채 낮고 굳은 어투로 말을 이어나갔다.

"그래서 엄만, 이제…… 멀리 가버릴 작정이다."

결국, 떠난다는 이야기다. 페자는 가슴을 주먹으로 얻어맞은 것처럼 심장이 조여 옴을 느꼈다. 하지만 어머니는 황망한 표정으로 쉴 새 없이 주위를 둘러보며 말만큼은 더없이 단호하게 쏟아내고 있었다.

"이 세상에 도시는 얼마든지 있단다. 그래서 엄만, 여기를 떠나 외할머니가 사시는 곳으로 갈 생각이다."

페자는 어머니를 물끄러미 바라보다가 허전하게 눈길을 돌렸다. 하늘이 미칠 것처럼 푸르렀다. 비둘기들의 날갯짓이 유난히 눈부셨다. 어머니가 떠난다고 한다. 혼자서는 아무것도 하지 못하는 아버지를 두고 어머니가 떠나겠다고 한다. 말로 다 할 수 없는 쓸쓸함과 비참함이 가슴을 가득 메웠다. 페자는 한참 동안 비둘기집을 바라보았다.

"비둘기가 가엾니?"

어머니가 물었다.

페자는 머리를 옆으로 흔들었다. '아니요, 아버지가 가엾어요'라고 말하고 싶었다.

"양키가……."

그런데 그만, 자신도 모르게 이 빌어먹을 말이 튀어나와버렸다. 호랑이도 제 말하면 온다던가……. 채 말이 떨어지기가 무섭게 저쪽에서 아버지가 걸어오고 있었다. 마치 요술 지팡이를 흔들자 땅속에서 솟아나온 것처럼 아버지는 성큼성큼 잘도 다가왔다. 그러고는 페자와 어머니의 시선에는 아랑곳하지 않고, 페자가 앉은 대팻밥 위에 풀썩 주저앉아 다정한 척 페자를 끌어안았다. 페자는 아버지의 손을 뿌리쳤다.

"어어, 왜 그래? 이 녀석!"

아버지는 어리둥절하다는 듯 소리쳤다.

"이런 녀석 봤나! 평생 이렇다니까. 내가 너한테 못해 준 게 뭐냐? 나도 힘자라는 데까지 할 만큼 하지 않았냐. 네가 이러면 난 누굴 믿고 사냐? 뭘 의지하고 살아야 되냐구? 얘기해 봐, 임마!"

아버지는 아무런 대꾸도 없는 어머니와 페자를 연신 둘러보면서 무엇에 쫓기는 사람마냥 열에 들뜬 목소리로 계속 외쳐댔다.

"야, 이 녀석아! 말을 좀 해봐. 내가 왜 싫은지, 뭣 때문에 이러는지 말야. 이건 숫제 주정뱅이 취급 아냐? 내가 어디 술 먹다가 한 번이라도 경찰에 끌려간 적이 있었니? 없잖아. 다른 사람 봐! 이렇다 저렇다 불평만 늘어놓으면서 아무 일도 하지 않고 그저 빈둥거리며 놀기만 하잖니? 하지만 난 하루 종일 뼈빠지게 일한단 말야. 그러다가 퇴근길에 그냥 가볍게 맥주 한 잔 하고 신소리나 하는 정도야. 그게 어떻다는 거야. 친구들과 농담하는 게 나쁘단 말이냐?"

아버지는 무척 억울하다는 표정으로 아들과 아내를 번갈아 쳐다보았지만 아무도 아버지의 말에 대꾸하지 않았다. 긍정도 부정도 없이 셋은 아주 오랫동안 그렇게 앉아 있었다. 그렇게 무거운 침묵 속에 살아 숨 쉬고 있는 건 어머니의 단호한 표정뿐이었다. 페자는 그 무거운 침묵이, 그 단호한 표정이 무엇을 의미하는지 잘 알고 있었다. 가슴이 만 갈래로 찢겨나가는 심정이었다.

　불쌍한 아버지. 어머니가 한 말은 요컨대 아버지를 버리자는 뜻이었다. 할머니에게 가버리자, 다른 도시로 가겠다. 하지만 페자는 도저히 그렇게 할 수 없었다. 차라리 아버지가 난폭한 사람이거나 비열한 놈팽이라면, 구제할 수 없는 싸움꾼이라면…… 그렇다면 또 모른다. 그러나 아버지는 불쌍한 사람이다. 비쩍 마른 몸, 꺼칠한 턱수염으로 덮인 볼. 아버지는 늘 모든 일에 자신이 없다. 그래서인지 언제나, 무엇인가, 자신의 행동에 대해 용서를 구한다. 꼭 지금처럼 너저분한 변명을 덧붙이면서. 그런 아버지를 어떻게 버리고 떠난단 말인가. 그러나 어머니의 표정은 차갑기만 하다. 어머니는 난공불락의 요새처럼 마음을 움직일 기미가 조금도 엿보이지 않았다. 이제까지 그래왔듯이 지금도 역시 아버지의 말은 모두 어머니의 한쪽 귀로 흘러 들어가 다른 쪽 귀로 흘러 나가버리고 있다. 사실 그건 전혀 이상한 일이 아니다. 아버지의 이런 말은 지금까지 수도 없이 되풀이되어 왔지만, 단 한 번도 지켜진 적이 없었다. 그 말 속에 어머니는 수십 번도 더 울고 웃었지만 돌아오는 것은 체념과 불신뿐이었다. 아버지의 말은 언제나 공허했다. 아무런 효과도 없었다. 어머니의 눈물과 한숨은 오히려 그 때문에 더 깊어졌고 지금도 마찬가지인 것이다.

　"저 말이에요, 아버지."

폐자는 무거운 발걸음을 떼놓듯 어렵게 말을 꺼냈다. 어떤 위기감을 느낀 탓일까. 아버지의 표정은 더없이 진지했다. 욕이든 위로의 말이든 상관없으니 제발 무슨 말이라도 해달라는 간절함이 지나쳐 마치 아들과 아내에게 구걸이라도 하는 듯한 표정이었다.

"저 말이에요, 아버지. 아버지는 물론 술주정뱅이는 아니에요. 단지 아버지는……, 아버지는 별로 쓸모가 없는 사람이에요."

갑자기 뺨이라도 얻어맞은 듯 아버지는 얼굴을 옆으로 돌렸다. 애써 가슴을 진정시키려는 듯 눈을 감았다. 그러고는 마치 어머니처럼 길게 한숨을 내쉬었다.

"내가……. 쓸모가 없다고? 허허허…… 그 녀석…… 그래, 다시 한 번 말해 봐라, 다시 한 번."

아주 짧은 순간 아버지의 웃음소리가 허공에 번져나갔다. 폐자는 그만 입을 다물고 말았다. 더 이상 얘기를 할 수가 없었다. 폐자는 순간 그런 아버지를 바라보는 어머니의 모습이 궁금해 얼른 곁눈으로 훔쳐보았다.

술기운 때문이었을까, 폐자의 말에 충격을 받은 탓일까. 아버지는 비틀거리며 일어섰다. 제대로 몸을 가누지도 못하는 걸음으로 비실비실 옆쪽으로 걸어가더니 간신히 나무에 몸을 기대고 섰다. 아버지의 두 어깨가 가볍게 떨리고 있었다. 울고 있는 것이다. 아내와 아들 앞에서, 길가에서……. 길 가던 사람들이 멈춰 서서 아버지를 보고 저마다 한마디씩 참견을 했다. 하지만 아버지는 전혀 그칠 기미를 보이지 않았다. 왜 그런지 오늘 따라 아버지의 비쩍 마른 등이 한없이 슬퍼보였다. 자기 집 발코니에서 내려다보고 있던 프라토노프 씨가 소리쳤다.

"이봐, 게러, 누구야, 자네를 모독한 놈이?"

페자도 더 이상 참을 수 없었다. 아버지가 너무도 가엾어서 마치 돌더미에 짓눌린 것처럼 가슴이 답답했다. 콧등이 시큰해지면서 이내 울음이 터져 나왔다. 남이야 보든 말든 하염없이, 큰소리로, 어린애처럼 울부짖기 시작했다. 목이 터져라 울어대면서 어머니를 향해 고함을 질렀다.

"엄마…… 엄마…… 엄마도, 아빠도, 뭘 하고 있냔 말이에요? 네? 어른이면서, 도대체 뭘 하고 있어요?"

어머니의 눈에서도 눈물이 흘러내렸다. 어머니는 서둘러 눈물을 닦아내면서 아버지 곁으로 달려갔다. 어머니는 동네 사람 보기 창피하다는 듯, 재빨리 아버지의 어깨를 붙잡고 집안으로 데리고 들어갔다.

페자는 두 사람의 뒷모습을 가만히 지켜보았다. 두 사람 모두 불쌍해 보였다. 두 사람 모두 들볶이고, 학대받고, 더럽혀지고 있다는 생각에 페자는 절망스러웠다.

어째서, 도대체 어째서 이렇게 되었을까? 왜? 두 분은 서로 사랑하는데도, 참으로 사랑하는데도 말이다. 그런데도 서로에게 고통을 주고 있다니, 이런 야만적인 일을 도대체 어떻게 생각해야 한단 말인가? 도대체, 어떻게!

설마 맥주집이나 '존'이란 어이없는 이름 탓은 아니겠지. 정말로 맥주집이나 '존'이란 이름이 그만큼 문제란 말인가. 이런 일이 아버지와 어머니 그리고 페자에게, 이들 세 식구가 사이좋게, 평온하게 살아가는 데 걸림돌이 된단 말인가. 맥주집이나 '존' 같은 이름은 집어던져 버리고 정말로 세 사람이 사이좋게 어깨를 맞대고 인간답게 살아갈 수는 없는 것일까?

페자는 도끼와 쇠망치와 대패를 들고 계단을 올라갔다. 자신의 연장들을 비둘기집에 넣고 빗장을 걸었다. 그러고선 숨도 안 쉬고 나는 듯이 밑으로 달려 내려오다가 무릎이 덜컥 꺾이면서 땅바닥에 넘어졌다. 그 순간, 그의 날카로운 시선은 비둘기집 끝, 맑고 푸른 하늘 아래 누군가 무서워하는 얼굴로 내려다보고 있는 창을 발견하였다.

페자는 재빨리 일어서서 뛰기 시작했다. 다친 다리를 절뚝거리며 집 쪽으로 뛰어갔다. 집에 다다르자마자 아버지와 어머니가 들어간 어두운 방 안으로 몸을 던지듯 들어갔다.

4. 추억이란 이름으로

정말. 추억이란
이런 것일까 싶었다.
이렇게 만들어진 것도 추억일까…….
추억'이란 단지 그뿐, 그저 말 그대로이고
그 이상의 의미는 아닌 듯싶었다.
레이나는 점점 더 마음이 어두워졌다.
추억'이란 말에선
왠지 죽음의 냄새가
나는 듯했다.
추억이란 말에서도 죽음처럼
늘 어둡고 쓸쓸한 느낌만이
스며왔다.

4. 추억이란 이름으로

레이나는 줄곧 창가에 앉아 있었다.

아주 놀란 표정으로, 늘 보아오던 푸른색 눈의 소년이 울고 있는 모습을 보고 있었다. 무슨 일일까……?

울부짖던 소년의 모습이 눈앞을 스쳐 지나간 순간, 싸움은 끝이 났고 소년의 모습은 어느새 집으로 사라져버린 뒤였다. 뭐라고 소리를 치거나, 어떻게 해보고 싶었지만 그럴 수가 없었다. 너무 갑작스럽게 일어난 일이기도 했지만 자신이 어떤 도움이 될지 판단하는 사이에 벌써 사람들이 사라져버렸기 때문이다.

레이나는 어둠이 밀려오는 소년의 집을 물끄러미 바라보며 마냥 창가에 앉아 있었다. 불현듯 친구들의 싸움을 말리던 일이 생각났다. 친구들이 손을 휘두르고 고함치고 소란을 피우며 싸울 때면 레이나는 휠체어를 탄 채 전속력으로 친구들 속으로 달려들며 소리쳤다.

"애들아! 자, 간다. 조심해라!"

가끔씩 소녀들은 휠체어에 부딪혀서 따끔한 맛을 보기도 했다. 그럴 때면 아이들은 저마다 레이나를 원망하기도 하고, 화를 내기도 했다.

"레이나, 이건 내 문제야. 네가 간섭할 일이 아니란 말야."

"이것 봐, 레이나. 남이야 싸우건 말건 참견하지 마."

"어머나! 놀래라. 얘, 이러다 다치면 어쩌려고 그러니?"

하지만 레이나는 이런 말에는 신경도 쓰지 않았다. 오히려 레이나의 이런 행동은 싸움이 있을 때마다 계속되었다.

"난 무슨 소리를 들어도 괜찮아. 어쨌든 싸움이 끝났잖니?"

이런 일들이 몇 번인가 반복되면서 친구들도 차츰차츰 레이나의 행동을 이해하게 되었다. 아무리 심각한 일로 극성스럽게 싸우다가도 레이나의 '돌격차'로 인해 아수라장이 되어버리면 아이들은 저절로 흩어졌던 것이다. 흩어지고 난 뒤 아무리 손을 휘두르거나 악을 써봐도 별 수가 없었다. 싸움은 어차피 싱겁게 끝나버렸으니까.

갑자기 무슨 일일까……, 무슨 일이 있는 걸까.

페자의 어머니가 소시지를 들고 왔을 때부터 레이나는 그의 아버지며 어머니, 그리고 페자를 조심스레 지켜보았다. 하지만 페자가 울음을 터뜨리자 레이나는 더 이상 참을 수가 없었다. 휠체어를 다급하게 창가로 밀고 가서 차양을 올렸다. 밖에 있는 소년에게 무슨 말이라도 외칠 작정이었다.

하지만 이미 늦었다. 무슨 말을 해야 할지 잘 떠오르지도 않았고 우물쭈물하는 사이 모두 사라져버렸다. 벌써 어른들의 모습은 보이지 않았고, 페자도 계단에서 굴러 떨어져 다친 발을 절뚝거리며 자기 집으로 가버리고 말았다.

레이나는 차양을 내렸다. 마음을 가라앉히려고 방안을 대여섯 번이나 빙빙 돌았지만 아무런 소용이 없었다.

(왜 싸운 걸까……? 소년은 왜 울었을까……?)

소년이 울부짖던 소리며, 절뚝거리며 달려가던 모습이 눈에 아른거렸다. 도저히 마음이 진정되지 않았다.

그래……. 문제가 없는 사람은 아무도 없어. 누구나 아픈 것이 있는 거야. 어쩌면 이 세상에는 모든 게 잘 되는 집이나 가족은 없는 지도 몰라. 정말 그럴까? 행복하고 평화로운 집은 없는 걸까?

레이나는 벽으로 눈길을 돌렸다. 가족사진이 걸려 있었다. 지난해 일요일, 어머니와 아버지가 학원에 면회 왔을 때 레이나와 찍은 사진이다. 기숙사에서는 일요일마다 가족면회와 함께 교정을 거니는 일이 허용되었다. 그래서 매주 일요일이면 멀리서 혹은 가까이에서 아들딸을 보기 위해 많은 어머니, 아버지가 찾아와 아이들을 기쁘게 해주었다. 레이나의 어머니와 아버지도 꼬박꼬박 면회를 왔다.

어느 일요일 오후였다. 짧은 만남이 지나고 헤어져야 할 시간이 가까워질 무렵, 세 식구는 아쉬움을 달래며 교정을 산보하고 있었다. 그때, 교정 저 깊숙한 곳에서 한 낯선 사내가 나타나더니 레이나의 식구들 곁으로 다가왔다. 사내는 눈이 약간 찢어지고 조금 간사스러워 보이는 모습의 사진사였다. 그 사진사는 한 번도 본 적이 없는 레이나 식구들에게 넉살좋게 말을 걸었다.

"안녕하세요? 아, 이분이 따님이신가 보죠? 무척 행복해 보이십니다."

"예, 그렇습니다만……."

아버지가 약간 당혹스러워히면서 말을 받자, 사진사는 더욱 알랑거리는 목소리로 말했다.

"사진 한 장 찍으시죠. 이렇게 가족끼리 정답게 있는 모습이 참 보기 좋잖아요? '추억'으로 말입니다."

어머니와 아버지는 갈팡질팡했다. 아마도 '추억'이란 말이 주는 느낌 때문인 듯했다. 그 한마디에 어머니와 아버지는 무척 당황한 표정으로 레이나의 얼굴을 연신 쳐다보았다. 글쎄……, 별로 나쁜 일은 아닌 것 같은데 네 생각은 어떠냐는 눈빛으로. 레이나는 별로 찍고 싶은 마음이 생기질 않았다. 하지만 잠자코 있었다. 굳이 어머니와 아버지의 기분을 상하게 하고 싶지 않았던 것이다.

식구들이 우물쭈물하는 사이 그 여우같은 얼굴의 사진사는 어느새 어머니와 아버지를 휠체어에 탄 레이나 옆에 세우고, 재빨리 사진기 쪽으로 달려가 셔터를 몇 번 눌렀다.

정말, 추억이란 이런 것인가 싶었다. 이렇게 만들어진 것도 추억일까……. 그때 찍은 기념사진은 지금 이곳에 걸려 있다. 다른 한 장은 기숙사 방에 있는 레이나의 침대 위에 걸어놓았다.

어머니와 아버지가 보고 싶을 때면, 머리맡에서 늘 보던 사진이 바로 지금 이 집에도 똑같이 걸려 있는 모습을 보니 괜스레 웃음이 나왔다.

어머니와 아버지도 내가 보고 싶을 때면, 또 행복한 가정을 꿈꿀 때면 저 사진을 보았겠지……. 한 점의 자연스러움도 없이 얼렁뚱

땅 찍게 된 저 사진을 말이야. 또, 앞으로도 저 사진을 보겠지. 어쩌면 내가 죽은 후라도 '추억으로' 말이야……

하찮은 말이라도 꼼꼼히 되새겨보는 레이나의 버릇 때문이었을까. 사진사의 말이 다시 떠올랐다.

(추억?)

레이나는 후후 웃었다. 하지만 마음이 밝아지지는 않았다. '추억'이란 단지 그뿐……. 그저 말 그대로이고, 그 이상의 깊은 의미는 아닌 것 같았다. '추억'이란 말이 아버지와 어머니를 당황하게 만들었듯이, 그 말을 되새기는 레이나의 마음도 무척이나 어두워졌다. 왠지 추억이란 말은 죽음이란 말과 비슷한 느낌을 주었다. 죽음이란 늘 어둡고 쓸쓸한 느낌이었다. 레이나는 갑자기 이런 기분을 털어내 버리고 싶은 강한 욕구에 머리를 두어 번 세차게 흔들었다.

그래, 아무려면 어때. 모든 걸 '추억' 씨한테 맡겨두자.

사진을 물끄러미 바라보았다. 동그란 얼굴의 어머니가 거기 있었다. 맑고 푸른 눈, 탐스러운 금발, 주름살이 하나도 없는 건강한 얼굴. 어머니 혼자만 보면, 다른 사람들의 눈에는 아무 걱정도 없는 행복한 여자로 보일 게다. 하지만 그 크고 푸른 눈을 좀 더 자세히 들여다보면 꼭 그렇지만은 않다는 걸 알 수 있다. 어머니의 눈은 어딘가 모르게 슬프다. 유달리 정이 많은 어머니는 눈을 심하게 깜박거리는 게 버릇이다. 몹시 난처해지거나, 괴로울 때, 혹은 귀찮을 때면 어머니는 그 크고 푸른 눈을 수없이 깜박거린다.

다른 사람에게도 그런지, 그건 알 수 없었다. 레이나에 대한 안

쓰러움 때문인지 유독 레이나를 만날 때마다 언제나 눈을 깜박거리며 수없이 키스를 퍼붓곤 했다.

마치 다시는 못 볼 것처럼 쏟아 붓는 각별한 어머니의 정이 레이나는 오히려 부담스럽고 싫었다. 레이나도 어머니를 사랑했다. 어머니의 마음을 모르는 것은 아니었지만 그런 어머니의 행동을 볼 때면 어쩐지 서글프고 짜증이 났다. 자신이 불구라는 사실이 새삼 떠올라, 그런 처지를 비관하게 될 것만 같은 생각 때문이었다.

어쩌면 레이나의 마음속 깊은 곳에는 그런 두려움이 숨어 있는지도 몰랐다. 그래서 어머니를 보면 금방 화를 내었다. 그럴 때마다 레이나의 마음도 쓰라렸다. 하지만 달리 어쩔 수가 없었다. 차라리 어머니가 엄할 때가 좋았다. 그 편이 편했다. 6학년 때 베라 선생님에게 그런 것처럼, 레이나는 어머니에게도 아무렇지 않게 자신을 대해 달라고 부탁했다. 좀 더 의연하게, 어머니답게 딸을 대해 달라고……

하지만 소용이 없었다. 어머니는 그 말을 한 다음에도, 또 그 다음에도 계속해서 눈을 깜박거리며 똑같은 행동을 되풀이했다. 아마도 어머니는 레이나의 말을 한 귀로 듣고 한 귀로 흘려버리는 것 같았다. 그래서 늘 눈을 깜박거리는지도 모른다. 레이나는 이런 어머니의 행동이 무척이나 답답했다. 어머니는 왜 내 얘기에 귀를 기울이지 않는 걸까.

아버지는 어머니와는 전혀 달랐다. 아버지는 멋진 분이다. 진짜 사나이다. 어머니보다 아버지를 더 사랑한다거나 하는 것은 아니었지만 아버지는 아무리 생각해도 더없이 편안하기만 하다. 그런 편안함이 좋았다. 어머니처럼 감정이 풍부하거나 정이 깊지는 않았지만 아버지의 인품은 존경하지 않을 수 없었다. 아버지는 아마 죽을 때까지 사람들로부터 존경을 받을 거라고 생각했다. 아버지는 재능 있는 지질학자로 시베리아의 니켈 광산을 발견하기도 했다. 레이나는 그런 아버지가 무척이나 자랑스러웠다.

아버지는 한 번씩 시베리아에 갈 때마다 오랫동안 그곳에 머물렀다. 그래서 딸을 면회 올 수 없는 그런 때면 아버지는 한 번도 빼놓지 않고 레이나에게 사진이나 그림엽서, 기념배지 등을 보내주었다. 사진에는 '사랑하는 딸에게'라는 말과 함께 항상 자상하게도 단정한 글씨로 설명이 씌어 있었다.

"울렌고이, 이곳은 앞으로 커다란 철도역이 생긴다."

"우드칸, 무진장한 동(銅)의 산지. 아버지의 동료들이 이 지대를 조사하고 있는 중이란다."

"내 사랑하는 딸아. 자, 보렴, 멋진 강이다. 강 이름이 레이나란다. 네 이름과 똑같은 강이지."

아버지가 보내온 두툼한 소포를 받을 때마다 레이나는 무척이나 기쁘고 행복했다. 너무나 기쁜 나머지 자신도 모르게 소포를 끌어안고 괴성을 지르곤 했다. 친구들을 모아놓고 한껏 자랑하면서 아버지가 보내온 사진이나 그림엽서를 돌려보며 그 속에 써 넣은 설명들을 읽어주었다. 그리고 나서 아버지가 선물로 보내준 두꺼운 세계지도 책을 펴놓고 같은 방 친구들에게 울렌고이며 우드칸을 찾아주었다. 그러다 보면 어느새 상상의 나래를 타고 친구들과 함께, 또 아버지와 함께 레이나 강을 신나게 여행하고 있었다.

아버지는 무엇이든 다 알고 있었다. 편지에도 결코 마음을 상하게 하는 말은 쓰지 않았다. 레이나가 심란해 할까 봐 걱정해서인지 시베리아의 아름다움이며 신비함에 대해서도 쓰지 않았다. 단지 사진에 대한 설명뿐이었다. 레이나의 부탁으로 학원에서 강연하게 됐을 때도, 자신의 일에 대해서는 필요한 말만 했다. 어떻게 보면 쌀쌀맞고 사무적이기조차 했지만 레이나는 아버지의 깊은 생각을 이해할 수 있었다.

불구의 아이들에게, 특히나 사내아이들에게 지질학에 대한 정열을 불어넣는 것은 죄라고밖에 할 수 없으니까 말이다. 아버지는 그만큼 생각이 깊은 사람이었다.

학원에서 아버지의 강연이 있던 날, 레이나는 자신의 아버지가 이토록 현명하고 섬세한 사람인 것을 기뻐하며 뿌듯한 마음으로 강연을 들었다.

강연이 끝난 뒤, 레이나는 아버지와 함께 교정을 산보해도 좋다는 허락을 받았다. 늦가을인 10월, 밖에는 이슬비가 부슬부슬 내리고 있었다. 이제 저 비가 그치고 나면 쌀쌀한 바람이 불겠지. 곧 겨울이 오겠구나 생각했을 때 어디선가 나뭇잎 썩는 냄새가 났다. 아버지는 몇 번인가 기침을 하고 나더니 레이나의 등 뒤에서 중얼거렸다.

"레이나, 아버지는 전혀 모르겠구나. 네가 어째서 그렇게 졸라댔는지?"

"첫째는……."

레이나가 말했다.

"아빠가 자랑스럽기 때문이에요. 우리 아빠가 얼마나 훌륭한 사람인가를 모두에게 알리고 싶었거든요. 둘째는, 아빠를 통해 시베리아의 생활과 풍경을 알고 싶었어요. 아빠의 강의를 듣는 동안, 우린 상상 속에서나마 머나먼 시베리아를 여행할 수 있었어요. 우리는 이곳 생활에서 벗어날 수가 없으니까요. 아버지, 아주 재미있고 즐거운 여행이었어요."

레이나의 등 뒤에서 아버지는 또 콜록거렸지만 레이나는 기분이 좋았다. 다른 때 같으면 마구 화를 낼 수도 있는 일이었다. 레이나는 상대편이 자신의 뒤에서 말하고, 등 뒤에서 말을 걸어오는 것을 제일 싫어했다. 하지만 그때만큼은 좋았다. 아버지를 좋아했을 뿐만 아니라 그때는 오히려 아버지의 얼굴을 보지 않고 얘기하고 싶었던 것이다.

어머니라면 언제나 눈을 깜박거리는 모습밖에 떠오르지 않지만 얼굴을 보고 있지 않아도 아버지의 낮은 기침소리를 듣고 있으면 아버지의 언제나 편안하고 잔잔한 모습의 얼굴이 떠올랐다.

어쨌든 아무리 하찮은 말이라도 꼼꼼히 잘 기억하는 레이나의 버릇은 깊은 의미가 숨겨 있으니까 그리 쓸데없는 것만은 아니었다.

그때 사진사가 내뱉었던 '추억'이란 말도 그렇다. '추억'이란 말 앞에 무척이나 당혹스러워하던 어머니와 아버지의 모습이 떠올랐다. 아버지와 어머니한테 정말 그런 심각한 추억이 있는 게 아닐까.

어쩌면 그럴지도 모른다. 레이나가 태어난 이후 지금까지 쭉 레이나가 살아 있는 사실, 불구의 몸으로 그럭저럭 8학년이 될 때까지 살아 있다는 사실은 어떻게 보면 부자연스럽고 믿기 어려운 일일지도 모른다. 어쩌면 머지않아 세상을 떠날 수도 있는 일이다. 아버지와 어머니의 두려움은 바로 거기에 있었다. 미처 생각지 못했던 이 '추억으로'란 말이 정말 문자 그대로 현실이 되는 것을 두려워한 것이다. 그 말 앞에서 어쩌면 레이나가 죽을지도 모른다는 사실이 새삼스러웠던 것이다.

레이나는 사진으로부터 멀리 떨어져나와 방 깊은 구석으로 물러났다. 순식간에 외로움과 고통이 밀려왔다. 고독이란 이런 것이라고 생각했다. 고독, 그리고 사람이 없는 방. 학원에서는 레이나가 가장 의지가 강하고 매사가 분명하다는 것이 같은 학년 여학생들의 공통된 의견이었다. 그녀는 어리광 따위를 부리지 않았다. 그런 짓은 자신만 생각하는 이기주의라고까지 생각했다. 자기 자신에게 그런 것들을 용납하지 않았고, 매사에 철저하게 자신의 일을 해왔다. 싸워 이기고 싶었다. 불구된 삶의 힘겨움과 그 힘겨움에서 오는 '죽음'에 대한 공포와 절망감을 이겨내고 싶었다. 그래서 레이나는 더욱더 자신에게 엄격해 왔지만, 레이나의 가슴 한구석에도 커다란 구멍이 있었다. 고독이었다. 하지만 곧 페자를 생각해 내고는 스스로를 위로했다.

그래, 어쩜 난 너무 이기적인지도 몰라. 저 페자란 사내애, 저 애는 비록 손발은 멀쩡하지만 나보다 더 고생스러운 아픔이 있을지도 몰라.

레이나는 다시 창가로 다가가 자신에게 물었다.

정말 이 세상에서 죽을 때까지 행복한 사람, 조건 없이 행복한 사람은 없는 것일까? 정말 없을까? 레이나는 머리를 세차게 흔들었다. 아니야, 있어. 분명히 있고말고.

 손잡이 돌리는 소리가 찰가닥거리더니 현관문이 열렸다. 벌써 퇴근 시간이었다. 어머니가 밝은 표정으로 레이나를 바라보았다. 어머니의 어깨 너머로 아버지가 빙그레 웃으며 다가왔다.

 "아…… 엄마, 아빠!"

 레이나는 얼른 몸을 돌려 어머니와 아버지 쪽으로 휠체어를 밀었다.

 "레이나."

 어머니가 달려와 레이나를 껴안았다.

 "하루 종일 심심하지 않았니? 몸은 좀 어떠니? 밥은 먹었고?"

 "네, 물론이죠. 그런데 오늘은 좀 늦으셨네요. 오늘 무슨 좋은 일이 있었어요? 엄마 표정이 무척 밝아 보이는걸요?"

 "응, 그래. 자, 조금만 기다려라, 레이나. 엄마가 맛있는 저녁을 차려줄 테니까."

 어머니는 밝은 목소리였다.

 "여보, 당신도 얼른 씻으세요."

 "응, 그러지. 레이나, 저녁 먹을 준비를 하자꾸나. 오늘은 엄마가 무척 기분이 좋은가 보다."

 책상 위에 가방을 내려놓으며 아버지가 말씀하셨다.

 "글쎄 말이에요. 두 분이서 오랜만에 데이트라도 하셨나 보죠?"

 레이나는 짓궂은 눈초리로 아버지의 말을 받았다.

 "에끼, 녀석!"

 "호호호……."

오랜만에 가져보는 유쾌한 저녁시간이었다. 폐자의 일이며, 사진의 '추억'을 둘러싼 시름이 싹 가시는 듯 한 기분에 레이나는 입가에 연신 함박웃음을 지어 보였다.

부엌에서 달그락거리는 소리, 바비큐를 굽는 맛있는 냄새가 풍겨왔다.

"레이나, 이제 이리 와서 저녁을 먹자꾸나. 여보, 당신도 빨리 오세요."

부엌으로 갔을 때, 아버지와 레이나는 환호성을 질렀다. 맛있는 음식들이 먹음직스럽게 차려져 있었다.

"엄마, 근사한 저녁이에요. 오늘 무슨 파티라도 있는 날 같아요. 무슨 일이 있는 거죠?"

레이나는 기뻐 놀란 표정으로 어머니를 바라보았다.

"레이나, 너무 놀라지 마라. 실은 아주 어마어마한 소식이란다. 엄마가 일을 그만두게 됐어요."

순간, 레이나는 너무 놀라 휠체어를 꼭 붙잡았다.

"아니, 엄마……, 왜?"

단란했던 시간은 이미 깨져버리고 갑자기 어떤 절망감 같은 것이 짜증에 섞여 밀어닥쳤다.

"너를 위해서지."

"아니, 모두를 위해서야."

아버지가 나지막한 목소리로 고쳐 말했다.

"그래요, 당신 말이 맞아요. 모두를 위해서죠."

어머니는 웃음을 터뜨렸다.

"난 단순한 기술사 공부만 해서 그런지 말주변이 없구나. 아무려면 어떠니? 어쨌든 기쁜 일이지 않니?"

레이나는 몸이 굳어져왔다. 실망스럽기도 하고 불쾌하기도 했다.

요컨대 아빠와 엄마는 꽤 오래 전부터 나를 지켜보고 있었던 거야. 단지 말을 안했을 뿐. 내가 외롭다고 생각한 걸까? 아니면 페자의 일을 눈치 챈 것일까? 아냐, 페자의 일을 어떻게 안단 말인가. 아무도 모르는 비밀인데……. 아무튼 엄마를 말려야겠어. 지금 이대로가 좋아. 깨뜨리고 싶지 않아…….

"엄마."

레이나는 단호한 말투로 어머니를 불렀다.

"물론 저에겐 아직 선택권이 없어요. 하지만 제 인생이 결정되는 문제에는 꼭 저를 참가시켜 주셨으면 해요."

순간 어머니는 멍한 표정이었다. 식탁에 접시를 놓으며, 입을 벌린 채 깜짝 놀라서 레이나를 바라보았다.

"엄마, 너무 놀라지 마세요. 제 말은요, 만약 엄마가 일을 그만둔다면, 전 아주 실망할 거란 말예요. 전 다소 외롭긴 하지만 무엇이든 혼자서 할 수 있어요. 엄마가 그러시면, 전 엄마가 저를 혼자서는 아무것도 할 수 없는 항상 못미더운 아이, 아무 쓸모도 없는 신체장애자로 생각하고 있다고밖에 생각할 수 없어요."

"레이나, 그렇지 않아. 그럴 리가 있겠니? 아니, 너……, 어떻게 된 거 아니니?"

어머니는 멍하다 못해 기가 막힌다는 표정이었다.

"그렇지 않다면, 엄마, 건설국 일을 계속하세요. 저 때문에 일을 그만둔다거나 하는 건 정말 싫어요. 아니면 저를 집으로 데려다주세요."

"아니, 집이라니? 여기가 내 집이잖니?"

"학원으로 말이에요."

레이나는 답답하다는 듯, 손짓을 해보이며 말했다.

어머니는 아주 걱정스럽고 또 섭섭하다는 표정이었다. 어머니는 오래 전부터 이 일을 생각하고 실행에 옮긴 것 같았다. 아마 아버지를 설득시켰으리란 건 쉽게 짐작이 갔다. 아버지는 시종일관 아무 말 않고 망설이는 표정으로 레이나를 바라보았다.

"레이나, 그래도 넌 아팠잖니, 폐렴을 앓았잖아."

아버지는 먼저 두세 번에 걸쳐 헛기침을 하고 나서 힘들게 입을 열었다.

"아빠, 그게 어떻다는 거예요? 전 지금 아무렇지도 않아요."

레이나는 딱 잘라 말했다.

"엄마, 아빠, 아직도 하실 말씀이 있으세요?"

"별로······."

아버지는 말문이 막힌 듯 힘없이 어깨를 으쓱해 보였다.

"엄마, 아빠. 이 이야기는 이것으로 끝내도록 해요. 제발 부탁이에요."

아버지의 입에서 '휴우'하고 긴 한숨소리가 새어나왔다. 어머니는 금방이라도 울음을 터뜨릴 것처럼 눈을 깜박거렸다. 하지만 곧 아버지가 어머니의 어깨를 안아주며 말했다.

"여보, 됐어. 레이나가 원하는 대로 합시다. 그게 좋겠어. 자, 여기서 끝냅시다."

아버지가 조용히 속삭였다.

"자, 이것으로 끝."

아버지와 어머니는 말없이 식탁에 앉았다. 아버지도 어머니도 몹시 우울해 보였다. 즐거운 저녁시간을 위해 기분을 전환시켜 보려고 애쓰는 모습이 역력했지만 간간이 한숨이 터져 나오는 건 어쩔 수 없었다. 아버지가 식탁에 앉아 턱을 괴고 물었다.

"레이나, 넌 어째서 학원에 가고 싶은 거니?"

학원으로 가고 싶다는 말이 아버지는 꽤 섭섭했던 모양이다.

"친구들이 보고 싶어요. 오래 전부터 그랬거든요."

레이나는 무심히 대답했지만 자신의 말에 스스로도 놀라고 있었다. 실은 얼떨결에 대답한 것이지, 꼭 그런 것만은 아니었기 때문이다. 더군다나 페자의 모습이 떠오르자 레이나는 황급히 말문을 닫아버렸다. 거짓말을 하려던 것은 아니었는데……. 친구들이 보고 싶기도 했지만 지금은 페자에 대한 걱정과 궁금증이 레이나의 생활을 꽉 채우고 있었던 것이다.

레이나는 식탁 앞의 분위기를 떨쳐내고 싶었다. 식사 분위기가 우울해진 것이 싫기도 했지만, 무엇보다도 어머니에게 미안하다는 생각이 들었다.

"엄마, 미안해요. 아까는 제가 너무 심했지요? 쌀쌀맞다고 생각하셨죠? 정말 미안해요. 하지만 그런 일이 있을 땐 저와 꼭 의논해 주세요."

"그래, 레이나. 네가 원하는 대로 하자꾸나. 하지만 엄만 널 사랑하는 맘 때문에 그랬다는 걸 알아주렴."

"네, 알아요, 엄마. 저도 엄말 사랑하니까요. 참, 저녁 다 식겠어요, 빨리 먹어야죠. 엄마의 요리솜씨는 최고잖아요. 아빠, 엄마, 우리 좀 전의 일일랑 다 잊어버리고 즐겁게 저녁을 먹어요, 네?"

"그래. 그러자꾸나. 허허허……, 녀석도."

레이나의 뺨을 어루만지며 아버지는 너털웃음을 웃었다.

"엄마, 저 부탁이 있어요."

어머니는 또 레이나 입에서 무슨 엉뚱한 말이 나올까 무서운지 자꾸만 눈을 깜박거렸다.

"저 있잖아요, 옷자락이 긴 멋진 드레스를 사주세요!"

5. 네가 거기 있었어

그때였다.
차양이 움직이며
한 소녀가 나타났다.
순간 심장이 멈추는 듯했다.
하이얀 얼굴에,
세 갈래로 땋아
빙 둘러 머리 위에 얹은 금발……,
아 아름다운 소녀!
눈이 부셨다.
마치 태양처럼
빛나
보였다.

5. 네가 거기 있었어

해가 중천에 떠올랐다. 눈을 비벼보았다. 날이 이미 환하게 밝아 어머니도 아버지도 일터로 나가시고 아무도 없었다.

페자는 후다닥 일어나 이불을 갰다. 어젯밤 늦게까지 잠을 이루지 못하고 이런저런 생각에 뒤척거린 탓인지 오늘은 그만 늦잠을 자버린 것이다. 비둘기집으로 가기 위해 서둘러 셔츠를 목에 끼면서도 어젯밤에 꾼 무서운 꿈이 잊혀지질 않았다.

(정말 악몽이었어.)

아마도 집이었던 것 같다. 어머니가 밀가루를 반죽해 놓은 모양인데, 그 밀가루 반죽이 끝없이 부풀어 올라 양재기에서 넘쳐나와 바닥으로 흘러내렸다. 페자가 다른 그릇에 덜어 옮길 틈도 없이, 반죽은 바닥을 뒤덮고도 모자라 페자가 있는 곳까지 끝없이 부풀어 올랐다. 순식간에 페자의 턱밑까지 밀려든 밀가루 반죽은 페자를 덮쳤다. 호흡이 곤란했다. 마치 늪 속에 빠진 것처럼 도망갈래야 도망갈 수도 없는 상황이 되고 말았다.

이 일을 어떻게 하면 좋은가! 페자는 그곳에서 빠져나오려고 발버둥을 쳤지만 어쩔 도리가 없었다. 밀가루 반죽 속은 헤엄치기에는 너무 질퍽질퍽했고, 걷기에는 너무 미끄러웠다. 페자는 식은땀을 흘리며 누군가를 부르다가 잠에서 깨고, 그러다가 또다시 똑같은 꿈속으로 빨려 들어가 버렸다.

탁자 위엔 잘게 찢어진 빵 쪼가리며 가루가 된 빵 부스러기가 더럽혀진 접시와 함께 놓여 있었다. 그 옆엔 또 구겨진 침대며 아무렇게나 내팽개쳐진 실내화가 어지럽게 널려 있었다. 방 안 꼴이 엉망이었다. 그래도 햇빛은 인심 좋게 이 더럽혀진 바닥이며 어지러운 식탁을 비춰주고 있었다. 그 꼴이 더욱 창피스럽게 느껴졌다.

페사는 갑자기 무슨 생각이라도 난 듯 퍼뜩 잠에서 깨어나 침대를 박차고 씩씩하게 일어났다. 그래, 하려고 하면 되는 것이다. 무슨 일이든 그렇다. 봐라, 여기에 지저분한 식탁이 있다. 하지만 말끔하게 치우려고 마음만 먹으면 말끔하게 되는 것이다. 아, 바닥도 쓸고 닦아야겠구나. 걸레가 어디에 있지? 저기 있구나. 하나, 둘, 셋. 자! 보라, 이젠 다 됐다. 더러웠던 식탁이 깨끗해졌다. 게다가 기름걸레로 닦았기 때문에 번쩍번쩍 윤까지 나지 않는가! 그 다음에 페자는 재빨리 물이 든 물통을 갖고 왔다. 이제 조금만 더 열심히 하면 마루도 식탁처럼 윤이 날 것이다. 새것처럼 되지는 못하겠지만 단정하고 깨끗하다는 건 얼마나 기분 좋고 상쾌한 일인가.

그렇지, 모든 일이 그렇다. 더럽다고 욕하지 말고 어렵다고 모든 걸 체념하지 말고 그걸 해결하기 위해 노력한다면 정작 어려운 일은 별로 없는 것이다. 필요한 건, 체념과 한탄이 아니라 어려움을 해결하려는 의지와 목표, 방법 그리고 노력이다. 폐자도 전부터 뭔가 하고 싶다고는 생각하고 있었다. 하지만 이제야 겨우 그 실현방법을 생각해 낸 것이다. 지금 아버지에게 중요한 건 자신의 약속을 지킬 수 있는 힘과 방법이다. 바로 그거다. 자신하건대 아버지는 오늘 저녁 술을 한 모금도 안 마시고 귀가할 것이다.

집안은 착착 정돈이 되어 어느새 말끔하게 치워졌다. 폐자는 침대를 정리했다. 자신의 것과 부모님의 것을 차례대로 치우기 시작했다. 부모님의 침대는 특히 정성들여 정리했다.

더러운 그릇을 닦고, 더러워진 식탁보를 벗겨내 새것으로 갈아씌운 뒤 그 위에 예쁜 꽃병을 놓았다. 앞뜰에서 꽃 몇 송이를 꺾어다가 꽃병에 꽂으니 방은 아주 근사한 분위기로 변했다. 스테레오 위의 먼지를 닦고 노래를 몇 개 골라놓았다. 그 중에서 아버지가 가장 좋아하는 <아무르 강의 파도>를 테이블에 올려놓았다. 옛날 아버지가 해군이던 시절 아버지는 극동 함대에 근무했었는데 극동에는 아무르 강이 있었다고 한다. 이 판을 들으면 아버지가 얼마나 기뻐하실까 생각하니 저절로 기분이 좋아졌다. 폐자는 자신이 해놓은 일을 만족스런 눈길로 바라보면서 탄 보리며 빵 부스러기 등, 비둘기 모이를 호주머니에 잔뜩 쑤셔넣고 서둘러 집을 나섰다. 다른 날보다 꽤 늦은 시간이었다.

"안녕, 이 녀석들아, 오늘은 이 폐자님이 조금 늦으셨다."

비둘기들은 모두 폐자를 향해 투덜거리기 시작했다. 다른 사람들이 보면 비둘기가 '구구구' 울고 있는 줄로만 생각할 테지만 페자는 자신이 늦었기 때문에 화를 내고 있다는 걸 충분히 알 수 있었다. 비둘기들은 몹시 배가 고팠을 것이다. 페자는 탄 보리와 빵 부스러기를 뿌려주고, 물통에 물을 담아주었다.

"자, 애들아, 지금부터 실컷 놀아도 좋아요."

빗장을 벗기니까 푸른 하늘이 비둘기를 기다리고 있었다. 비둘기들은 날개를 퍼덕이며 하늘 높이 올라가 동그라미를 그리며 날아다녔다.

페자는 좋아하는 휘파람을 불었다. 음색을 변화시키며 길게 불면서 비둘기의 멋진 비행을 올려다보았다. 나선을 그리는 것 같은 선회 비행을 보고 있자니 목이 아파왔다. 그래서 머리를 숙이자 비둘기집 쪽 창에서 커튼이 살짝 움직이는 게 아닌가.

페자에겐 문득 어제의 일이 머리를 스쳐지나갔다. 그렇다. 어제 어머니와 아버지가 심하게 다툰 다음 어머니 뒤를 쫓아가다가 넘어졌을 때 저 아파트 창가에 한 소녀가 보였었다.

그러자 페자의 머리에 맨 처음 떠오른 건 분하다는 생각이었다. '치이! 저 계집애, 모두 들었겠구나.' 그러고 나서 생각하니 여태껏 저 집에서 여자애를 본 적이 없었다. 옛날부터 저곳에는 한 쌍의 부부만이 살고 있었다. 아저씨는 표트르 시르이치라는 이름의 지질학자인데 페자와는 서로 아는 사이다. 비둘기집에도 몇 번인가 와서 전서비둘기의 종류며 다른 비둘기와의 차이점에 대하여 물은 적이 있었다.

(그런데 저 소녀는?)

페자는 길게 휘파람을 불어보았다. 창문은 꿈적도 안했다. 바람이었나. 그럴 리가 없다. 페자는 고개를 갸우뚱거리며 소녀의 얼굴을 생각해 내려고 애를 썼다. 하지만 잘되지 않았다.
　(그러면 그렇지. 틀림없이 아무도 없었던 거야. 내가 헛것을 본거지. 이런 미친 놈.)
　그렇지만 왠지 끝까지 확인해 보고 싶었다.
　"야-아."
　조심스럽게 목젖을 죽이며 보통소리로 불러보았다.
　"야-아, 이봐."
　이번에는 좀 더 크게 불렀지만 여전히 아무런 기척도 없었다. 차양 속은 조용했다.
　페자는 대패질을 하면서 수시로 창 쪽으로 눈을 주었다. 역시 창 안쪽에는 아무도 없는 모양이었다. 그래도 끊임없이 신경이 쓰였다. 대패를 옆에다 밀쳐놓았다. 왠지 자꾸만 장난이 치고 싶었다.
　"이봐."
　소리를 질러보았다.
　"그래봐야 소용없어. 난 다 알고 있어, 네가 나를 보고 있다는 걸 말야. 대답해 봐! 왜 보고 있니?"
　여전히 잠잠했다.
　"왜 차양 너머에서……. 쳇! 내 말이 말 같지 않아? 그렇다면 나도 상관없어."
　아무 대답도 없었다.
　"그럼. 이 몸께서는 지금 곧."

페자는 웃옷자락을 바지 속에 끼워 넣으면서 말했다.

"배수관을 타고 보러 간다. 사람이 정말로 있는지 어떤지 알아보려고 말이야."

페자는 구두코로 나무를 통통 찬 다음, 비둘기집을 열고 밑으로 내려갔다. 옷에 묻은 대팻밥을 털어내고 또 한 번 창 쪽을 보았다.

그때였다. 차양이 움직이는가 싶더니 한 소녀가 나타났다. 순간 심장이 멈추는 것 같았다. 매우 아름다운 소녀였다. 흰 얼굴에 금발을 세 갈래로 땋아서 머리 위에 빙 둘러놓은 모습은 마치 태양처럼 빛나 보였다. 눈이 부셨다.

"어어!"

페자는 당황했다.

"내가 말한 대로야."

"도-대-체 뭐가 말이니?"

소녀가 물었다.

"당신이 그곳에 있다는 게 말이야."

"맞아, 있어. 그런데?"

페자는 당황하여 어깨를 으쓱해 보였다.

"아, 아냐. 별로. 있다는 거, 그냥 그뿐이야."

소녀가 몹시 난처해하고 있는 것을 페자도 알 수 있었다. 소녀의 하얀 얼굴이 점차 발갛게 물들어갔다.

페자가 말했다.

"그런데 당신은 어째서 쭉 나를 보고 있었지?"

"당신이라고 하지 마. '너'라든가 '애'라고 해."

소녀는 쌀쌀맞게 말하다가 금세 부드러운 말투로 되돌아왔다.
"그런 어른스러운 말투는 싫어."
"어? 뭐라고?"
페자는 처음에는 못 알아들었지만 잠시 뒤에 자신의 입을 가리고 쿡쿡 웃으며 고개를 끄덕였다.
(킥킥킥. 이런 엉터리 자식. 내가 생각해도 우습지 뭐야. 갑자기 당신이라고 할 게 뭐라. 징그럽게 말야.)
페자는 곧바로 고쳐서 말했다.
"알았어. 그런데 넌 내가 묻는 말에 아직 대답하지 않았어."
"그래, 맞아. 보고 있었어."
소녀는 내뱉듯이 대답했다.
"하지만 그저 보고 있었을 뿐이야. 안 되니?"
페자는 큰 소리로 웃음을 터뜨렸다. 갑자기 이런 일이 모두 우스꽝스럽게 생각되었던 것이다.
"킥킥……. 이게 뭐야, 도대체."
페자의 웃음은 소녀를 몹시 당황하게 만들었다. 그 때문에 소녀는 자존심이 상했던지 차양을 내리려는 듯 몸을 움직였지만 다시 생각을 바꾼 듯했다.
페자가 말했다.
"너, 나와서 산책하지 않을래? 내 비둘기를 만지게 해줄게. 봐, 저놈들을 내 비둘기야. 굉장하잖니?"
페자는 머리를 뒤로 젖히고 하늘을 보며 '휘익'하고 휘파람을 불었다. 소녀 앞에서 자신의 솜씨를 자랑하려는 듯 아주 멋지게 불었다. 그러자 비둘기들이 일시에 하늘로 날아오르며 푸른 하늘을 아름답게 수놓기 시작했다. 페자의 긴 휘파람 소리를 들으며 비둘기들은 하늘 위로 나선형의 원을 그리며 힘차게 또 아름답게 날아올랐다. 레이나와 페자의 시선이 아주 높이 멋지게 날고 있는 비둘기 떼에 모아졌다. 절로 감탄이 나왔다.

"이야, 저것 좀 봐! 어쩜…… 페자, 너의 비둘기들은 정말 멋지구나."

페자는 고개를 숙였다. 소녀가 자신의 이름을 알고 있는 것이다. 결국 어제 저녁 때의 일도 모두 들었을 거란 생각이 스치고 지나갔다. 페자는 한참 동안이나 고개를 수그린 채 잠자코 있었다. 소녀도 마찬가지였다.

"하지만……."

어색한 침묵을 깨뜨리는 순간, 페자는 뜻밖에도 솔직한 얘기를 했다.

"특히 나 같은 청소년들에겐 누구에게나 아픈 고민이 있을 거야. 별로 이상할 건 없어. 다만 무척 슬플 뿐이야. 그러나 오늘부터 나는……."

페자는 각오한 바가 있기에 소녀도 보지 않고 혼자서 씩씩거리며 말을 이었다.

"모두 내가 결심한 대로 했어."

그러고선 소녀를 바라보았다. 또 심장이 뛰기 시작했다. 아! 아름답다. 대뜸 소녀에게 물었다.

"그런데, 넌 이름이 뭐야?"

"레이나."

"레이나, 봐. 오늘……."

페자는 자신의 손가락을 꼽아 보였다.

"오늘 한 번 봐봐, 6시에 말이야. 아버지와 함께 이 길을 지날 테니까. 정확히 네 집 창 밑을 말이야."

하지만 또 고개를 숙이고 이마를 찌푸리고 말았다. 이 아름다운 소녀가 어제 저녁 때 자신의 방에서 싸우는 소리를 모두 들어버렸을 거라는 생각이 들었던 것이다. 어머니의 이야기도 아버지가 했던 말도, 페자가 운 일도 모두 틀림없이 들었을 것이다. 소녀에게 자신의 피부가 드러났다는 부끄러움 때문에 더 이상 말을 할 수가 없었다.

이제 더 이상 소녀 쪽을 바라보지 않았다. 비둘기집으로 단숨에 뛰어올라가 비둘기가 돌아오길 기다렸다. 그러고 나서 비둘기집의 문을 닫고, 아래로 뛰어내렸다. 레이나를 한 번 힐끗 보았다. 레이나는 그때까지 계속 창가에 있었다. 가죽을 씌운 팔걸이의자에 앉아 어찌할 바를 몰라 안절부절못하는 표정으로 페자를 보고 있었다.

페자는 소녀를 안심시키고 싶었다. 좀 전에 자신의 우울한 행동이 소녀를 걱정시킨 것만 같아 미안했다. 페자는 소녀를 바라보며 걱정해 줘서 고맙다는 듯 고개를 끄덕이며 빙긋이 웃었다. 길을 따라 몇 발자국 떼놓다가는 또 뒤돌아보고선 미안하다는 표정으로 싱긋 웃어 보였다.

"레이나, 너 어제 그 일, 들었지?"

레이나는 곧바로 대답하지 않았다. 대답하기 어려운 물음인 것 같았다.

"별로, 난 그런 건 아무래도 상관없어."

페자는 '휴우'하고 한숨을 쉬었다. 집으로 돌아가려고 등을 돌렸다. 대여섯 걸음 걸어가다가 갑자기 뛰기 시작하며 소리쳤다.

"그렇다면 너, 비둘기집을 보러 와라."

레이나는 대답하지 않았다. 페자가 뒤돌아보며 다시 소리쳤다.

"올래?"

레이나는 고개를 끄덕였다. 페자는 심장이 터질 것만 같았다. 아아! 저렇게 아름다울 수가 있을까. 한 번도 단 한 번도 이런 소녀는 본 적이 없다. 학교에서도, 시내에서도, 그 어느 곳에서도 이토록 아름다운 소녀는 본 적이 없다.

페자는 하루 종일 열에 들뜬 사람처럼 돌아다녔다. 마치 무엇엔가 홀린 사람인 양 정신이 하나도 없었다. 소시지며 달걀을 사기 위해 가게 앞에 줄을 서고, 우유와 빵을 사가지고 길을 걸어왔지만 무슨 정신으로 그렇게 했는지 몰랐다. 줄곧 꿈속을 헤매는 것 같았다. 언제나 눈앞에는 레이나가 어른거렸다. 줄을 설 때도 빵을 살 때도 또 길을 걸을 때도…… 레이나의 얼굴이 눈앞에서 떠나질 않았다. 세 갈래로 땋은 금발 머리를 머리 주위로 빙 돌리고…… 푸른 눈, 마치 아이콘과도 같은 옆얼굴. 어쩐 일인지 소녀를 피해 일부러 길을 돌아가면서도 어디선가 금방이라도 소녀가 나타날 것만 같았다.

도대체 어떤 소녀일까? 궁금증이 물밀듯이 몰아닥쳤다. 어디에서 왔을까? 하늘에서 내려온 건 아닐 테고.

그러고 보니, 막상 소녀에 대해 아는 게 별로 없다. 페자는 자신의 어리석음을 욕했다. 아까 만났을 때 이것저것 물어봤어야 했다. 물을 수 없는 것도 아니었는데…… 바보처럼 그냥 있다니. 아니, 또 어떻게 생각하면 꼬치꼬치 캐물을 수도 없었다. 더구나 오늘 처음 봤는데 말이다. 아이고, 머리통이야……. 어쨌든 그 소녀는 보통 소녀는 아니다. 정말이지 더할 나위 없이 아름다운 소녀였다. '더할 나위 없이?' 뭔가 마음에 딱 드는 말은 아니다. 별로 잘 쓰는 말이 아니라서 좀 어색하고 촌스럽다는 생각이 들지만 소녀의 아름다움을 표현할 말이 따로 없다. 다만 그게 최고의 말이니까 그만하면 됐다 싶었다. '더할 나위 없다'란 말은 지금까지 딱 한 번, 잡지에서 라파엘의 그림을 보았을 때 떠올렸을 뿐이다. 인간이란, 더욱이 여자애란…….

페자의 내부에서 뭔가가 뒤얽혔다가 부서졌다. 마음속에 있던 울타리가 갑자기 허물어지고 부서진 것이다. 대신에 좋은 것인지 나쁜 것인지 알 수는 없지만, 어쨌든 페자의 삶에 새로운 뭔가가 생긴 것만은 분명했다.

하루 종일 페자의 눈 속에는 레이나가 서 있었다. 여기저기에 어지럽게…… 오직 레이나만이……. 그렇게 정신없이 길을 가다가, 결국 시장에서 어떤 할머니와 부딪히고 말았다.

"야, 이놈아. 눈도 없냐."

"네?"

"이런 미친 녀석 보게나, 멍하니 입을 벌리고 걷다니, 정신이 나간 놈 아냐."

할머니는 연신 욕을 퍼부어댔다. 페자는 그런 욕을 들으면서도 바보처럼 입을 헤 벌린 채로 웃고만 있었다. 그래서 할머니는 자신을 놀리고 있다고 생각했는지 더욱더 화를 냈다.

아무튼 마법에 걸린 것 같은 하루였다. 오늘은 시작이 좋더니 온종일 기분 좋은 일만 생기는 것이다. 어떤 '의욕'과 자신감이 온몸을 조여 왔다. 자기도 모르게 자꾸만 싱글거리게 되는 것이다. 페자는 정신을 차리고 아침부터의 일을 생각해 냈다.

(그래, 오늘 꼭 해야 할 일이 있었지. 한번 해보자. 뭔가 잘 될 것 같은 예감이 드는 걸.)

확실한 목표와 함께 그것을 실현할 수 있는 방법을 세웠으니, 이제 차분하게 실행에 옮기기만 하면 되는 것이다.

오후 4시. 모든 준비가 갖추어졌다. 페자는 집을 나와 버스를 타고 아버지가 일하고 있는 건설현장으로 갔다.

현장은 엄청나게 크고, 활기에 넘쳐 있었다. 씩씩하고 활기에 찬 현장의 분위기는 페자를 압도했다. 페자는 마치 자기 자신이 그곳의 노동자가 된 기분이었다. 왠지 자랑스럽고 힘이 솟았다. 그때였다. 아버지가 운전하는 굴착기가 '으르렁'거리는 소리를 내면서 기중기 끝에 붙어 있는 커다란 삽으로 흙을 떠서 트럭에 옮기고 있었다. 페자는 넋을 잃고 이 광경을 보고 있었다.

얼마나 굉장한 힘인가! 한 번에 저렇게 많은 흙을 떠올리다니! 아버지가, 다름 아닌 아버지가 이런 작업을 능숙하게 하고 있는 것이다. 어제 아버지에게 패기가 없다, 쓸모가 없다고 말한 게 생각났다.

전혀! 지금의 아버지의 모습은 페자가 생각했던 것과는 완전히 딴판이었다. 그런 아버지를 조금은 이해할 수 있을 것도 같았다. 아버지는 이제 패기가 없는 사람도 쓸모없는 사람도 아니다. 이제부터는 다른 아이들의 아버지와 똑같은 아버지가 될 것이다. 그렇다. 이름이 '존'이라고 해서 뭐가 어떻다는 건가. '양키'나 '샘 아저씨'라니, 제기랄……. 좋다. 지금까지의 아버지와는 완전히 안녕이다.

페자는 아버지가 일하시는 현장 입구에 앉아 작업이 끝날 때를 기다렸다. 이윽고 일을 마치고 저쪽에서 아버지가 나타났다. 수건으로 손을 닦으며 걸어오는 아버지는 다른 사람 같았다. 단정한 보통 사람이었다. 어디에도 어릿광대 같은 모습은 없었다. 아버지는 페자를 발견하고 뭔가에 걸린 듯이 멈춰 섰다. 뭔가 물으려고 하다가 그만뒀다. 이미 페자의 의중을 눈치 챈 것 같았다.

한숨을 쉬더니, 불쾌하다는 듯 투덜거렸다.

"페자, 너 혼자 생각해 낸 거니?"

"엄마가 시켜서 한 것 같아요?"

아버지는 머리를 흔들었다. 잠시 뒤에 또 흔들었다.

"그래, 아니야."

버스 정류장까지 걸어가는 동안 아버지는 몇 번이고 머리를 흔들다가 이내 '휴우'하고 한숨을 내쉬었다.

버스 안에서 아버지는 기분을 바꿔 엄숙한 얼굴로 말했다.

"페자, 네가 옳단다. 아버지를 시험하고 있는 것처럼 보이긴 하지만 네가 계획하고 있는 일에 아버지도 찬성이다."

"무슨 말씀이세요? 아버지도 잘 알고 있잖아요."

아버지는 또 '휴우'하고 한숨을 내쉬더니 코에 낀 먼지를 털어내려는 듯 쿵쿵거렸다. 버스가 집 부근의 정류장에 다다랐을 때, 페자와 아버지는 버스에서 내려 걷기 시작했다.

맥주집은 오늘도 쉬지 않고 열려 있었다. 벌써 호호백발 아저씨와 프라토노프 씨가 그 주위를 어슬렁거리고 있었다. 두 사람이 페자와 아버지를 발견했다. 맥주와 아버지의 소꿉친구들을 내던져버리기 위해서 페자는 주먹을 불끈 쥐었다. 하지만, 아버지가 곧 페자의 마음을 알아차렸다.

"자아."

손을 내밀었다.

"네 손을 주렴."

아버지는 페자의 굳게 쥔 주먹을 잡았다. 아들의 단호한 의지를, 자신의 의지를 움켜잡듯 아버지는 큰 손으로 페자의 주먹을 꼬옥 감싸 안았다. 아버지의 정이, 아버지의 헤아림이 페자의 손으로 전해져 왔다. 크고 억센 손……

"네 비둘기들은 건강하니?"

페자는 정신이 없었다. 아버지가 묻는 말도 멍하니 흘려들었다. 비둘기도 비둘기집도 눈에 들어오지 않았다. 비둘기집 바로 옆의 창을 보고 있었다. 페자가 지나가기를 기다리고 있는 사람, 레이나가 있었던 것이다.

페자의 가슴이 두근두근 뛰었다. 레이나에게 고개를 끄덕여 보였다. 그러고선 오늘 아침에 처음으로 레이나와 말을 주고받은 이후, 물건을 사러 갈 때도, 다른 일로 나갈 때도 당연히 지나갔어야 될 이 길을 일부러 피해 간 것을 생각했다.

6. 왜 어른이 되는 거죠

"가르쳐주세요!
전 무엇 때문에 성장하는 거죠?
자꾸만자꾸만 커가는 것 같아요.
안에서 어떤 힘이
저를 밀어 올리는 것 같아요.
가슴도, 넓적다리도…….
어깨도 넓어져가고,
하지만 왜죠?
아빠, 제 다리를 보세요!
제 다리는 아무 쓸모도 없어요.
나무토막일 뿐이에요."

6. 왜 어른이 되는 거죠

어둠이 내리고 있는 저편 땅 끝에서 소년이 걸어오고 있었다. 오늘 아침 레이나에게 말했듯이 소년은 방금 그의 아버지의 손을 잡고 이 길을 지나갔다. 걸어오는 길 저만치서 소년의 푸른 눈길이 자신을 향해 다가오는 듯하더니 소년은 고개를 끄덕이며 곧바로 자기 집으로 사라졌다. 레이나는 소년이 사라진 길을 한참 동안이나 바라보았다. 어둠이 짙게 내리고 있었다. 레이나는 차양을 내리고 창에서 떨어졌다.

오늘은 참으로 미칠 것만 같은 날이다. 실없이 또 한편으론 허전하게 웃음이 터져 나왔다. 참으로 얄궂은 기분이다.

레이나는 마음을 잡지 못하고 방 안을 빙빙 돌았다. 휠체어의 손잡이에서 따뜻한 감촉이 배어나왔다. 레이나는 물끄러미 손잡이를 바라보다가 불현듯 오늘 하루를 생각해 내고 미친 듯이 웃었다. 페자의 얼굴이 웃음소리 속에서 춤을 추었다. 레이나는 바보처럼 실실 웃다가 갑자기 미친 듯이 웃어젖혔다.

페자라는 그 사내애, 터키 해변에는 볼일이 없다고 했지. 아프리카 해변에도 볼일이 없다고? 후후후……, 그럼 어디에 볼일이 있담? 나를 마치 달팽이를 껍데기에서 끌어내듯이 끌어냈단 말야.

달팽아, 달팽아,
뿔을 내놔라, 뿔을 내놔라,
파이를 줄 테니까.
비가 올지 안 올지
날씨를 말해 다오.

이런 우스운 노래가 있었다. 페자의 콧노래도 가사는 다르지만 우습기는 매한가지였다. 바보 달팽이는 당황해서 뿔을 내놓고 말았던 것이다. 또 웃음이 터져 나왔다.

후후후……. 바보 달팽이와 나, 터키 해변에 볼일이 없다는 그 아이…….

레이나는 오늘 거의 하루 종일 창 안에 숨어 있었다. 조용히, 소년이 눈치 채지 못하도록 방 안에 틀어박혀 소년의 콧노래와 쇠망치로 '탕탕' 두드리고 대패질하는 소리를 듣고 있었다. 그러고선 보기 좋게 한방 먹은 것이다. 배짱 좋은 그 애, 잘도 꿰뚫어보았다.

레이나는 창 쪽을 가만히 바라보았다. 페자의 모습이 자꾸 아른거리고 페자가 했던 그 솔직한 말들이 자꾸자꾸 생각났다. 또다시 웃음이 터져 나오고 말았다. 그 앤 좀 촌스럽긴 하지만 참 솔직한 아이였어. 또, 씩씩하고 말이야.

페자가 말할 때의 그 모습, 그 말투, 싱긋 웃으며 달아나던 그 애의 뒷걸음질······.

아아, 하지만······, 하지만 난 너에게 쓸데없는 말을 들려주고 말았구나. 미안하다, 페자.

소년이 몹시 우울해 하던 모습이 떠올라 레이나는 마음이 아팠다. 아까 그 애에게 '미안하다'고 하고 싶었지만, 단지 마음일 뿐이었다. 그때 그 애는 뜻밖에도 무척 솔직하게 자기 집 일을 들려주었다. 그러고 나서 지금은 마치 어린애의 손을 잡아 이끌 듯 아버지의 손을 잡고 일터에서 집으로 아버지를 모시고 가는 것이다. 내게 한 말 때문이었을까?

레이나는 휠체어를 멈췄다. 페자의 집안 사정을 이해하려고는 했지만 무척 힘들었다. 레이나의 집과는 무척 다르다는 정도만 느낄 수 있을 뿐이다. 레이나의 집은 늘 조용하고 질서정연했다. 어머니와 아버지는 언제나 위성처럼 한 치의 어긋남도 없이 자신의 주위를 돌고 있다. 학원에서도 사정은 마찬가지다. 학급의 어머니인 베라 선생님은 정말 헌신적이었다. 보모인 두샤 아주머니도 그렇다. 두샤 아주머니는 학생들을 가엾게 여기며 밤낮 울먹이는 소리로 말하곤 했다.

"참으로 가엾은 아이들······."

좀 지나친 말일지 몰라도 어떤 때는 이런 동정심만이 어른들을 버팅겨주는 힘인 것 같기도 했다. 두샤 아주머니뿐인가, 아버지까지 레이나를 가엾게 여기고 있다······. 하지만 오늘 페자라는 아이는 달랐다. 자신의 집안일 때문이었을까?

레이나도 그 애의 아버지를 여러 번 보았다. 퇴근 무렵, 페자와 함께 레이나의 집 앞 길을 지나치는가 싶으면 그 애의 아버지는 어느새 저 변두리 맥주집 앞에서 사람들과 어울리곤 했었다. 그곳은 언제나 주정뱅이들의 흥분으로 소용돌이치고 있었다. 하지만 무심코 지나쳤을 뿐이다. 지금까지 그런 흥분의 도가니 따위는 정말이지 레이나와는 아무 관계도 없다고 생각해 왔다. 또 실제로 그러했다. 하지만 지금은 그 사람들이 겪는 마음의 고통을 느낄 수 있었다. 그건 아마 페자를 통해서였으리라.

"왜지?"

레이나는 소리를 내어 자신에게 물었다. 하지만 다가오는 것은 그들의 고통일 뿐, 그 사람들이 무엇 때문에 괴로워하고 술을 마시는지 전혀 알 수가 없었다. 다시 한 번 방을 한 바퀴 빙 돌았다.

"후후후……. 아무려면 어때. 무엇인가 고통스러운 일들이 있겠지. 페자네 집처럼 말야."

레이나는 휠체어를 거울에 바싹 붙였다. 거울에 자신의 모습이 보였다. 한 소년을 만나고 나서……, 혼자서 묻고 또 대답하고, 웃고 있는 자신의 모습이 보였다.

학원에서는 거울 앞에 오래 앉아 있을 수 없었다. 필요한 때 이외에는 거의 거울을 보지 않았다. 머리를 빗거나 몸치장을 할 때 이외엔 모두 거울 앞에 있기를 꺼려했다. 왠지 거울 앞에 있으면 새삼스럽게 자신의 처지가 비참해졌기 때문이다. 학생들은 모두 그 사실을 알고 있었다. 그래서 학생들 스스로가 그것을 금지했다.

언젠가 지나가 우울한 표정으로 톡 쏜 적이 있었다.

"거울 따윈 우리에게 필요 없어. 우리는 여성이라고 할 수 없는 못난 병신이잖아."

레이나의 생각은 달랐다. 하지만 지나에게 더 이상 대꾸하고 싶지가 않았다. 그런 우울한 문제에 깊이 빠져들어가면 갈수록 심각해지기만 할 뿐이었다.

학원에서 보내던 시절, 레이나는 늘 아름답다는 말을 들었다. 레이나로서는 듣기 싫은 말 가운데 하나였다. 그럴 때마다 레이나는 코웃음을 치며 당장 그 자리를 떠나버리곤 했다. 어느 날, 교무주임인 미하일 이바누이치 선생님이 우연히 이 같은 칭찬을 했을 때, 레이나는 얼굴을 찌푸리며 되받아 말했다.

"제 얼굴이 예쁘다고요? 하지만 얼굴로 물을 마실 수는 없잖아요. 선생님, 저에게 다리를 주세요."

그런 다음 레이나는 다른 사람이 들으라는 듯 퉁명스런 어투로 차갑게 내뱉었다.

"곰 백작님!*"

얼마 지나지 않아 레이나는 곧 후회했다. 선생님의 뜻은 그런 게 아니었는데 공연한 자격지심 때문에 너무 지독한 말을 하고 말았던 것이다. 레이나는 선생님에게 찾아가 진심으로 사과했다. 180도 달라진 레이나의 침울한 표정을 보고 교무주임 선생님은 당황한 나머지 두 손과 머리를 마구 흔들면서 말했다.

"천만에, 레이나. 내가 나빴다. 용서하거라."

---

* 러시아에서는 곰을 미하일로 부르고 미샤 또는 미쉬까 할아버지란 애칭을 붙인다.—역주

하지만 그 후, 선생님에게 붙여진 별명은 사라지지 않았다. '곰 백작님'이란 별명은 어쩔 수 없이 선생님에게 찰싹 붙어버린 것이다.

이런 일이 있을 때마다 레이나는 자신이 참으로 미웠다. 아주 하찮은 인간이 아니고서야 어떻게 그럴 수가 있을까 싶었다. 선생님에게 그런 식으로 말을 들어서가 아니라 자신이 한 말이 마음에 걸렸다. 사람을 무시하듯이 노골적인 말을 함부로 내뱉은 것에 대한 후회였다.

레이나는 실제로 아주 아름다웠다. 한 점도 보탬 없이 말 그대로 무척 아름다웠다. 하지만 그게 어떻다는 것인가? 얼굴이 예쁘다고 해서 사는 게 편한가? 천만에. 자신은 보기 싫은, 어떨 때는 아무런 쓸모없는 신체장애자일 뿐인데 그런 게 도대체 무슨 소용이 있단 말인가? 레이나는 거울에서 떨어졌다. 더 이상 이런 생각을 하고 싶지 않았다.

하지만 곧 또다시 바싹 다가가 거울 속의 자신을 뚫어지게 바라보았다. 거울에 불구일 뿐인 소녀가 자기를 보고 있다. 처음에는 찡그리더니 이내 웃어보기도 하다가 마침내 울음을 터뜨린다. 참을 수가 없었다. 거울 속의 자신이, 불구인 자신의 모습이 싫었다. 눈물은……, 그다지 쓰지 않았다. 레이나는 눈물을 닦고 흐트러진 앞머리를 쓸어 올렸다. 그러고선 다시금 찬찬히 자신의 모습을 뜯어보았다.

그렇다. 나는 금발이야. 그렇다고 해두자. 눈도 커. 마른 것만이 조금 결점이고, 그렇지, 얼굴은? 그런대로 균형이 잡혔어. 그리고 손은? 손은 다른 사람과 다를 바 없지. 그리고 다음은? 별로 이상한 데는 없어. 괜찮아.

 의식적으로 다리는 보지 않았다. 레이나는 화가 난 듯이 거울 앞에서 '홱'하고 떨어져 나왔다. 어쩐지 갑자기 집이 싫어졌다. 어쩐지 바보 같은 눈물, 이 거울, 매일 혼자만 지내는 생활이 너무나 싫어졌다. 견딜 수가 없었다.

 혼자라고? 하지만 페자는? 이상하게도 페자의 얼굴이 자꾸만 어른거렸다.

 그 애와 이야기하면서 어째서 그렇게 얼굴이 달아올랐을까. 생각해 보니 낮에 얘기를 나눈 뒤로 줄곧 페자의 모습이 보이지 않았다. 집 앞을 지나가지도 않았다. 하루 종일 집에서 일을 한 걸까? 아니면 숨어 있었나? 하지만 아까 아버지와 손을 잡고 지나간 건 또 뭘까? 지나갈 때 날 보고 인사를 했던 건?

 이것저것 쓸데없는 의문이 너저분하게 떠올랐다. 혼란스러웠다. 레이나는 책을 읽기 시작했다. 몇 장 읽고 나서야 공학책이란 걸 알았다. 까만 건 글씨고 하얀 건 종이, 한 글자도 머리에 들어오지 않았다.

 텔레비전을 켰다. 축구 시합을 하고 있었다. 서로 부딪치면서 공을 차고 달리며 시끄럽게 굴고 있었다. 그뿐이었다. 레이나는 텔레비전을 끄고 라디오를 틀었다. 여러 소리가 뒤섞여 나오다가 조금 있으니까 음악이 울려나왔다.

 하늘에 해님,
 눈부신 태양과 맑고 푸른 하늘…….

높고 날카로운 목소리로 가수는 애써 목청을 높여 노래를 부르고 있었다.

푸르다고? 그래서 뭐가 어떻다는 거지? 아아, 아냐, 됐어. 이젠 모두 끝난 일이야. 난 학교로 돌아가겠어. 이렇게 있다가는 딱 미쳐버리기 안성맞춤이야.

마음을 추스르려고 이렇게 생각해 버렸지만 어쩐 일인지 마음이 잡히질 않았다. 오히려 더 갈팡질팡하게 되는 것이다.

레이나는 라디오를 침대에 내던지듯 놓았다. 꼬박 1년이나 학원을 쉬고 혼자 지내다니. 겨우 폐렴에 걸렸을 뿐인데 왜들 그토록 걱정하는 것일까? 죽을까 봐?

레이나는 주먹으로 의자를 쾅쾅 두드렸다. 아아, 또, 또, 이 바보 같은 생각. 저 세상의 일을 생각하다니. 그보다 학원으로 돌아가는 일, 친구들에게 돌아갈 일을 생각하자. 하지만……, 그렇게 되면…… 페자는? 페자의 일은 어떻게 되는 거지?

흥, 페자가 뭔데! 페자와는 아무 상관도 없어. 주책스럽게 왜 또 페자 문제를 끄집어낸담……. 아무렇지도 않은데…….

레이나는 갑자기 얼굴이 달아올랐다. 아까하고 똑같다. 페자 생각이 나자 또 자신도 모르게 거울 쪽으로 다가가고 있었다.

"아니, 그렇다면……."

레이나는 자신을 경멸하듯이 말했다.

"이봐, 아름다운 엘레나 아가씨,* 설마 너, 가엾은 아가씨, 너 정말로 사랑을……."

---

* 러시아 민화의 주인공. 레이나는 엘레나의 애칭이다.―역주

견디기 힘든 건 바로 이 때문인가. 얼굴이 확 달아올랐다. 거칠게 휠체어를 몰고 가서 텔레비전 스위치를 누르고 소리를 한껏 올려놓았다. 라디오도 틀었다. 재즈 음악이 귀청을 때렸다. 그리고는 레이나는 이리저리 방 안을 헤매다가 손에 잡히는 대로 아무 책이나 펼쳐 큰 소리로 읽기 시작했다.

"달은 노란 해골처럼 하늘에 나직이 걸려 있었다."

텔레비전이나 라디오 소리를 압도하려는 듯 레이나는 악을 썼다. "이따금 커다랗고 꼴사나운 비구름이 긴 촉각을 뻗쳐 달을 가린다. 가스등의 수가 점차 줄고, 합승마차가 다니는 거리는 한층 좁고 어두워졌다. 한 번은 마부가 길을 잃고, 반마일을 되돌아오지 않으면 안 되었다. 진흙을 튀기면서 물웅덩이를 달리는 지친 말에서는 김이 솟아올랐다. 합승마차의 양편 창문은 잿빛 플란넬 같은 안개로 가려져버렸다. '관능에 의해 영혼을 치유하고, 영혼에 의해 관능을 치유한다.' 이 말이 도리언의 귀에 얼마나 집요하게 울려 퍼졌던가! 자기의 영혼도 틀림없이 병들어 있다. 관능이 영혼을 치유할 수 있다는 것은 사실일까?*

레이나는 아예 읽는다기보다는 고함을 지르고 있었다. 텔레비전에서는 수천 명의 관중이 관중석에서 열광하고 있고 라디오에서는 뭔가를 열심히 울부짖고 있었다. 마음이 조금 가라앉았다.

갑자기 눈앞에 어머니가 나타났다. 무척 놀랐는지 어머니는 커다란 눈을 깜박거리며 얼굴을 코앞에 들이댔다. 힐끗 보니 저만치서 아버지의 듬성듬성한 관자놀이 머리털도 보였다. 아버지는 재빨리

---

* 오스카 와일드(1856~1900)의 소설 「도리언 그레이의 초상」에서.—역주

방 안을 가로질러와서는 텔레비전과 라디오를 껐다.
"레이나, 이게 무슨 일이냐?"
아버지는 아주 엄하게 물었다. 레이나는 깜짝 놀랐다. 태어나서 이런 일은 처음이었다. 누구 하나 '무서운 사람'이 없었다. 아버지가 이토록 엄한 태도를 보인 것은 처음이었다. 갑자기 무서워졌다. 레이나는 너무 당황한 나머지 얼렁뚱땅 둘러댔다.
"오스카 와일드가 이렇게 썼어요. '관능에 의해서 영혼을 치유하고, 영혼에 의해서 관능을 치유한다'고."
어머니는 눈을 계속 껌벅거리며 레이나의 머리에 손을 얹었다. 레이나는 뚱딴지같은 표정으로 그만 웃어버렸다.
"자기의 영혼도 틀림없이 병들어 있다."
"관능이 영혼을 치유할 수 있다는 건 사실일까?"
어떻게 된 일인지 자세한 영문도 모르면서 어머니는 눈에 눈물이 그렁한 채 소리쳤다.
"그만, 그만해라! 레이나! 나 일을 그만두겠다!"
정신이 퍼뜩 들었다. 이게 무슨 말인가.
"그런 게 아니에요, 엄마. 얼토당토않은 소리 좀 그만하세요."
레이나는 재빨리 차분한 목소리로 또박또박 말했다.
어머니는 견디기 힘들었는지 코끝이 시뻘게져서 부엌으로 뛰어나갔다. 어머니가 뛰어나간 쪽을 물끄러미 바라보던 아버지는 갑자기 휠체어 앞에 무릎을 꿇고 레이나의 손에 입을 맞췄다. 레이나는 어찌할 바를 모른 채 손을 빼내려고 했다.
"말해 보렴. 무슨 일이니?"

아버지는 몹시 낙심한 목소리로 똑같은 말을 되풀이했다.

"무슨 일이야, 레이나?"

레이나는 마침내 손을 빼고서는 아버지의 머리를 자기 쪽으로 끌어당겼다.

"용서하세요. 놀라게 해드려서 죄송해요. 하지만 아빠, 그럴 수도 있잖아요. 전 바보예요. 저도 왜 그랬는지 잘 몰라요. 더 이상 묻지 마세요."

아버지는 더 이상 묻지 않았다. 방구석으로 뚜벅뚜벅 걸어가더니 아버지는 선물상자를 흔들어 보였다.

"레이나, 네 드레스를 사왔다. 옷자락이 긴 것으로 말이야."

레이나는 손뼉을 치며 기뻐했다.

"어, 아빠! 아직, 아직 보여주지 마세요! 씻은 다음에, 목욕탕에 들어갔다 나온 다음에 보여주세요."

'새 옷을 입을 때는 그 전에 목욕탕에 들어갈 것' 그리고 집에 있을 때는 '아빠에게 씻어달라고 하기', 이건 레이나가 자신을 위해 정해 놓은 규칙이었다.

그건 이미 아주 오래 전부터의 습관이었다. 아직 어려서 부끄러움을 모를 때부터 레이나는 그렇게 해왔다. 그때는 아버지가 레이나를 안고 목욕탕으로 갔었다. 아버지는 소매를 걷고 물이 옷에 튀지 않도록 앞치마를 두르고선, 레이나를 번쩍 안아다가 탕 속에 넣어주었다. 그러고는 마치 어머니의 부드러운 손길처럼 정성들여 씻겨주고 더운 물로 구석구석 헹궈주었다.

지금까지 레이나는 단 한 번도 아버지가 씻겨주는 일을 부끄러워하지 않았다. 옷을 벗겨 달랠 때는 좀 다른 기분이기는 했지만, 그건 자신이 장애자라는 생각 때문이었다.

그런데 지금은 왠지 이상했다. 돌연 무서워지고, 아주 부끄러운 기분이 드는 것이다. 처음 느껴보는 감정이었다. 욕조에 더운 물을 붓는 소리가 들려왔다. 앞치마를 두르고 소매를 걷은 모습으로 아버지가 나타났다. 레이나를 데리고 가기 위해 아버지가 방으로 들어왔을 때 레이나는 그만 울고 싶어졌다. 레이나는 그때까지 옷을 그대로 입은 채 휠체어에 앉아서 눈을 치뜨고 아버지를 보았다. 레이나의 상기된 모습에 아버지는 금방 이해하는 듯했다.

"그래, 엄마에게 해달라고 하자."

레이나는 눈을 감았다. 이상한 기분이었다. 왜 이런 생각을 하는 거지? 아무튼 오늘은 확실히 레이나에게 뭔가 변화가 있었던 날이다.

"기다려요, 아빠."

레이나는 속삭이듯 말했다.

"괜찮아요, 아빠가 해주세요."

레이나는 옷을 벗기 시작했다. 혼자서 벗을 수 있는 데까지 다 벗자 아버지가 거들어주었다. 아버지는 두 팔로 딸을 가볍게 안고 목욕탕으로 갔다. 그리고선 아주 조심스럽게 욕조 속에 넣어주었다. 레이나는 왠지 아버지에게 미안하다는 생각이 들었다.

"용서하세요, 아빠."

들릴 듯 말 듯한 소리로 레이나가 말했다.

"저 말이에요, 오늘 참 이상해요."

아버지는 부드럽게 웃었다.

"아냐, 아냐. 하나도 이상할 게 없다. 단지 네가 성장하고 있을 뿐이란다."

"성장하고 있는 거라구요?"

레이나는 깜짝 놀라 창피한 듯이 욕조 가장자리에 숨었다.

아버지는 잠자코 있었다. 물이 수도꼭지에서 '똑똑' 소리를 내며 떨어지고 있었다. 아버지는 목욕탕 바닥에서 고운 색깔의 장난감 오리 세 마리를 주워 욕조 안에 넣어주었다. 아버지가 늘 해오던 일이다. 레이나가 철이 든 이래 아버지는 지금까지 쭉 이 장난감 오리를 레이나에게 던져주었던 것이다.

"장난감 오리는 지금까지 쭉 어릴 적 모습 그대로인데."

아버지는 부드럽게 웃었다.

"우리 레이나가 사춘기가 되었구나."

"아빠!"

가슴에서 뜨거운 눈물이 솟구쳤다. 목이 메어왔다.

"가르쳐주세요! 전 무엇 때문에 성장하는 거죠? 저를 보세요! 자꾸만자꾸만 커가는 것 같아요. 안에서 어떤 힘이 저를 밀어 올리는 것 같아요. 가슴도, 넓적다리도, 어깨도 넓어져가고……. 하지만 뭘 위해서죠? 보세요, 아빠. 제 다리를 봐요! 제 다리는 아무런 쓸모도 없어요. 나무토막이에요."

"레이나, 제발 그만두거라."

아버지는 무척 괴로워하며 마치 애원하듯 간절히 부탁했다.

"조금만 더 들어주세요, 아빠."

레이나는 눈물을 닦았지만 더 이상 솟구치는 눈물을, 터져 나오는 감정을 막고 싶지 않았다.

"제발 조금만 더 들어주세요. 저를 도와주세요, 아빠. 가르쳐줘요! 제가 무얼 위해서 성장하는지. 여자란 아이를 낳기 위해서 이 세상에 태어난 거예요. 하지만 전, 전 절대로 엄마가 될 수 없어요. 다른 사람을 사랑할 수도 없어요. 저를 사랑해 주는 사람도 없어요. 그렇죠? 그런데도 무얼 위해서 성장하는 거죠? 말해 줘요, 아빠!"

말문이 막혔다. 하지만 계속해서 소리치고 싶었다. 더 할 얘기는 없었지만 계속해서 소리치고 싶었다. 이 억울하고 비참한 기분을 다 토해 내려는 듯 아버지를 뚫어지게 보다가 레이나는 물속에 얼굴을 가만히 담갔다. 흐느낌 때문에 물이 찰랑거렸다. 한참 후, 얼굴을 들어 바라보니 아버지는 힘없이 앉아 있었다.

"괜찮다, 레이나."

아버지는 딸의 젖은 손을 잡았다.

"인간은 누구든 시시각각 죽음으로 다가가는 거야. 그리고 때론 죽음이 인간을 고통으로부터 구해 주기도 하지."

아버지는 레이나의 어깨를 감싸 안았다.

"오오, 내 딸아, 울지 마라……. 만약 내가 신을 믿는다면 '함께 기도하자'고 하겠지. 하지만 아빠는 자신을 믿으라고 말하고 싶구나. 다름 아닌 우리 자신의 힘을, 우리가 인간이란 걸 말이야. 또, 너는 아직 어른은 아니지만 용기 있고 영리한 청년이란 걸 믿도록 하자. 넌 마음만 먹으면 무엇이든 할 수 있단다. 다만, 레이나. '죽음은 쉽고, 삶은 어렵다'는 사실을 언제나 기억하기 바란다."

레이나는 눈을 크게 뜨고 아버지를 바라보았다.

"아빠, 전 아빠의 말씀을 믿어요. 굳게 믿어요. 하지만 그렇다고 해서 저의 아픔이 사라지진 않잖아요."

아버지는 잠시 묵묵히 앉아 있었다. 아버지는 괴로운 표정으로 몸을 이리저리 흔들다가 무겁게 입을 열었다.

"내가 부끄러움도 모르고 네게 거짓말을 하는구나."

아버지는 잠시 몸을 떨었다. 그러고 나선 코끝을 매만지더니 다시 레이나를 씻겨주기 시작했다. 손을 씻고, 몸에 비누질을 해주었다. 아주 부드럽게. 뜻밖에도 레이나의 심장 뛰는 소리가 똑똑히 들려왔다. 아버지와 딸은 더 이상 아무 말도 하지 않았다.

샤워가 끝나자 아버지는 딸을 커다란 수건으로 감싸 안고 방으로 갔다. 새로 사온 드레스가 가지런히 침대 위에 놓여 있었다. 아마도 목욕을 하는 사이 어머니가 준비해 놓은 것 같았다. 레이나를 침대 위에 앉힌 뒤, 아버지는 레이나에게 새 드레스를 입히고 머리 땋는 일을 도와주었다. 몸치장이 끝나자, 아버지는 레이나를 휠체어에 태우고 어머니를 불렀다.

"여보, 이리 와 봐요. 우리 딸이 얼마나 예쁜지 좀 보구려."

아버지가 레이나를 거울 앞에 데리고 갔을 때, 어머니가 입구에 모습을 나타냈다. 바로 그 순간, 아버지와 어머니의 눈길은 거울 안에서 멋지게 한곳으로 모아졌다.

"아아, 레이나! 나의 사랑스러운 딸!"

어머니는 탄성을 지르며 딸을 찬찬히 바라보았다. 바로 자기 앞에 고운 꽃무늬가 수놓아진 라일락빛 드레스를 입은 또 하나의 딸이 앉아 있었다. 드레스는 딸의 푸른 눈, 어깨에 드리워진 금발머리, 발갛게 상기된 볼과 멋지게 어울렸다.

  어머니는 딸을 꼬옥 껴안았다.

7. 행복의 고리를 붙잡고

104 아프니까 사춘기다

한 가지 분명한 건
소녀의 맑은 눈빛이 페자의 입을
열었다는 사실이다.
자기 앞에서는 거짓말을
할 수 없다.
해서는 안 된다는 듯한
눈빛으로
소녀가 지켜보고
있었던 것이다.

7. 행복의 고리를 붙잡고

집 이 가까워오면서 페자의 가슴은 뿌듯함으로 가득 찼다. 오늘 하루를 어떻게 보냈던가. 레이나를 만난 것도 그랬지만 집안일을 말끔히 해치운 건 아무래도 상쾌한 일이었다. 더구나 지금은 아버지와 함께 집으로 돌아온 것이다. 페자는 자신이 무척 대견스러웠다. 과연 아버지가 어떤 표정을 지어 보이실까.

문을 열고 들어서자 집안은 낯설 만큼 새로웠다. 페자는 아버지가 말끔히 정돈된 방을 보고 기뻐하며 무슨 말을 해주리라고 기대했지만, 아버지는 마치 아무것도 보이지 않는 듯 잠자코 있었다. 페자는 무척 섭섭했지만 내색하지 않았다. 이런 일쯤이야, 하라면 열 번도 더 할 수 있다. 또 칭찬받으려고 한 일은 아니니까. 뭔가 스스로에게 할 수 있다는 의지와 신념을 불어넣고 싶었고 어머니와 아버지도 자기처럼 되어주기를 바랐을 뿐이다.

아버지는 아주 무심한 표정으로 앉아 있었다. 그러다가는 괜스레 초조해 하는 사람마냥 마치 말을 잃어버린 사람처럼 입을 꾸욱 닫은 채 종종걸음으로 방 안을 빙빙 돌기 시작했다. 그러더니 갑자기 경련을 일으키듯 방 한가운데서 몸을 부르르 떨었다. 뭔가 불안한 모양이었다. 집에 돌아온 이후, 아버지는 내내 얼빠진 사람처럼 저러고만 있는 것이다. 폐자는 '아무르 강의 파도'를 틀려다가 이내 그만뒀다. 저런 상태에서 기뻐할지 어떨지 감이 잡히지도 않았거니와 될 수 있으면 어머니가 돌아오실 때까지 기다리는 게 더 좋을 것 같아서였다. 창밖을 둘러보았다.

어머니는 좀처럼 오시지 않았다. 여느 때 같으면 벌써 돌아왔을 시간인데도 오늘따라 몹시 늦으신다. 이렇게 늦으시는 건 처음이다. 폐자는 어머니를 기다리면서 몹시 초조했다. 어머니가 없으면 아무것도 되질 않는다. 뭔가 애깃거리를 만들어 지루함을 달래려고도 해보았지만 소용없는 일이었다. 두 사람 모두 이야깃거리가 아무것도 없는 양 잠자코 있었다.

아버지는 방 안을 어정어정 걷다가 의자에 앉았다. 겨우 하루를, 그것도 폐자의 도움을 받아 아무 일 없이 집으로 왔으면서도 아버지는 이렇게 일찍 집에 온 것만으로도 자신이 할 일을 다 했다는 듯 저렇게 헤매고 있다. 아버지는 다시금 벌떡 일어서서 창밖을 힐끔 내다보다가 걷다가 하기 시작했다. 환기창을 통해 담배 연기를 내뿜더니 혼자서 미간을 찌푸렸다가는 또 어정어정 걷기 시작했다. 어지러워서 미칠 지경이다. 제발 그만 좀 앉아 있으라고 말하고 싶지만 입이 안 떨어졌다.

이윽고 아버지가 기습적으로 말했다.

"밖에 좀 나가도 괜찮겠니?"

페자는 어깨를 으쓱해 보였다.

(내가 뭐 아버지를 감금하고 있단 말인가? 아버지의 말투는 그런 뜻을 담고 있지 않은가……. 어쨌거나 아버지가 산보를 해도 내가 상관할 건 없다. 그건 아버지 자유니까. 하지만 아버지가 밖에 나가면 곧 여느 때의 친구들이 나타날 게 아닌가. 그럼 그때부터……. 맙소사! 안 돼! 안 돼! 공든 탑이 무너진다는 게 바로 이런 거로군.)

페자는 고개를 설레설레 저었다.

"가지 마세요."

페자의 목소리가 꽤나 엄숙하게 들렸던지 아버지는 뒤통수를 벅벅 긁으며 우물쭈물했다. 그러다가는 또 예의 그 버릇대로 코를 쿵쿵거리며 의자에 앉았다. 그리고 나서 아버지는 꽃이 꽂혀 있는 꽃병을 거칠게 흔들더니 식탁보를 움켜잡았다. 정말이지 정신을 온통 빼놓았다. 아버지는 신문을 보면서 또 쿵쿵거리며 짜증난 목소리로 말했다.

"에이, 이놈의 집구석. 무슨 말을 하는 거야. 무슨? 술을 마시지 않고 어떻게 살라는 거야, 도대체."

페자는 침묵을 지켰다. 아버지의 마음속에 어떤 공포감이 있는 게 아닐까 생각해 보았다. 술을 마시지 않고서 자신이 견딜 수 있을지 두려워하고 있는 것 같았다. 그래서 줄곧 안절부절못하고 방 안을 헤매고 있는 것이리라.

이때 문소리가 나며 현관문이 열렸다. 바깥에서 찬 공기가 쏟아져 들어왔다. 페자는 '휴우'하고 안도의 한숨을 쉬었다. 페자는 몸을 날리듯이 전축 쪽으로 달려가 스위치를 넣었다. 왈츠가 신나게 흘러나왔다.

흠흠, 이 정도면 정말 근사하다. 자, 이젠……

"자아, 엄마, 아빠. 신나는 음악이에요."

페자는 어머니 옆으로 가서 시장바구니를 낚아채듯 받으면서 큰 소리로 말했다.

"엄마, 아빠, 춤! 춤을 추세요. 자, 이렇게……."

페자는 허공에 두 팔을 뻗친 채 춤추는 모양을 해보였다.

"엄마, 엄마, 뭐해. 그렇게 바보처럼 서 있지 말고 저처럼 해봐요. 이렇게……."

이번에는 더 큰 동작으로 해보았으나 페자만 쑥스럽게 되고 말았다.

어머니와 아버지는 마치 처음 보는 사람들처럼 서로 우두커니 선 채 움직이려 하지 않았다. 너무나 어색해서인지, 꼭 서로 노려보고 있는 것만 같았다. 아버지는 두 손을 부들부들 떨다가 도저히 주먹을 펼 수 없으리만치 주먹을 꽉 쥐었다. 그 모습이 너무 진지해서 페자는 웃음이 터져 나올 것만 같았다. 어머니의 모습은 더욱 우스꽝스러웠다. 어머니는 이상하게 얼굴을 찌푸리고 할머니처럼 등을 구부린 채 겁에 질린 듯한 어색한 미소를 머금고 곁눈질로 아버지를 바라보고 있었다. 서로 춤을 추려고 주춤주춤하고는 있었으나 춤하고는 너무나 거리가 먼 동작이었다.

"자아."

페자는 웃음을 터뜨렸다.

"푸후후훗……. 엄마, 아빠. 그게 뭐예요, 촌스럽게."

그러는 사이 음악이 끝나버렸다. 페자는 짜증스럽게 손을 저었다.

"저런……, 두 분 모두 왜 그러시는 거예요? 춤추는 법을 잊으셨어요? 아시잖아요. 전 알고 있어요. 제가 해볼까요?"

"다 잊어버렸단다. 됐다. 이제 그만하거라."

어머니는 무심결에 식탁 쪽으로 다가가다가 아주 놀란 듯이 소리를 질렀다. 어머니의 표정이 환하게 밝아졌다.

"아! 방안이 말끔하구나. 너무너무 깨끗해. 수고했다, 페자."

"제가 한 게 아니에요, 엄마."

페자는 빙긋이 웃으며 머리를 저었다.

"아버지가 청소하셨어요."

"설마?"

어머니는 웃음을 터뜨렸다.

"웃긴다. 말도 안 돼. 아버지가 했다고? 설마?"

믿을 수 없다는 듯이 잠자코 아버지를 바라보더니만 어머니는 이내 무겁게 한숨을 내쉬었다.

"아니, 웃기다니. 내가 언제 당신을 웃겼어?"

아버지는 자신이 청소를 한 것도 아니면서 얼굴을 찌푸리고는 마치 어린애처럼 자신을 믿어주지 않는 어머니가 원망스럽다는 듯 화를 내며 대들었다.

"설마라고? 날 그렇게 못 믿는단 말이오? 내가 당신에게 그토록 신용이 없다는 말이오?"

아버지는 마치 싸울 듯한 기세였다. 어머니가 자존심을 건드린 게 무척 억울했던 모양이다.

(에이, 또 실팬가. 뭔가 또 엉망신창이 돼버린 것이다.)

"자자, 이젠 됐어요."

페자가 끼어들었다.

"엄마, 저녁식사나 하죠."

페자는 어떻게든 분위기를 바꾸기 위해 괜스레 바쁜 척하면서 너스레를 떨었다. 그러고 나서 페자는 가스 곤로 앞으로 뛰어가 달걀을 부치기 시작했다. 물을 끓이고, 식탁에 접시를 늘어놓은 뒤 빵을 잘랐다. 그때까지 아버지와 어머니는 서로 마주보고 앉았는데도 눈길 한 번 주지 않고 식탁 앞에서 침묵을 지키고 있었다.

"엄마."

페자는 어색한 분위기를 완전히 무시하고 말을 꺼냈다.

"할아버지의 전서비둘기 말이에요, 알고 계시죠? 가장 가슴이 벌어진 놈 말이에요. 그놈의 꼬리가 뽑혔어요. 틀림없이 지붕 위에 있던 고양이에게 당했을 거예요. 참, 아빠, 톱 좀 빌려다 주시겠어요? 직공장님 댁에 여러 개 있을 거예요."

아버지와 어머니는 짤막하게 대답을 하거나 고개를 끄덕였다. 뭐가 그리 어색한지 서로 눈길을 마주치지 않으려고 안간힘을 쓰는 듯했다. 어머니가 불쑥 아버지에게 말을 걸었다.

"저어, 여보. 말 좀 해요. 사실이지, 우린 오랫동안 이상하게 지내왔어요. 다른 사람들과 다르게 말이에요. 마치 할 얘기가 하나도 없는 사람들 같지 않아요? 남이라도 이렇진 않을 거예요."

어머니는 시장바구니 쪽으로 가서 보드카 병을 꺼냈다. 순간, 페자는 울화통이 터져 있는 힘을 다해 부엌칼을 바닥에 내동댕이쳐 버렸다.
"에이! 엄마, 아빠는 참! 이게 뭐예요. 도대체 술 없인 못 산단 말이에요? 고작 그것밖에 안 돼요?"
페자는 화가 머리끝까지 치밀어 올랐다. 심한 배신감과 분노로 온몸이 부들부들 떨렸다. 어머니도 참 이상하다. 어제는 아버지를 두고 할머니 댁으로 가겠다고 말하고 이게 뭐야, 도대체 이젠 더 이상 참을 수 없다고 말해 놓고선 오늘은 보드카 병을 아버지에게 건네주다니. 눈앞의 모든 것이 가치를 잃어버렸다. 희망에 찼던 오늘 하루도 다 무너져버렸다. 아버지를 위해 말끔히 치워놓은 방도, 여러 가지 근사한 계획도, 꿈도……. 또 오늘 있었던 소녀와의 만남도, 그 설렘과 야릇함도……. 모두 모두.
달걀 타는 냄새가 났다. 페자는 '쾅'하고 프라이팬을 식탁에 놓고 문 쪽으로 걸어갔다.
"페자, 어딜 가는 게야?"
어머니가 깜짝 놀라 소리쳤다.
"마음대로 하세요. 나도 이젠 모르겠어요. 정말이지 될 대로 되라죠, 뭐."
페자는 골난 소리로 퉁명스럽게 말했다.
"엉터리."
분에 못 이겨 소리를 내지르고, 페자는 벽에 바른 회칠이 떨어져 나갈 만큼 거칠게 문을 닫았다.

문 밖에는 짙은 코발트빛 어둠이 내려앉아 있었다. 사방을 둘러보았다. 조용했다. 아카시아 나무숲이 무성한 길을 따라 끝없이 걷다가 페자는 문득 하늘을 보았다. 언제나 마음이 아플 때면 그랬듯이. 하늘에는 별이 총총 빛나고 있었다. 초롱한 별. 별들은 금방이라도 뚝뚝 떨어져 가슴에 와 안길 것만 같았다. 아, 저 별처럼, 저 하늘처럼 살 수는 없는 걸까.

불같은 노여움에 휩싸여 빠르게 걷던 페자는 이윽고 속도를 줄였다.

지나간 하루가 머리를 스쳤다. 맑은 하늘을 나는 비둘기들, 이웃집의 차양, 그리고 그 안에 보이던 레이나의 얼굴이. 그 중에서도 레이나의 얼굴이 똑똑히 떠올랐다. 그러자 다른 일은 마음속에서 모두 사라져버렸다. 우울하던 기분은 말끔히 가시고 그 애의 모습이 점점 또렷해졌다. 커다란 눈, 금발의 머리카락을 세 갈래로 땋아 머리에 감은 모습. 참으로 묘한 만남이었다. 나는 어떻게 해서 그 창 안에 누군가 분명히 있으리라 생각했던 것일까? 어째서 소녀와 그런 식으로 이야기했을까?

소녀에게 자기 집 일을 얘기할 때의 우울했던 기분이 떠올랐다. 어제 저녁 때의 일이 부끄럽다는 건 아니다. 충분히 있을 수 있는 일이고, 또 아무려면 어떤가. 하지만 소녀가 페자네 집일을 제대로 이해하고 있을 것 같지 않았고 그것이 싫어서 말했을 뿐이다. 그렇지만 막상 말을 꺼냈을 때는 그 소녀에게 딱 잘라 분명히 설명할 수 없는 그 무엇이 있었다. 그래서 페자의 결심밖에는 할 말이 없었던 것이다. 더 이상은 어떻게 얘기해야 할지, 얘기해도 알아들을

지, 또 그럴 필요가 있는지도 알 수가 없었다.

한 가지 분명한 건 소녀의 맑은 눈빛이 페자의 입을 열었다는 사실이다. 소녀는 자기 앞에서는 거짓말은 할 수 없고 해서도 안 된다는 듯한 눈빛으로 자기를 보고 있었던 것이다. 푸른 눈, 그 애의 눈빛은 남다른 데가 있었다. 한 번도 고생을 해본 것 같지 않은 모습이었지만 왠지 마음이 끌리고 사람을 솔직하게 만들었다.

어느 새 페자는 비둘기집 앞에 와 있었다. 이것 봐라. 이 깜깜한 밤에 갑자기 비둘기하고 무슨 볼일이 있다고……. 복잡한 상념에 사로잡힌 채 페자는 눈을 들어 비둘기집 옆의 창을 보았다. 소녀가 있던 자리. 그 차양 뒤에서 부드러운 장미빛깔의 불빛이 새어나오고 있었다. 소리를 죽인 웃음소리가 들렸다. 마치 그들의 행복이 점점 커지는 것처럼 웃음소리는 점점 커졌다.

저 창 안쪽의 집이 부러웠다. 그 웃음, 빛과 소리가 넘치는 창가 바로 밑에는 짙은 어둠이 있고 그 어둠 속에서 페자는 생각에 잠겨 있다.

(행복한 나날을 보내는 사람들이 살고 있다. 예쁜 딸과 아버지와 어머니가 정답게 앉아 웃고……. 아마 탁자에 마주앉아 차를 마시면서 재미있는 얘기를 하고 있으리라. 얼마나 행복할까? 하지만 우리집에선…….)

눈썹이 불끈 치솟으면서 페자에게선 다시 강렬한 분노가 눈을 치떴다.

(뭐 어떻다고? 언젠가는 우리 집의 불행도 막을 내릴 때가 올 거라고?)

페자는 손바닥에 손톱이 박힐 만큼 주먹을 꽉 쥐었다.

(그래! 싸워야 한다! 우리 집의 불행과 싸워야 한다. 아무려면 어떠냐. 나는 남잔데. 설령 어머니가 내 편이 되어주지 않는다 해도 나 혼자서 싸워보겠다. 한 번 싸워서 안 되면 또 싸우고 또 싸우리라. 어떻든 혼자서 작전을 세워보자.)

장밋빛 불빛이 새어나오는 창을 흘끗 보고 나서 페자는 냅다 집을 향해 뛰었다. 숨도 쉬지 않고 한달음에 뛰어 페자는 현관문을 힘차게 열고 집안으로 뛰어 들어갔다. 페자의 갑작스런 돌진에 아버지와 어머니는 겁에 질린 듯 몸을 부르르 떨었다. 보드카 병의 술은 거의 줄지 않은 채였다. 페자는 보드카 병을 거칠게 낚아채고 있는 힘을 다해 환기창으로 내던졌다. 아버지와 어머니가 소리를 지를 새도 없었다. '쨍그랑'하고 깨지는 소리가 비수처럼 날카롭게 적막을 깨고 날아들었다.

"자, 때리세요. 죽여도 좋아요, 빨리요."

페자는 이미 각오하고 있었다. 이제 야단이 나겠지, 한바탕 소동이 벌어지겠구나. 이런 짓을 아버지가 용서해 줄 리 없었다. 페자는 거친 숨을 몰아쉬며 눈을 질끈 감은 채 한참 동안을 그렇게 서 있었다. 그런데 이상하게도 아무 반응이 없었다. 페자는 한쪽 눈을 슬쩍 떠 보았다.

어머니도 아버지도 잠자코 있었다. 페자를 보고 있지도 않았다. 술잔의 술도 그대로였다. 그렇다면 아버지와 어머니는 술에 입도 대지 않은 것인가? 달걀부침도 식은 채 그대로 있었다. 뭔가 이상했다. 무슨 일이 있었던 걸까……

돌연 어머니가 흐느끼기 시작했다.

페자는 잠시 멍해졌다.

내 행동 때문일까?

그런 건 아닌 것 같았다. 아버지가 어머니에게 다가가 어깨를 부드럽게 어루만져주었다.

"페자, 우린 이제 이러지도 저러지도 못하게 되고 말았단다."

어머니는 아주 절망적으로 흐느끼고 있었다.

"앞으로 어떻게 되는 걸까요? 여보, 페자 일도 걱정이에요……. 흐흐흑."

"자, 자, 울지 말구려. 괜찮아, 여보. 지금부터 그렇게 걱정할 필요는 없어요."

아버지는 힘없이 말했다.

"엄마, 아빠, 또 무슨 일이 있었어요?"

페자가 어리둥절한 듯 묻자 어머니는 머리를 끄덕거리며 흐느꼈다. 그러더니 손수건에 얼굴을 묻고 볼멘소리로 띄엄띄엄 말했다.

"창고 검사가 있었단다. 그런데 엄마가 담당하는 창고에서 돈이 부족하다는 게 드러나서……."

"아니, 엄마가 훔쳤어요?"

페자의 눈앞이 캄캄해졌다. 어머니는 손수건을 떼내고 원망스러운 듯 아들의 눈을 쳐다보았다.

"너까지 그런 말을 하다니……. 집안일 때문에 나는 늘 울거나 걱정을 하다가 넋을 놓고 있을 때가 많았단다. 아마 그럴 때 계산을 잘못했는지도 모르지. 교활한 사람들이 그때를 노려 슬쩍 재미를 봤었나 봐. 이 일을 어떡한단 말이니……."
 순간, 페자는 아버지를 보았다. 똑바로 바라보았다. 이 무슨 날벼락이란 말인가. 모든 게 아버지, 아버지 탓이다.
 심한 절망감과 함께 가슴 저 밑바닥에서부터 아버지에 대한 분노가 치밀어 올랐다. 할 수만 있다면 당장에 아버지를 둘러싼, 아버지 때문에 생겨나는 불행의 씨앗들을 단숨에 박살내버리고 싶은 심정이었다. 그러나 페자가 할 수 있는 일이란 게 도대체 무엇인가. 바윗덩어리에 짓눌린 것처럼 가슴이 무거워졌다.

8. 빗속에서 이루어진 사랑

빗속을 가로질러
쏜살같이
휠체어를 달리며
페자가 소리쳤다.
 "너, 날 사랑하고 있지……?"
 "응, 뭐라고……?"
 "날 사랑하고 있냐고……?"
 "잘 안 들려……."
 "이런 엉터리……. 나도 널 사랑해."

8. 빗속에서 이루어진 사랑

훈하고 고요했던 밤이 지나 아침이 되자 갑자기 비가 퍼붓기 시작했다. 비는 아침나절부터 줄곧 부슬부슬 내리기 시작하더니 영 그칠 기미가 보이지 않았다. 오히려 시간이 지날수록 빗줄기는 더욱 굵어지고 있었다.

레이나는 벽에 걸려 있는 새 드레스를 바라보며 한숨을 내쉬었다. 아까부터 걱정스런 마음에 안절부절못하고 있었다. 저 비가 그쳐야 할 텐데, 저 비 때문에 폐자는 오늘 어쩌면 나오지 않을지도 모른다. 그러면 그 이상하고 즐거운 콧노래도, 비둘기의 울음소리도 들리지 않을 것이다. 설령 온다고 해도 빗소리에 가려 아무 소리도 들리지 않을 것이다. 아니면 날씨가 나빠서 우울하게 입을 다물고 있을지도 모를 일이다. 레이나는 우울한 기분으로 창밖으로 눈길을 주었다.

빗줄기가 유리창을 때리며 가느다란 줄을 만들면서 흘러내렸다.

창 밖에는 이따금 비옷을 입고 우산을 쓴 사람들이 거리를 바삐 지나갈 뿐, 쏟아지는 비 때문에 거리는 적막하다 못해 스산한 분위기를 자아내고 있었다.

이내 휠체어를 돌려 침대 곁으로 왔다. 침대 옆 벽에 새로 산 드레스가 주인을 기다리듯 목을 내민 채 옷걸이에 걸려 있었다. 어제 저녁 어머니에게 옷장에 넣지 말라고 부탁했었다. 고운 꽃무늬가 있는 보라색 드레스 자락을 보니 레이나의 입가에 잔잔한 미소가 번져왔다.

새로 산 드레스 입은 모습을 학원 친구들에게 보이고 싶었다. 그리운 친구들의 얼굴이 떠올랐다.

새 드레스 입은 모습을 보면 아이들이 뭐라고 할까. 이 옷을 입고 저녁 모임에 나가면 어떨까. 저녁 모임에 대한 추억이 새 드레스와 함께 밀려왔다.

레이나가 다니던 학원에서는 자주 저녁 모임이 있었다. 모임이 있는 날이면 강당에는 선생님과 보모들을 포함하여 아이들이 모두 모였다. 하지만 무대는 항상 텅 비어 있었다. 학생들은 모두 무대 주변을 둘러싸고 휠체어에 앉거나 서 있었고, 때로는 누워 있는 학생도 있었다. 그도 그럴 것이 레이나와 같은 학생들이 무대에 올라가 할 수 있는 일이란 별로 없었기 때문이다.

무대는 단지 형식을 갖추기 위해 있을 뿐이었다. 선생님들, 특히 그 중에서도 문학을 맡은 베라 선생님이 자주 사회를 맡아보았는데 출연하고 싶은 학생이 있는가 물어볼 때면 대다수 학생들은 꿀 먹은 벙어리처럼 앉아 있었다. 하지만 가끔씩 한두 명이 무대에 오르기를 신청한 적도 있었다.

언젠가는 남학생 몇 명이 바이올린을 켰다. 또 언제인가는 휠체어를 탄 소녀 가운데 무척 재능이 있는 어린 피아니스트가 무대에 올랐다. 제냐라는 소녀였다. 아이들의 시선이 집중된 가운데 그녀는 휠체어를 타고 피아노 앞에 가서 아주 진지한 자세로 소곡을 연주했다. 물론 아름다운 곡이었다. 연주가 끝났을 때 강당에 모인 사람들은 모두 우레와 같은 박수를 보내며 진심으로 환호했다. 박수는 아주 오랫동안 계속되었고 그 후 사람들은 모두 제냐를 자신들의 자랑으로 생각했다. 레이나도 그때의 감동을 잊지 않고 있었다. 그리고 그 후로 제냐처럼 되는 꿈을 수없이 되풀이해 꾸며 삶의 의욕을 불태우기도 했었다.

때때로 저녁 모임은 늦은 밤까지 계속해서 열렸다. 어떤 때는 시를 낭독했는데 지금 생각해 보면 그건 가장 무난한 순서였다. 시낭독이 끝나면 녹음테이프로 음악을 듣기도 했다. 비틀즈나 록 오페라에서부터 차이코프스키, 베토벤까지 모두 들을 수 있었다. 학생들은 음악이 나오면 저마다 흥에 겨워 흥얼대며 박자를 맞추거나 어깨춤을 추기도 했다.

벌써 꽤 오래 전 어느 날 시 교육청에서 막 전근해 온 여자 교장 선생님이 레코드를 틀어놓고, 학생들에게 왈츠를 추자고 했던 일이 있었다. 혼자서 움직일 수 있는 여학생 몇 명이 빙글빙글 돌면서 춤을 추었지만 얼마 못 가서 한 소녀가 넘어지며 바닥에 머리를 세게 부딪쳐 코피를 흘리고 말았다. 왈츠는 곧 중단됐다. 교장 선생님은 몹시 놀라서 어쩔 줄을 몰라 했다. 이튿날 아침, 아이들 사이에서 들려오는 얘기로는 그날 저녁 교장 선생님은 의사 선생님에게 불려가 무척 혼이 났다고 한다.

그 뒤로도 댄스파티는 있었지만 형태가 많이 달라졌다. 주로 선생님들이 춤을 추었고 또 손님이 있을 때에는 그 손님이 나와서 음악에 맞춰 춤을 추곤 했다. 학생들은 춤이 시작되면 저마다 숨을 죽이고 바라보다가 이윽고 춤이 끝나면 박수를 쳤다. 선생님들은 몹시 부끄러워했다. 그 중에서도 특히 베라 선생님이 그랬다. 하지만 학생들은 좀 더 춤을 추어달라고 부탁하곤 했다. 그래서 저녁 모임은 언제나 선생님들의 춤으로 막을 내렸다.

사실 저녁 모임은 학원의 중요한 행사였다. 아무도 무대에 출연하는 사람은 없었지만 학생들, 특히 여학생들은 미리부터 이 '축제'를 준비하곤 했다. 저마다 새로 사온 드레스를 입어보며 그날 저녁 자신의 화려한 모습을 떠올렸다.

비록 상상에 지나지 않았으나 때로는 자신이 새로 맞춘 아름다운 드레스를 입고 제냐처럼 피아노를 치거나 바이올린을 켜면서 사람들의 환호 속에 파묻히는 꿈을 꾸기도 했다. 또 흥겨운 춤과 함께 화려하게 모임을 장식하는 꿈을 꾸기도 했다.

그러나 꿈은 늘 꿈으로 끝나곤 했다. 그녀들에게 학원의 저녁 모임은 중요한 오락이자 또한 시련이기도 했다. 하지만, 때때로 저녁 모임에서의 여러 가지 프로그램을 통해 아이들의 숨어 있는 재능이 발견되는 날도 있었다.

레이나는 다른 학생과 비교해 볼 때 지능이 우수했다. 학생들 가운데 대다수는 병을 앓은 후유증 때문에 고생이 이만저만이 아니었다. 말이 제대로 나오지 않거나 기억력이 감퇴되어 생활하는 데 조차 많은 불편을 겪고 있었다. 자신의 의지와는 다르게 현실은 뜻대로 되어주지 않았고 그만큼 그들의 고통은 컸다. 가령 지나는 문학을 무척 사랑했지만 자신의 뜻과는 반대로 좀처럼 시를 외지 못해 분통을 터뜨리곤 했다.

레이나의 기억력은 나무랄 데가 없었다. 병은 다리를 앗아간 대신 날카로운 기억력을 주었던 것이다. 레이나는 어떠한 시라도 두 번만 읽으면 그 자리에서 모두 기억할 수 있을 정도로 뛰어난 두뇌를 소유하고 있었다. 한 자도 틀리지 않고 외울 정도였으니까.

어느 날 저녁 모임에서 레이나를 유심히 지켜보던 '어머니 선생님'이 교직원의 저녁 모임에 레이나를 데리고 갔다. 그리고 레이나가 무대 위에서 발표할 수 있도록 배려해 주었다. 레이나로서는 처음 있는 일이라 무척 긴장할 수밖에 없었다. 하지만 레이나는 침착하게 마음을 가다듬고 자신이 좋아하는 푸시킨*의 시를 낭송하기 시작했다. 많은 선생님들이 지켜보는 가운데 학원에서 배우지 않은 것까지 포함해서 낭독하기 시작했을 때 장내의 시선은 온통 레이나에게 집중되었다. 레이나는 한 구절 한 구절 정성들여 거의 한 시간 동안이나 계속해서 낭송했지만 시가 끝날 때까지 참석한 선생님 가운데 단 한 사람도 작가를 맞추는 사람이 없었다.

시 낭송이 끝났을 때, 베라 선생님은 레이나의 머리에 화환을 얹어주면서 엄숙하게 말했다.

---

* 푸시킨(Aleksandr Sergeevich Pushkin, 1799~1873) : 러시아의 대문호 시인이면서 유명한 소설가.—역주

"모두 푸시킨의 시입니다."

모두들 탄성을 지르며 자신들의 무지를 부끄러워했다. 한순간 몰랐던 푸시킨의 시에, 또 대시인의 작품을 놀라우리만큼 잘 기억하고 있는 레이나에게 장내가 떠나갈 듯한 갈채가 쏟아졌다.

"이쇼 라쓰(한번 더), 레이나! 이쇼 라쓰!"

그칠 줄 모르는 박수갈채와 환호 속에 휩싸인 레이나의 모습은 더없이 아름답고 훌륭해 보였다.

이윽고 베라 선생님의 따뜻한 웃음과 함께 박수소리가 잦아들기 시작했을 때 레이나는 또 하나, 그녀도 그때까지 잘 이해하지 못했던 한 편의 시를 낭송했다. 그 시는 뭔가 비밀스럽고 수수께끼 같은 무언가가 있어서 마음을 끌었던 것이다. 그래서 아무에게도 보여주지 않고 자기 혼자만 알고 있던 시였다.

날씬한 네 몸을 껴안고
뜨거운 사랑의 속삭임을
네 귀에 쏟아 넣으면
너는 부드러운 몸을 가만히
나의 쇠사슬 같은 팔에서 빼내고
아아 너는
알 수 없는 미소를 띤다.
네 마음을 어둡게 하는 것은
슬픈 변심의 이야기
내 말 한마디에 온통 힘이 빠지고
너는 시든다.

나는 저주한다 내 청춘을
더럽혀진 수많은 장난을
밤 깊은 뜰에서 남의 눈을 피해
계속해 온 밀회를
나는 저주한다 사랑의 속삭임도
신묘한 시의 가락도
믿기 쉬운 소녀의 애무도
그 눈물도, 때늦은 원망의 중얼거림도.

낭송을 마친 레이나의 얼굴은 빨갛게 달아올라 있었다. 선생님들은 모두 뭔가 야릇한 표정, 반은 웃고 반은 슬픈 듯한 표정을 지으며 자리에서 일어나 일제히 기립박수를 보냈다.
"오첸 하라쇼!"*
장내를 온통 메웠던 함성소리. 레이나에겐 꿈에서도 잊을 수 없는 감격스런 날이었다.
추억이란 그만큼 소중한 것이다.
그날 이후, 레이나는 여러 가지 꿈을 꾸었다. 그때처럼 멋진 드레스를 입고, 수많은 청중의 박수갈채와 환호 속에 휩싸인 자신의 모습을 상상하며 자신의 미래와 행복에 대해 꿈을 꾸었다. 꿈은 항상 삶의 희망과 함께 벅찬 감격으로 채워지곤 했다. 그럴 때마다 그녀의 멋진 드레스는 항상 삶의 희망이 시작되는, 무엇인가에 대한 새로운 사랑과 의욕이 샘솟는 이정표처럼 생각되었다. 마치 페자에게 비둘기가 그러하듯이.

* 오첸 하라쇼 : 러시아어로 '매우 훌륭하다'는 뜻이다.—역주

레이나는 벽에 걸린 라일락빛 드레스를 바라보며 지금까지 그래 왔듯이, 행복에 젖어 또 꿈을 꾸기 시작했다.

그렇지, 초고속 제트기를 조종하는 여류 비행사가 되어볼까, 아니면 훌륭한 성량을 가진 오페라 가수로 볼쇼이 극장의 무대에 서볼까! '객석은 반짝반짝 빛나고'* 관객들의 마음을 온통 사로잡겠지. 아니 아니, 스키 선수가 되는 게 어떨까. 스키 선수가 되어 험한 산에서 미끄러져 내려오는 것이다. 다른 사람들은 무서워서 비명을 지르거나 또 바보처럼 자꾸만 넘어져 이리저리 눈 속을 헤맨다. 게다가 선수들마저 중심을 못 잡고 엎어져버린다. 사람들이 모두 너무 힘들다고 아우성이지만 레이나는 쏜살같이 미끄러져간다. 바람이 레이나의 튼튼하고 아름다운 두 다리에서 일렁인다……

아아, 하지만 모두 그리움이고 꿈일 뿐이다. 갑자기 갈증이 일었다. 요술쟁이 라일락빛 드레스도 더 이상은 어떻게 해줄 수 없는 꿈……. 지나의 얼굴이 떠오르면서 또 한 차례 그리움이 몰려왔다. 지나나 발랴와 함께였다면 이런 그리움을 살그머니 속삭일 수 있었을 것이다. 학원 생활에서 이런 이야기들은 자기들끼리 속닥거리며 다른 소녀들에겐 비밀로 했었다. 왜냐하면 이야기가 현실 생활과 더욱이 그녀들의 실생활과는 너무 동떨어져 있었기 때문이다. 이런 어처구니없는 말들은 다른 아이들을 노엽게 만드는 것이었다.

레이나는 경험으로 알고 있었다. 누군가 실현 불가능한 일을 생각해 내어 모두를 폭발하게 만든 적이 여러 번 있었던 것이다. 엉뚱한 얘기를 주고받다가 울어버리고…….

―――――――――――――
* 푸시킨 작 「예브게니 오네긴」 중의 일절.―역주

어느 날 도서관에서 책을 뒤지기 좋아하는 지나가 휠체어를 몰고 레이나에게 다가와서 비밀 이야기처럼 은근히 속삭였던 말이 떠올랐다.

"이건 영국의 작가이자 학자인 찰스퍼시 스노우의 말이야. 들어 봐."

그러고는 단숨에 읽어 내려갔다.

"우리는 모두 누구나 비극적인 운명에 놓여 있다. 우리는 누구나 고독하다. 때로는 사랑이나 강한 그리움, 창조하는 정신을 가지고 고독에서 탈출할 수도 있지만, 이와 같은 인생의 승리도 우리가 자신의 손으로 만드는 빛의 오아시스이고, 종착지는 항상 어둠 속에 중단된다. 결국 누구나 죽음과 맞닥뜨린다."

말을 마치고 난 뒤 지나는 한숨을 쉬었다. 동그란 눈으로 레이나를 똑바로 보면서 되풀이해 말했다.

"레이나, 내 생각엔 말이지, 이 세상에서 모든 일은 이미 분명하게 결정되어 있는 거야. 죽음까지도 말이야. 하지만 우리는 이런저런 궁리 끝에 오아시스를 생각해 내지. 그리고 나서 책도 읽고 무슨 다른 큰 의미가 있는 것처럼 이런저런 말을 하기도 해. 하지만, 하지만 종착지는 똑같애. 그래봤자 세상에 혼자뿐인걸."

레이나의 생각은 달랐다. 신체의 결함 때문에 무엇을 할 수 없는 아픔만큼이나 언제 죽을지 모른다는 공포와 체념, 그리고 고독은 레이나에게도 있었지만 그래도 살아가는 동안만큼은 결코 혼자가 아닌 것이다. 고독 속에서도 사랑은 피어나고 한없는 불행 속에서도 행복은 찾아오리라고 생각했다. 이 말에 몹시 끌렸던 레이나는 지나와 말다툼을 하면서도 수첩에 그 즉시 스노우의 말을 적어놓고 모두 외워버렸다.

그리고 어느 날 지나가 모든 일이 잘 풀려 아주 행복해 하며 소리를 내어 웃고 있을 때 레이나는 짓궂게도 지나의 귓전에 대고 스노우의 슬픈 말을 속삭였다. 그러고서 둘은 한참 동안이나 서로를 바라보며 웃었다. 이 슬픈 구절이 슬프지 않고 오히려 위안이 되었던 것이다. 그 가운데서도 특히 사랑이나 짙은 그리움 같은 것은 생각만 해도 가슴 벅찬 말이었다. 지나와 레이나는 도대체 사랑이나 그리움이 없는 인생이란 상상할 수도 없었다.

"우리들 사이에선 그렇지 않지만 이런 말은 건강한 사람들이라면 쉽게 얘기할 수 있을 거야."

발랴가 말했다. 레이나와 지나는 발랴에게만 스노우의 말을 가르쳐주고 세 사람 사이의 비밀로 했다. 또 하나의 짜릿한 쾌감과 함께 그들은 자신들이 갖고 있는 '사랑'에 대한 꿈을 서로에게 털어놓고 얘기했던 것이다. 학원의 학생들 사이에서는 울거나 절망, 슬픔에 빠지는 것도 물론 좋지 않은 일이었지만 실현 불가능한 그리움이나 장밋빛 꿈에 대해서 이야기하는 것은 금물이었다.

차양을 조금 올리고 밖을 둘러보았다. 처마 안쪽 비둘기집 안에 페자의 얼굴이 보였다. 페자는 무엇인가를 골똘하게 생각하는 듯 자기의 비둘기집 안에서 도통 나올 생각을 않고 가만히 앉아 있었다. 그곳이라면 비가 들이치지 않을 텐데도 웬일인지 물에 빠진 생쥐처럼 흠뻑 젖은 채 쪼그리고 앉아 떨고 있는 모습이 무척 안쓰러워 보였다.

레이나는 싱긋 웃으며 창을 활짝 열었다.

"안녕, 페자."

"응……, 안녕."

"비가 내리면 비둘기를 날려 보내지 않니?"

"응."

페자는 이를 '덜덜' 떨고 있었다.

"그럼 왜 그러고 있는 거니?"

"왜 그러다니, 무슨?"

"비둘기도 날지 않는데 네가 그곳에 있는 이유 말이야."

"아니, 그저."

페자는 당황했다.

마치 자신의 폐부를 찔린 것처럼 한동안 아무 말 없이 소녀를 바라보았다. 하기야 이 비오는 날에 무슨 할 일이 있어 비둘기집에 왔단 말인가. 하지만 집에 있기는 답답했다. 산 너머 또 산이라던가, 페자가 겨우겨우 힘을 내어 하나의 산을 넘으려 했을 때 어머니의 불행이 또다시 닥쳐왔다. 페자는 그것으로부터 벗어나기 위해 발버둥을 쳐보지만 불행이란 놈은 오히려 더욱 힘이 세져서 페자의 숨통을 꼭꼭 조여 오는 것이다. 누구를 원망한들 소용없는 일이다. 다만 필요한 것은 싸워 이길 수 있는 힘과 용기이지만, 페자에겐 힘에 부쳤다. 절망스러울수록, 하나의 거대한 벽에 부닥쳐 있는 것 같을수록 아버지에 대한 원망만이 샘솟았다.

　이런저런 고민 속에서 늘 자기를 위로해 준 비둘기집으로 왔다. 그리고는 억수처럼 쏟아지는 빗줄기를 보고 있었다. 그런데, 어제 보았던 그 소녀가 자신에게 뜻밖의 질문을 해온 것이다. 뭐라고 대답해야 할지 알 수 없었다. 소년이 당황하는 모습을 보면서 레이나도 당황했다.

　레이나는 사실 페자가 그곳에서 무슨 고민을 하는지 묻고 싶었지만 두려웠다. 머릿속은 온통 오늘의 '비밀스런 초대'에 대한 생각으로 꽉 차 있었다. 아주 잠깐, 아찔한 어지러움이 머릿속을 스쳐 지나갔다. 레이나는 휠체어의 제동기를 잡고 창가에서 물러났다. 가슴이 뛰기 시작했다. 만남에 대한 설레임과 두려움이 한꺼번에 온몸을 휩싸고 돌았다.

　'초대…….'

　오늘 내내 비오는 창밖을 바라보며 안절부절못했던 이유는 바로 여기에 있었다. 어머니와 아버지에게 새 드레스를 사달라고 했을 때부터, 또 오늘 하루 종일 새 드레스를 바라보며 꾸었던 꿈도 이제까지 창밖으로만 보아왔던 소년을 '초대'하겠다는 것이었다. 지금까지 페자는 레이나를 창 너머로 보았을 뿐이지만, 오늘 그 애는 모든 것을 보게 될 것이다. 소년은…… 오늘…… 어떤 모습을 해보일까.

　레이나는 옷걸이에 걸려 있는 새 드레스에 눈길을 주었다. 이제 곧 모든 것을 알게 되리라. 뛰는 가슴을 진정시키기 위해 심호흡을 하고서는 다시 휠체어를 창으로 몰았다. 레이나의 생각을 아는지 모르는지 소년은 아직도 무엇인가를 골똘히 생각하고 있었다.
"얘, 페자!"
"……."
레이나가 부르는 소리에 깊은 생각에서 깨어난 듯이 페자는 푸른 눈을 껌벅거리며 레이나를 바라보았다. 마치 비에 젖은 한 마리 비둘기 같은 모습이었다. 레이나는 마음을 가다듬고 마른침을 삼키며 말을 이었다.
"너 말이야……, 지금부터 3백까지 세어주지 않으련?"
"세서 어떡하게?"
"세고 나서 대팻밥을 한 움큼 쥐고 우리 집으로 와. 넌 흠뻑 젖었잖아……. 2층이야, 왼쪽 첫째집."
레이나는 페자의 얼굴이 보이지 않게 차양을 내렸다. 그리고 잠시 마음이 잡히지 않는 듯 휠체어 안에서 두 팔을 늘어뜨린 채 꼼짝도 하지 않았다. 그러고 나서 소년의 세는 소리가 열을 넘기 시작했을 때 비로소 새 드레스 쪽으로 가 블라우스의 단추를 풀었다.
옷을 갈아입는 건 레이나에게 그렇게 간단한 일이 아니었다. 누군가의 도움이 필요했다. 학원에서는 보모인 두샤 아주머니나 친구들이 도와주었고 집에서는 부모님이 거들어주셨다. 하지만 오늘만큼은 반드시 혼자서 갈아입으리라 굳게 마음먹었다. 소년을 초대하려고 했을 때부터, 새 드레스를 사왔을 때부터, 이 비밀스런 초대를 꿈꾸었을 때부터.
입고 있던 블라우스를 벗었다. 이건 전혀 힘든 일이 아니다. 문제는 스커트를 벗을 때와 드레스를 입을 때이다. 그러려면 두 손을 처음에는 오른손, 다음에는 왼손을 사용하며 허리를 움직여야만 한다.

"서른 하나, 서른 둘……."

비둘기집에서는 페자가 이제 막 '서른'을 넘기며 수를 세고 있었다. 스커트를 벗기 시작했다. 흥분과 초조함이 몰려왔다. 서두를수록 몸이 잘 움직여지지 않았다.

(페자, 조금만 더 천천히 세렴, 배-액 두-울…… 배-액 스물 다서-엇…….)

페자와 함께 레이나도 방 안에서 수를 세며 서두르고 있었다.

스커트를 벗고 새 드레스를 꺼냈다. 빠르게 손을 놀리면서 레이나는 문득 학원에서 학생들끼리 내기 경기를 하던 생각을 떠올렸다. 얼마까지 셀 동안 옷을 갈아입을 수 있는가 하는 경기였다. 아이들은 모두 진지하게 시합에 임했었고, 약속한 때까지 옷을 갈아입기 위해 모두 숨소리조차 죽이며 서두르곤 했었다. 마치 그 때의 경기를 하듯 레이나는 서둘러 옷을 갈아입었다. 웃음이 터져 나왔다. 거의 3백까지 다 셌을 때 레이나는 비로소 옷을 다 갈아입을 수 있었다. 지금까지의 일에 비추어보면 확실히 자신의 최고 기록이었다.

사정이 달랐다면, 즉 '데이트' 시간이 촉박하지만 않았다면 이렇게 서두를 필요는 없었다.

'데이트?' 레이나는 웃고 말했다. 웃으면서 한 손으로 휠체어 손잡이를 짚고 허리 밑으로 드레스 자락을 밀어 내렸다. 그 순간 휠체어가 뒤로 미끄러지면서 레이나의 몸이 앞으로 쏠려 '쾅' 소리를 내며 바닥으로 떨어지고 말았다.

아프기도 하고 왠지 분하기도 해서 보통 때라면 울었을 것이다. 하지만 오늘은 울지 않았다. 오히려 자신의 서두르는 모습, 그런 자신을 약 올리는 듯 엉터리처럼 밀려난 휠체어를 보니 웃음이 터져 나왔다. 자신의 모습이 무척 우스꽝스럽게 생각되었다. 저쪽으로 도망가 버린 휠체어를 찾아 기어갔다. 새 드레스도 그녀를 뒤따라갔다. 바닥의 먼지를 싹싹 쓸면서. 바퀴를 잡고 일어서려고 했다. 드레스가 이때 '찍' 소리를 내며 찢어졌다. 못에 걸린 것이다.

"딩동, 딩동……."

초인종 소리가 들렸다. 벌써 페자가 온 것이다.

레이나는 더욱 다급해져서 휠체어를 붙잡았다. 하지만 휠체어는 도무지 말을 들어주지 않았다. 레이나의 체중에 자꾸만 밀려버리고, 주위에는 달리 버티고 일어설 수 있는 게 아무것도 없었다. 레이나는 마지막으로 온몸의 힘을 모아 휠체어로 자신을 겨우 끌어올렸다.

페자는 벌써 다섯 번째 초인종을 울리고 있었다. 안에서 아무 대답이 없자, 답답해진 페자는 이윽고 문을 '쾅쾅쾅' 두드렸다.

"레이나, 레이나."

"쾅쾅쾅……, 딩동, 딩동……."

레이나는 서둘러 드레스 자락을 고치고, 헝클어진 머리카락을 바로 했다. 그리고 휠체어를 끌고 문 쪽으로 달려갔다. 달리면서 또 웃음을 터뜨렸다. 데이트? 후후후……, 데이트! 마음을 가라앉히기 위해 아무렇지도 않게 또 웃어보았지만 스스로도 자연스럽지 못하다는 사실을 느낄 수 있었다. 격렬하게, 마치 무거운 쇠망치로 두드리는 듯이 심장이 뛰기 시작했다. 뛰는 가슴을 진정시키기 위해 '후―'하고 길게 숨을 몰아쉬었다. 호흡이 약간 부드러워졌다. 이윽고 손잡이를 잡고 문을 열었다.

비에 젖은 소년의 모습이 눈에 들어왔다.

페자는 레이나를 흥미롭게 말똥말똥 바라보았다. 레이나의 발을, 휠체어를, 그러고 나서는 현관 안으로 들어서면서 초대해 주어서 고맙다는 듯 정중하게 인사를 했다. 비옷을 내려놓고 젖은 신발을 벗었다.

"너, 왜 그러니?"

방으로 들어가며 페자가 물었다.

"발목을 삐었니? 나도 작년 여름 내내 기브스를 하고 있었어. 그만 실수를 했지 뭐니? 그때 비행기 날개처럼 사방으로 받침대를 댔지. 그 때 난 답답해서 죽는 줄 알았어. 생각해 봐, 그 더운 여름날 기브스를 댄 꼴이라니 말이야……."

페자는 대답 따윈 기대하지 않는다는 듯 쉬지 않고 말했다.

"……우습지 뭐야. 바보처럼 다리를 다치다니. 그건 마치 비둘기가 날개를 다친 꼴과 같았어. 종일 하는 일도 없이 심심해서 죽는 줄 알았어. 너도 그렇겠구나? 하지만 괜찮아져 곧."

"아냐."

레이나는 페자의 눈을 똑바로 쳐다보며 말했다.

"난, 발이 없어."

순간, 레이나의 마음은 가라앉았다. 외로움이, 알 수 없는 서글픔이 밀려오면서 울적해졌다. 페자와는 아무 관계도 없는 일이다.

"아니, 발이 없다니, 왜?"
페자는 깜짝 놀랐다.
"설마…… 봐, 거기 분명히 있지 않니?"
"있어도 없는 거야."
페자는 레이나의 얼굴에서 핏기가 사라지고 있음을 깨달았다.
"난 걷지 못하니까."
페자는 입이 벌어졌다. 놀라운 일이었다. 뭔가 위로의 말을 해주려고 했지만 레이나가 쌀쌀맞게 가로막았다.
"나를 가엾다고 생각하지 마."
페자는 당황하여 레이나를 응시했다. 푸른색 눈이 순식간에 어두워졌다.
"저어."
불쑥 말했다.
"난 바보였어. 어제는 너희 가족을 무척 부러워했거든. 어제 밤에 너희 집 창 밑에 왔었어. 창 밑 어둠 속에서 즐거운 웃음소리를 들었거든."
"그럼 넌 지금 내 모습을 보면서 나한테 부러워할 만한 게 없다고 생각하는 거니? 난 누구에게도 필요 없는 신체장애자라고 말하고 싶은 거야? 불행한 병신이라고 말야. 그러니? 그럼, 제발 한 푼 적선하시지 그래."
레이나는 언성을 높이지도 않고 얼음처럼 차가운 소리로 한마디 한마디씩 내뱉었다. 너무나 냉정하고 쌀쌀맞은 나머지 그 차가움이 꼭 페자의 뺨을 한마디에 한 대씩 한 대씩 찰싹찰싹 때리는 것만 같았다.

페자는 기분이 상했다. 대팻밥을 꽉 움켜쥐고 침착하게 물었다.

"내가 돌아가면 좋겠니?"

뜻밖의 얘기였다. 페자로서도, 또 레이나로서도……. 레이나는 그만 말문이 막혔다. 페자를 찌를 듯이 쏘아보면서 레이나는 고개를 끄덕였다.

"그래, 돌아가."

어처구니없게도 그 짧은 한마디가 끝이었다. 다 끝나버린 것이다.

페자는 대팻밥을 식탁 위에 놓고 현관으로 돌아가 신발을 신었다. 그리고 레이나를 돌아보았다. 레이나는 얼굴을 돌려 창밖을 보고 있었다.

페자는 체한 사람처럼 가슴이 답답함을 느꼈으나 더 이상 뒤돌아보지 않고 현관문을 닫았다. 밖은 여전히 억수 같은 장대비가 내리고 있었다. 세찬 빗줄기가 땅바닥을 두드리며 여기저기 빗길을 파고 있는가 하면 풀이 죄다 드르누워 아우성을 치고, 물웅덩이에선 거품이 부글부글 일고 있었다. 하지만 페자는 비를 피하고 싶은 마음이 전혀 없었다. 뛰지도 않았다. 이런 상태에서 쏟아지는 비 따윈 신경도 쓰이지 않았다. 오직, 오직, 방금 전에 본 소녀의 모습만이 가슴을 파고들었다.

"놀랐어! 정말 놀랐어!"

어쨌든 휠체어에 연약한 소녀가 있었으니까.

페자는 갑자기 눈앞이 캄캄해졌다. 가슴에 어떤 알 수 없는 아쉬움과 허전함이 들어찼다. 그 소녀의 집에 머물렀던 시간은 어느 정도였을까? 불과 1분인가, 2분인가? 겨우 한두 마디 주고받았을 뿐이다. 그렇게 하려던 것은 아니었는데 이상하게 일이 꼬여버린 것이다. 하지만 이젠 그 소녀의 집에 갈 일도 없고 이야기할 일도 없을 것이다. 페자 쪽이 잘못한 것이라면 그렇다고 해두자.

분명히 그 소녀의 휠체어는 페자를 동요시켰다. 걷지 못한다는 레이나의 말은 너무나 충격이었다. 아무런 마음의 준비 없이 순식간에 놀라운 사실을 접했다. 그래서 눈을 크게 뜨고 그녀를 바라보았을지도 모른다. 하지만 따지고 보면 그렇게 잘못한 것도 없지 않은가. 그런 사실을 알고 있었던 것도 아니고 그녀의 온몸을 본 것도 오늘이 처음이었다. 그런 상황에서 놀라는 건 당연한 일이고 놀랐다고 해서 나쁠 건 없다.

하지만 얼토당토않게 그 다음……. 그 다음이 문제였다.

'무척 부러워했거든'이라고 말해 버렸다. 딴 뜻은 없었다. 단지, 페자는 자신에 대해, 부모님에 대해 생각하면서 별 생각 없이 그렇게 얘기했었다. 작은 바람에도 가지에서 떨어지는 벌레 먹은 사과처럼 한없이 불행하기만 한 어머니와 아버지에 대해 생각하고 있었던 것이다.

하지만, 소녀는…….

소녀는 자신의 일만, 자신의 불행만 생각하고 있었다. 그래서 무슨 말이든 자기 얘기로 들렸고, 그래서 화를 낸 것이다. 그 소녀의 불행이 소녀에게 닿을 수 있는 모든 빛을 가로막고 있는 것 같았다. 애당초 그녀는 페자가 한 말을 이해하지 못했고 잘 이해할 수도 없었다. 그래서 그런 오해 속에서 곧 몸을 도사리고 페자를 향해 무차별적으로 공격해 온 것이리라.

페자는 집으로 돌아왔다. 옷에서 빗물이 뚝뚝 떨어졌다. 흠뻑 젖은 몸 그대로 침대에 드러누운 채 한동안 꼼짝도 안 했다. 그러다가 잠시 후 자리에서 일어나 마른 옷으로 갈아입고 또 다시 드러누웠다.

창밖은 잿빛에 싸여 아무것도 보이지 않았다. 꼭 페자의 마음 같았다. 아쉽기도 하고 암담하기도 했다. 설명할 수 없는 답답함이 가슴을 꾹꾹 내리누른다. 천근만근 되는 바윗덩어리가 올라앉은 것처럼…….

그 소녀를 보기 위해 비둘기집으로 갔었는데, 앞으로는? 앞으로는 어디로 가야 한단 말인가? 그녀가 보고 있는데 아무렇지도 않은 듯 비둘기와 장난칠 수 있을 것인가? 온통 그 애 생각뿐이었다. 어떻게 해야 한단 말인가?

후회도 해보았다. 어쩌면 아무렇지도 않은 듯 그 소녀를 추켜세웠으면 좋았을지도 모른다. 그랬으면 적어도 지금 같은 상황은 없었을지도…….

"아아, 넌 어쩜 그렇게 멋지니!"

이렇게 말했다면, 그리고 발 따윈 거들떠보지도 않는다, 발 따위야 있으나 없으나 무슨 차이가 있단 말인가……. 그 말 하는데 뭐가 그리 힘들었을까. 그런데도 뭐가 그리 놀라워서 그래 애, 너 불행하겠구나 하는 투로 대해 버렸을까. 전혀 그런 마음이 아니었는데도 어쨌든 이상하게 그런 식으로 되어버렸다. 참으로 멍청한 짓을 했다. 페자는 그 따위 말을 한 자신이 미워 견딜 수가 없었다.

손에 잡고 있던 책을 폈다. 몇 줄 읽었지만 머리에 들어오질 않았다. 가슴이 터질 것만 같았다. 결국 책을 내던지고야 말았다.

요 2,3일 내내 페자는 부모님을 원망했다. 서로 사랑하면서도 아버지와 어머니는 서로를 이해하지 못하는 것이다. 그리고 두 사람 다 될 대로 되라는 식이다. 어머니를 재난에 빠뜨린 원인은 단연코 아버지인데, 아버지는 고치려고 하지 않는다. 아버지의 생활을, 아버지의 사고방식을 전혀 고치려고조차 않는 것이다.

그런데 페자, 그게 뭐 어떻단 말인가? 너는 어떤가? 너 자신은 다르단 말인가? 도대체 뭐가 다른가? 오히려 너는 그보다 더 못할 수도 있다. 봐라. 오늘 그 여자애의 집에 들어가다 나왔을 뿐 그 애에 대해 무엇 하나 제대로 이해하지 못한다. 오히려 그 애에게 상처만 주고 그 애를 영영 잃어버릴지도 모르게 만들고 말지 않았는가.

어머니는 고통스러워하고 있다. 하지만 아버지는 그걸 이해하지 못한다. 어머니가 왜 고통스러워하는지, 어떻게 대해 주어야 할지 생각조차 못하는 것이다. 페자 자신도 레이나에 대해서 마찬가지일지 모른다. 그 애에 대해 자신이 무엇을 이해한단 말인가. 레이나의 괴로움을 페자는 이해하지 못한다. 그렇다고 해서 페자가 레이나의 괴로움을 바보처럼 기뻐한다든가 신나하는 건 아니잖는가? 그런데도 말도 안 되는 말을 해버렸다. 어처구니없게도, 도대체 무슨 뜻인가? 뭐 어쩌라고 한 말인가?

'부러워했거든'이라고……. 부러워할 건 아무것도 없다는 뜻이다. 어쩌자고 그런 식으로 말했을까? 깔보고, 동정하고 무시하는 것 외에 그 애가 어떤 의미로 그 말을 받아들일 수 있단 말인가.

페자는 일어나서 방 안을 걷기 시작했다. 앉아도, 서도, 걸어도 마음이 편안하질 않았다. 뭘? 뭘 어떻게 한다지? 정신없이 방 안을 헤매다가 문득 페자는 당혹스러운 듯 멈추어 섰다. 지금 자신의 행동이 어제 아버지가 했던 것과 꼭 같았기 때문이다. 어제 아버지가 했던 것처럼 어지럽게 굴고 있다. 불안한 것이다. 아버지가 왜 그랬는지는 너무 뻔하다. 그럼 페자는? 무엇 때문에 자신은 방황하고 있는가, 무엇 때문에 자신은 안절부절못하고 있는가.

원인은 분명했다. 바로 좀 전의 바보짓 때문이다. 상대는 구식 교육을 받은 아가씨이기라도 하단 말인가? 도대체 그 상황에서 왜 그 따위 얘기를 했을까.

"내가 돌아가면 좋겠니?"

"그래, 돌아가."

그럼 그때 그 소녀가 페자의 옷이라도 붙잡고 늘어졌어야 했단 말인가? 소녀가 울며불며 사정하면서…….

"기다려줘, 페자! 우린 아직 얘기하지도 않았잖아. 서로 마음을 터놓고 이야기해 보자."

이런 얘기라도 기대했단 말인가. 그걸 바랐던 걸까? 그렇다면 한마디로 좀 모자라는 놈이거나 공연한 호기를 부린 것이다. 하지만 그런 뜻으로 한 말은 전혀 아니었다. 그런데도 그런 식으로 말해 버렸다.

페자의 머리는 터져나갈 것만 같았다. '될 대로 되라지. 한 가지 분명한 건 자신이 나빴다는 사실이다. 정말로 나빴다. 불구인 여자애가 휠체어에 앉아 있었다. 비에 젖은 페자를 가엾게 생각하고 집으로 불러주었는데, 그런 착하고 예쁜 아이에게 상처를 줘버린 것이다. '부러워했거든'이라고. 그녀도 역시 괴로울지 모르는데. 그런 아이한테 그 따위로 말하다니! 난 얼마나 바보인가. 정말 바보다. 페자는 창가로 가서 뜨거운 이마를 유리에 댔다. 차가운 기운이 이마에 와 닿았다. 한참 동안 그렇게 이마를 대고 생각했다.

(지금 다시 그 애의 집에 가야 해.)

그러고 나서 주문을 외우듯 혼잣말로 중얼거렸다.

"가야 해……, 지금 곧……."

어처구니없는 말을 했으니까. 바보, 바보……. 정말 미안하다, 레이나. 잘못을 빌어야 한다, 무슨 말이든 해야 한다. 그렇지 않으면…….

페자는 갑자기 마음이 다급해져 정신없이 비옷을 걸쳐 입고 발걸음을 재촉했다. 어떻게 나왔는지도 모르게 '쾅'하고 문을 닫고 계단을 뛰어 내려갔다.

밖은 이미 짙은 비와 안개에 싸여 앞을 분간할 수 없었다. 그 캄캄하고 뿌연 빗속을 가로질러 뛰기 시작했다. 장대처럼 쏟아지는 빗줄기 속으로 이웃집들이 뽀얗게 보였다. 이미 페자의 마음은 그 애의 집에 닿아 있었다. 될 수만 있다면 그 애의 손을 잡고 또 그 애의 여리고 상처받은 마음을 끌어안고 싶었다.

(아직 그곳 그 창가에 헤어진 그대로, 상처받은 그대로 있겠지.)

비는 여전히 땅을 두드리고 있었다. 아까보다 더욱 세차게 골을 파며 울부짖고 있었다.

(쏟아지는 비보다 빨리 뛸 수 있다면…….)

비를 갈라내고 그 빗속에 가두어진 레이나를 감싸 안는 모습이 꿈처럼 다가왔다. 정신없이 레이나의 집으로 뛰어갔다. 페자도 뛰고, 비도 뛰고, 길도 뛰었다. 그런데 뛰어가는 도중에 갑자기 빗길에서 뭔가 강하게 부딪쳤다. 진흙 구덩이 속에 몸을 구르며 비명을 지르려 했을 때, 거기 비와 안개에 싸인 무언가가 있었다. 휠체어였다. 쏟아지는 비를 고스란히 맞으며 우두커니 서 있는 휠체어 안에 소녀가 있었다. 꿈이 아닌가 싶게…… 온통 비에 젖은 채…….

"레이나……."

비안개처럼 앉아 있는 소녀는 레이나였다.

"레이나, 이게 무슨 일이야, 너 미쳤어? 이 빗속을……."

페자는 그만 넋을 잃었다. 소녀는 웃고 있었다. 쏟아지는 빗속에서 둘의 만남이 기쁘다는 듯 물기어린 미소를 머금고 마냥 페자를 바라보며 웃기만 했다.

"도대체……, 말도 안 돼……. 어떻게……, 너 지금 어디로 가는 거야……."

넘어져 있는 페자의 눈에 빗물인지 눈물인지 모를 뜨거운 무엇이 솟구쳤다. 페자는 목이 멨다.

"미쳤어. 지금……, 이 빗속에 너…… 어디로…….'

레이나의 모습은 말이 아니었다. 아무래도 아버지 것 같은, 군대에서나 씀직한 크고 헐렁한 방수 망토를 뒤집어쓰고 있었다. 세찬 빗줄기에 긴 드레스는 이미 무릎까지 흠뻑 젖었고, 얼굴엔 빗방울이 맺혀 있었다. 두 팔은 팔꿈치까지 진흙투성이였다. 바퀴를 직접 돌리고 왔으니 당연했다.

"너, 왜 이런 짓을 했니? 용케 내려왔구나. 계단을 말이야."

"페자, 난…… 정말 어쩔 수 없는 바보 멍텅구리야."
레이나는 소리치듯 말했다.
"정말 구제불능이야. 난, 너무 어처구니없는 바보야."
"나도 그래."
페자도 기쁜 듯이 소리 질렀다.
"내가 더 바보야."
쏟아지는 빗속에서 두 사람은 미친 듯이 소리 내어 웃기 시작했다. 웃다가는 서로 눈이 마주치자 또 미친 듯이 더욱 크게 웃었다. 고맙게도 길에는 사람은커녕 개 한 마리 없이 오직 세찬 빗줄기만이 땅을 적시고 있었다. 비가 내리는 게 그토록 고마울 수 없었다. 빗속의 만남은 서로를 이해하게 했다. 또…… 서먹하고 아쉬웠던 마음이 쏟아지는 빗줄기에 씻겨 내려가고 있는 것만 같았다.
페자는 계속 웃으면서 허리를 구부려 레이나의 발을 망토로 감싸고 장난치듯 두 손도 집어넣었다. 그리고는 휠체어의 방향을 바꿔 서둘러 레이나의 집으로 치달았다.
"아아, 무서워, 페자. 조금 천천히 달려."
"거짓말, 그럼 그 계단을 도대체 어떻게 내려왔단 말이야? 말해 봐, 레이나."
쏜살같이 휠체어로 빗속을 가로질러 달리며 페자가 소리쳤다.
"너, 날 사랑하고 있지……?"
"응, 뭐라고……?"
"날 사랑하고 있지……?"
"잘 안 들려……."

"이런 엉터리…… 나도 널 사랑해……."

달려가는 틈새로, 비가 갈라진 틈으로 그들의 웃음소리가 어우러졌다. 두 사람의 웃음은 멈추지를 않았다. 레이나의 아파트 계단 앞에 닿아서야 겨우 웃음을 멈췄다. 계단을 끝도 없이 올려다보며 레이나가 말했다.

"아아, 이젠 어떡하지? 손잡이가 있어서 내려올 땐 그럭저럭 괜찮았는데……. 하지만 이젠 어떻게 올라가지?"

레이나는 금세 암담한 표정을 지었다. 페자도 계단을 올려다보았다. 그리고 레이나의 어깨를 두 손으로 잡아주었다.

"괜찮아, 열쇠를 이리 줘."

페자가 손을 내밀며 주저 없이 말했다. 이제는 분명히 알 수 있었다. 지금 이 작은 소녀 앞에서 페자의 태도는 엄숙하고 또 무척 어른스러웠다. 그건 한순간 어처구니없는 오해와 그 오해가 여지없이 깨져나가고 허물없이 둘을 열어놓았던 빗속의 만남에서 다가온 깨우침이었다. 페자는 자신이 어떻게 행동해야 할지, 어떤 태도를 취해야 할지 너무나 잘 알고 있었다. 빗속의 만남은 모든 걸 한꺼번에 깨우쳐 주었던 것이다.

페자의 스스럼없는 행동에 레이나는 순순히 열쇠를 내주었다. 페자는 재빨리 2층으로 뛰어올라가 현관문을 열었다. 그러고는 다시 내려와 레이나의 어깨를 붙잡으며 엄숙한 표정으로 명령했다.

"내 목을 잡아, 두 손으로 꼭."

"어휴……, 하지만 내 손은 진흙투성이인걸."

레이나는 또 웃음을 터뜨렸다.

"괜찮아, 빨리 붙잡아!"

페자는 더욱 엄숙한 표정을 지어 보이며 레이나의 눈을 똑바로 바라보았다. 페자의 심각한 표정에 눌려 레이나는 두 손으로 그의 목을 감은 채 귓전에 대고 속삭이듯 말했다.

"알겠습니다. 분부대로 하겠습니다."

그녀의 비에 젖은 머리카락이 자신의 볼에 와 닿았다. 그리고 또 귓전에 레이나의 속삭임소리가 간지럽게 들려왔다. 한순간의 느낌이었을까…… 갑자기 기분이 이상해지면서 웃음이 터져 나왔다. 비에 젖어 있었지만 레이나의 몸은 무척 가벼웠다. 마치 한 마리 나비처럼 자신의 품에 안긴 소녀 같았다. 그래서인지 페자는 자신이 무척 힘이 센 듯한 느낌이 들면서 왠지 어른이 된 것 같은 기분에 사로잡혔다.

"미쳤어."

계단을 한 칸씩 오르면서 페자가 말했다.

"완전히 미쳤어. 계단을 휠체어로 내려오다니……. 이런 빗속을 말이야. 응? 이 엉터리 아가씨야."

계단을 한 칸씩 오를 때마다 왠지 모를 설레임이 솟구쳐 올랐다. 레이나는 입을 꼬옥 다문 채 얌전히 있었다. 그 모습이 얼마나 사랑스러운지 될 수만 있다면 더욱 힘껏 안아주고 싶었다. 새삼스럽게 빗속의 만남이 가슴을 적셔왔다. 어떻게 너는 그 빗길을 달려왔던가……. 아아, 레이나. 소녀의 대담한 모습이. 그 아름다운 마음이 가슴을 파고들었다. 소녀에 대한 사랑이 목까지 따뜻하게 밀려올라왔다.

레이나는 소년의 팔에 안겨 한없는 꿈을 꾸는 듯 눈을 감고 가만히 미소만 짓고 있었다. 계단을 다 올라와 현관으로 들어와서 레이나를 소파에 눕히고는 망토를 벗겨주고 페자는 숨을 돌리려고 잠시 눈을 감았다. '휴우'하는 한숨과 함께 휠체어의 몸으로 자신을 찾아 비오는 진흙탕 길을 달려오는 모습이 자꾸만 가슴을 헤집었다. 다시 눈을 떴을 때 레이나는 창백한 얼굴로 눈을 감고 있었다.

"엉터리 아가씨!"

작은 소리로 불러보았다. 아무런 대답이 없었다.

"이봐, 엉터리 아가씨!"

페자는 놀라서 아까보다 조금 더 큰 소리로 불러보았다. 그래도 아무런 대답이 없었다. 아픈 게 아닐까? 순간 페자는 당황했다. 다급한 마음으로 주위를 둘러보았다. 약이라든가 뭐 도움이 될 만한 것이 없을까 찾아보려 했지만 어디에 무엇이 있는지 도무지 알 수가 없었다. 숨소리를 들으려고 레이나의 얼굴에 귀를 갖다 대었다. 레이나는 곧 끊어질 것처럼 아주 약하게 숨을 쉬고 있었다. 페자는 겨우 안심이 되어 몸을 폈다. 그러자 갑자기 레이나가 눈을 감은 채 말했다.

"키스해줘."

"엉? 뭐라고?"

페자는 어이가 없어 되물었다.

"바보!"

레이나는 여전히 눈을 감고 말했다. 페자는 아무 말 않고 소파 앞에 무릎을 꿇은 다음 레이나의 따뜻한 입술에 자신의 입술을 가져갔다.

"네게선 대팻밥 냄새가 나."

페자의 귓불에 대고 레이나가 속삭였다.

"네게선 비 냄새가 나."

페자는 다시 입을 맞췄다. 레이나는 페자의 목을 안고 두 사람은 어색하긴 하지만 격렬하게 입을 맞췄다.

밖은 어느새 점차 안개가 걷히고 있었다. 잿빛 비로 흐렸던 창에도 햇볕이 들기 시작했다.

레이나는 말없이 웃기만 했다. 그러다가 맑은 햇살을 보고 문득 무엇인가 깨달은 듯 외쳤다.

"페자, 휠체어!"

그러고 보니, 휠체어를 아파트 입구에 두고 온 것이다. 눈을 들어보니 현관문도 활짝 열려 있었다. 또 다른 부끄러움이 밀려오면서 퍼뜩 정신이 들었다. 페자는 재빨리 일어서서 쑥스럽게 웃으며 밑으로 내려가서 휠체어를 옮겨놓고 문을 닫은 다음 다시 방으로 들어왔다.

레이나는 젖은 방수 망토를 바닥에 놓고 소파에 앉아 얼굴을 돌리고 있었다.

"레이나!"

페자는 부드럽게 부르며 레이나의 곁으로 다가갔다.

"우리, 어떻게 된 거지?"

머리를 흔들며 레이나가 말했다.

"왠지 머리가 흐려져 버렸어."

"내일은 태양이 흐려지는 날이야. 해가림 날(일식日蝕)이거든."

페자의 한마디 한마디에 레이나는 머리를 끄덕였다.

페자는 또 입을 맞췄다. 레이나는 피하지 않았다. 하지만 페자가 다시 입술을 가까이 대자 손등으로 입을 가렸다.

손에는 흙이 묻어 있었다. 혼자서 그 진흙길을 휠체어로 몰았으니까. 페자는 레이나의 흙 묻은 손을 잡고는 자신의 뺨에 갖다 댔다. 페자의 눈은 불타고 있었다. 페자는 기쁨에 찬 눈으로 계속 레이나를 바라보았다. 하지만 이미 냉정을 되찾은 레이나는 조용한 미소로 응답했다.

9. 해가림 날(일식)

"모든 불행은 결국
해가림과 같은 거야.
그리고 인생은 바로
태양 그 자체가
아닐까?
그래, 인생은
태양이야."

9. 해가림 날(일식)

마치 꿈에서 금방 깨어난 사람처럼, 레이나는 오후 내내 사랑의 감미로운 전율에 몸을 떨었다. 오후 늦게 어머니와 아버지가 집으로 돌아왔다. 순간, 조심스런 긴장이 사랑의 열병에 들뜬 레이나의 가슴을 조여 왔다. 페자의 방문이 탄로날까 봐 조마조마했지만 어머니는 전혀 눈치 채지 못한 것 같았다. 어머니가 현관문을 열고 들어섰을 땐 이미 실내는 깨끗이 정돈되어 있었고 휠체어의 진흙도 모두 털어져 있었다. 너무나 깨끗해서 오히려 이상할 정도였다. 모두 페자가 해준 일이었다. 그뿐만이 아니다. 페자는 굳이 레이나를 설득해서, 비에 흠뻑 젖은 드레스를 깨끗이 빨아 다리미로 곱게 다려 옷걸이에 걸어 놓기까지 했다.

페자는 뭐든지 못하는 게 없었고, 생각도 그만큼 깊고 자상했다. 어느새 레이나의 가슴속은 페자에 대한 생각으로 가득 찼다. 그 때 마루 저편에서 아버지가 부르는 소리가 들려왔다.

"레이나. 이게 뭐냐? 왜 대팻밥이 여기에 있지?"
(아뿔싸, 대팻밥!)
페자가 다녀간 흔적은 티끌 하나 남기지 않고 깨끗이 치웠는데 아까 말다툼 끝에 식탁 위에 남겨 놓은 대팻밥은 미처 생각하지 못했던 것이다.
아버지는 식탁 위에 대팻밥이 왜 놓여 있는지 꼬치꼬치 캐물었다.
"레이나, 말해보렴, 누가 왔다 갔지?"
"……."
레이나는 예상치 못한 일에 말문이 막혀 묵묵히 대팻밥을 바라보았다. 아버지의 조심스런 눈길이 레이나의 시선을 따라왔다.
"레이나, 어떻게 된 거야. 친구가 생긴 거니?"
아버지는 대팻밥의 비밀을 꼭 알아야겠다는 듯 레이나의 움직임 하나하나에도 신경을 쓰며 집요하게 물었다. 결국, 계속되는 아버지의 질문에 레이나는 페자의 얘기를 꺼낼 수밖에 없었다.
"친구가 생겼거든요……, 이름은 페자라고 하는데……."
레이나는 다소 당황해서 말을 더듬으며 한마디 한마디씩 이어갔지만, 아버지는 단 한마디도 놓치지 않겠다는 듯 주의를 기울여 잠자코 듣기만 했다. 얘기를 하는 동안 레이나는 몇 번이고 아버지의 걱정스런 눈길을 느꼈다. 얼마나 힘들게 말을 했는지 휠체어를 잡은 손에 촉촉이 땀이 배어났다.
그러다가 드디어 레이나의 마음속에 장난꾸러기 도깨비가 고개를 쳐들고 말았다. 아버지의 심각한 얼굴이며, 더듬거리며 얘기하고 있는 자신이 별안간 우스꽝스럽게 느껴지면서 장난을 치고 싶은 생각이 스치고 지나간 것이다. 레이나는 갑작스레 큰 소리로 요즘 유행하는 인기가요인 '독수리 새끼도 날 수 있게 된다'를 부르기 시작했다. 그러고 나서 레이나는 소형 라디오를 틀었다. 마침 라디오에서는 차이코프스키의 '센티멘탈 왈츠'가 흘러나왔다. 레이나는 음악에 맞춰 휠체어를 타고 방안을 빙빙 돌았다. 아주 어지럽게 돌면서 눈동자를 빙글빙글 돌리고 바보처럼 킥킥 웃으면서 춤을 추었다. 멋진 음악에 어울리지 않았지만 그럴수록 더욱 신이 났다. 숨이 차서 더 이상 춤을 출 수 없게 되자 레이나는 식탁으로 가서 페자가 남기고 간 대팻밥 냄새를 가만히 맡으며 잠시 동안 눈을 감고 생각에 잠겼다.

그러고 나서 아버지와 어머니에게 푸시킨의 시를 읽어드리기 시작했다. 옛날, 많은 선생님의 갈채와 환호 속에 파묻혔던 기억을 되새기며, 잘 알지는 못하지만 그러나 바야흐로 레이나에게 '사랑'이라는 새로운 가치를 가르쳐 준 시를 읽기 시작했다. 페자를 사랑하게 된 자신의 마음이 드러나지 않도록 까부는 척하며, 또 시끄러운 소리로 떠들기도 하고, 간혹 점잔을 빼기도 하면서 읽었다. 시를 읽으면서 슬쩍슬쩍 어머니와 아버지의 표정을 살펴보았지만 별다른 기색을 발견할 수 없었다. 다만 어머니만큼은 시를 감상하는 듯 온통 기쁨에 찬 얼굴로 눈을 감고 있었다.

나는 저주한다, 내 청춘을
더럽혀진 수많은 장난을
밤 깊은 뜰에서 남의 눈을 피해

계속해 온 밀회를

시 낭독이 끝났을 때, 어머니는 자신의 딸을 대견스러워하며 아주 훌륭하다는 듯 박수를 쳤다.

"훌륭하구나, 레이나. 정말 멋지다."

어머니는 감탄사를 연발할 뿐, 레이나의 변화를 눈치 채지 못하고 있었다. 어머니는 속절없이 마냥 즐겁게 웃으며 곧 부엌으로 들어갔지만 아버지는 무엇인가 눈치를 챈 듯 걱정스럽게 레이나를 바라보았다. 방 안에 아버지와 레이나 단 둘이 있게 되자, 아버지는 비밀스럽게 속삭였다.

"너 사랑하고 있구나."

"……."

레이나는 단지 얼굴만 붉힐 뿐 아무 말도 할 수가 없었다. 왠지 쑥스러운 기분에 사로잡혀 고개를 떨구었다. 그런 레이나의 심정을 이해하였는지 아버지는 부드럽게 레이나의 머리를 쓰다듬으며 말했다.

"그렇지? 아빤 알 수 있어요."

"……."

"아빠에게 소개해 주겠니?"

"내일 말이에요? 내일은 날이 흐려져요."

"응, 뭐라고?"

아버지는 깜짝 놀랐다.

"내일은 태양이 흐려져요. '해가림 날'이거든요."

페자가 자신에게 얘기했듯이, 지금도 귓가에 쟁쟁한 말 그대로 똑같이 되풀이해 말했다.

"내일, 둘이서 함께 관측하기로 했어요. 아빠, 그런데 해가림은 어떻게 관측하죠?"

아버지는 무엇인가를 곰곰이 생각하는 듯 이마에 손을 얹고 천천히 말했다.

"으응, 아마 특별한 천체 관측기로 관측하겠지. 그런데, 얘, 레이나. 너의 친구는 천문학자니?"

"네, 물론이죠, 아빠."

아버지의 질문에 레이나는 아주 자랑스럽다는 듯 어깨를 펴고 활짝 웃으며 말했다.

"천문학자이자 또…… 철학자이고, 에…… 또…… 비둘기과인 동시에…… 그리고 또 많이많이……."

제대로 말을 할 수가 없었다. 페자에 대한 자랑스러움과 함께, 아버지가 충분히 알 수 있도록 많은 말을 하고 싶었으나 말을 할수록 페자에 대한 그리움만 새롭게 밀려와 마냥 가슴이 부풀어 오르는 느낌이 들었다. 눈을 감고 그 애의 눈매며, 가볍게 웃던 모습, 자신을 안아주던 얼굴, 뜨거운 입맞춤을 떠올렸다. 사랑은 행복이라고 말하던 소년, 나의 사랑아……. 잠시 레이나가 생각에 잠긴 동안 레이나의 얘기에 주의를 기울이던 아버지는 무엇인가 떠오른 듯 살며시 창가로 가서 비둘기집을 내려다보았다. 그리고 자신이 왜 여태까지 생각하지 못했을까 하는 표정을 지으며 손바닥으로 이마를 탁 쳤다.

"왜 바로 알지 못했을까."

갑작스런 아버지의 말소리에 레이나는 잠에서 깨어나듯 퍼뜩 정신을 차렸다.

"아빠……."

"바로 페자 꼬마로구나! 미국인의 아들, 그렇지?"

"꼬마가 아니에요."

레이나는 발끈해서 페자를 옹호하듯 말했다.

"미국인도 아니에요. 어째서 미국인이라고 하죠? 페자는 러시아 사람이에요. 그의 아버지도 순수한 러시아 사람이란 말예요."

"그 말 한마디에 뭘 그리 흥분하는 거지?"

"제 말은…… 그가 러시아 사람이라는 거예요."

"그 애 아버지 이름이 '존'이란다. 따라서 네 남자친구는 존의 아들 페자가 되는 셈이지."

"아무려면 어때요, 뭘. 그 애의 아버지가 화성인이라 해도 상관없어요."

레이나는 웃음을 터뜨렸다.

"다만 내일 비만 오지 않으면 돼요."

다음날 아침 날씨는 어느 때보다 화창하게 개어 있었다. 마치 둘의 만남을 축복이라도 하듯 햇살이 반짝이는 나무 사이로 작은 새들이 내기라도 하듯 재잘거리며 오가고 있었다.

"어이-, 레이나. 안녕?"

페자는 오늘 레이나의 부모님이 자신을 초대했다는 사실도 모르는 채 창가에 있는 레이나를 향해 씩씩하게 손을 흔들며 활짝 웃어보였다.

안에서는 레이나의 어머니와 아버지가 소파에 앉아 휴식을 취하고 있지만 내심 창 쪽에서 오가는 대화에 무척이나 신경을 쓰고 있는 것 같았다. 오늘은 마침 토요일, 쉬는 날이기 때문에 레이나의 부모님은 출근하지 않았던 것이다. 그러면서 어머니와 아버지는 아침부터 페자의 방문에 무척 신경을 쓰고, 또 기대하고 있었다. 레이나는 아버지의 눈치를 잠시 보다가 다시 페자를 내려다보며 소리를 쳤다.

"페자, 조금 있다가 우리 집으로 와."

페자는 당연하다는 듯 손을 흔들어 보이며 큰 소리로 대답했다.

"응, 알았어. 지금 금방 갈게. 해가림을 보기 위해 계단 밑으로 내려다 달라는 거지?"

"으응, 그게 아니고…… 저, 페자……."

레이나는 페자에게 좀 작은 소리로 조심해서 말하라는 뜻으로 한쪽 눈을 찡긋하며 손짓을 해보였다. 페자는 어리둥절한 표정으로 레이나를 바라보았다.

"어머니와 아버지가 널 초대했어."

"응? 뭐라고? 초대라고……?"

"그래, 초대."

"날……? 왜?"

"응, 아빠가 네가 어제 우리 집에 왔다 간 걸 아셨어."

"뭐, 뭐라고? 네가 얘기했니?"

"아니, 대팻밥. 대팻밥이 얘기했어."

"대팻밥이?"

페자는 무슨 뜻인지 알았다는 듯 환하게 웃으며 한참 동안 고개를 끄덕였다. 그러고 나선 다시 씩씩하게 말했다.

"대팻밥? 거 참 나쁜 녀석이로군, 그래서?"

"그래서 널 초대하는 거야."

"언제?"

"오늘 말이야."

"그으래……?"

페자는 뒷머리를 긁적거리며 예기치 못했던 일이라는 듯 토끼처럼 그 큰 눈을 말똥거렸다. 그러고선 잠시 후 아무런 주저함도 없이 재빨리 집 쪽으로 내달리며 레이나를 향해서 소리쳤다.

"알았어, 레이나. 갈게. 지금 금방 말이야."

"아니, 그런데, 얘, 페자! 지금 어디로 가는 거니?"

레이나는 달려가는 페자를 향해 다급하게 소리를 질렀다.

"집에……. 초대를 받았잖아……, 기다려! 멋있게 하고 갈 테니까!"

달려가는 페자의 주위로 '쌩'하고 바람이 이는 듯했다. 레이나는 페자의 씩씩한 모습이 무척이나 보기 좋다고 생각하며 바람처럼 달려가는 페자의 뒷모습을 한참 동안 바라보았다. 이윽고 페자의 모습이 사라지자 레이나는 창가에서 물러났다. 새들이 재잘거리는 소리, 나뭇잎이 바람에 흔들리며 춤추는 소리가 들려왔다. 한편 마음이 가라앉으면서도, 또 한편으론 오늘 있을 일이 걱정되고 초조해지기도 했다.

(어머니와 아버지는 페자를 어떻게 생각할까? 또 페자는…….)
　레이나는 휠체어로 방 안을 빙빙 돌면서 창밖의 작은 소리에도 귀를 기울였다. 페자가 어떤 모습을 하고 나타날지 자꾸만 걱정이 되었다.
　하지만 페자는 당당했다. 잠시 후 초인종이 울리고 바깥에서 페자가 부르는 소리가 들려왔다. 레이나는 다급하게 현관으로 휠체어를 몰았지만 아버지가 먼저 문을 열었다.
　현관 앞에 페자가 서 있었다. 흰 반소매 셔츠와 다리미질한 바지를 입고 잔뜩 멋을 내고 있었다. 레이나는 자신도 모르게 입을 가리고 조용히 웃음을 터뜨렸다. 그러면서도 페자의 씩씩하고 당당한 모습이 상큼하게 가슴에 와 닿으며 자랑스러웠다. 이마를 덮은 검은 머리카락이며 윗입술 주위의 솜털은 곧 한몫의 사내가 될 것임을 약속하고 있었다. 탐스런 머리카락을 쓸어 올리며 페자는 씩씩한 목소리로 먼저 말을 건넸다.
　"안녕하세요!"
　인사를 한 후 페자는 아버지가 미처 들어오라고 권하기도 전에 신발을 벗고 안으로 들어섰다.
　아버지는 그런 페자의 모습이 무척이나 믿음직스러운 듯 가볍게 페자의 등을 두드리고는 방으로 안내했다. 페자가 들어섰을 때 방에서 기다리고 있던 어머니는 가만히 페자의 모습을 지켜보며 연신 눈을 깜빡였다.
　이런 어색한 분위기가 몹시 신경이 쓰이는 듯 아버지는 계속 헛기침을 해댔다. 자신의 숙제를 누가 도와주기라도 했으면 하는 표정이었다. 마침내 어쩔 수 없다는 듯 먼저 아버지가 입을 열었다.

"우린 벌써 서로 알고 있지. 나는 네 이름이 페자란 걸 알고 있단다."

"그리고 아저씨는 표트르 시르이치 씨죠."

"어머, 서로 아는 사이였어요?"

레이나는 어색한 분위기가 우습다는 듯 웃음을 터뜨렸다. 아버지도 한숨 났다는 듯이 가볍게 미소를 지었다.

사실이지 우스운 일일 수밖에 없었다. 도대체 무슨 큰일이 났단 말인가. 한 인간이, 레이나의 친구가 왔을 뿐인데 모두가 이렇게 긴장하다니……. 아버지가 헛기침을 해대거나 어머니가 눈을 깜빡거릴 아무런 까닭도 없다. 그런데도 이렇게 어수선한 긴장이 감돌았던 것은 도대체 무엇 때문이었을까. 그건 어쩌면 세 식구가 모두 똑같은 판단, 똑같은 생각으로 페자를 맞이했기 때문인지도 모른다. 모두들 그냥 '친구'가 아니라 바로 레이나가 '사랑'하는 페자로서……. 레이나는 쑥스럽게 웃었지만 아무도 그 모습을 보진 못했다. 이윽고 아버지가 페자를 바라보며 친근하게 물었다.

"오늘은 해가림이 있는 날이라고 했지?"

"네, 태양이 갑자기 흐려지는 날이에요."

"오호라……."

아버지는 페자 곁으로 다가왔다.

"그런데 너희는 어떻게 해가림을 관측할 생각이니?"

"아, 네…… 그거요?"

페자는 싱긋 웃더니만, 호주머니에서 신문지에 정성스럽게 싼 것을 꺼냈다. 그것은 두 개의 유리, 흔히 볼 수 있는 납작한 유리로, 촛불로 검게 그을린 것이었다.

"바로 이거예요. 이 유리를 통해서 보는 겁니다."

아버지는 깜짝 놀라 유리를 쳐다보았다.

"허어, 정말 간단하구나. 나는 무슨 복잡한 기계인 줄 알았는데……. 복잡한 세상에서 살다 보니 간단한 것을 완전히 잊고 있었구나."

아버지는 한방 먹었다는 듯 너털웃음을 터뜨리고선 페자한테서 유리를 건네받아 이리저리 살펴보기 시작했다. 페자는 자신의 도구가 별것이 아닌데도 주의를 기울이며 감탄하는 게 무척이나 쑥스러운지 연신 뒤통수를 만지작거렸다. 그리고 계속해서 곁눈으로 시계를 들여다보기 시작했다. 해가림 시간이 가까워오는 탓도 있었지만 얼른 이 자리에서 빠져나가 레이나와 단 둘이 있고 싶은 생각에서였다. 레이나도 이런 페자의 마음을 눈치 챘는지 재빨리 물었다.

"페자, 해가림을 보려면 지금 나가야 되지 않아?"

말은 페자에게 하면서도 레이나의 눈은 아버지를 쳐다보고 있었다. 아버지는 유리에서 눈을 떼고 마치 무슨 말인지 알아들었다는 듯 레이나를 바라보았다. 그리고 어머니 옆으로 가 어머니의 어깨에 손을 얹고서 어깨를 토닥여준 후 페자를 불렀다.

"얘야."

아버지가 어머니 곁으로 다가가는 틈을 이용해 레이나와 페자는 서로를 마주보고 있었는데 아버지가 누구를 부르는지 몰라 서로 아버지를 바라보며 동시에 대답했다. 그 모습에 아버지가 빙그레 웃으며 다시 페자에게 말을 건넸다.

"레이나는 거의 외출을 하지 않는단다. 우리 둘이서 레이나를 뜰로 데려다주면 어떻겠니? 뜰에서 너희의 해가림을 관측하는 게 좋겠다."

"아니, 아저씨……. '너희의 해가림'이라니, 어째서요?"

페자는 말을 되받으면서도 쑥스러웠다. 내심 속으로 기분 좋은 말이었지만 어쨌거나 쑥스러운 건 사실이었으니까 말이다. 레이나의 아버지는 좀 계면쩍은 듯 몇 번인가 헛기침을 하고 나선 정색을 하며 말했다.

"미안, 미안. 내가 공연한 말을 했구나."

아버지는 잠시 동안 어머니에게 무엇인가 귓속말로 소곤거린 뒤, 레이나를 뜰로 데려갈 채비를 하기 시작했다.

뜰로 나왔을 때, 아주 밝은 햇살이 레이나의 몸을 비춰주었다. 상큼한 날이다. 얼마 만에 이렇게 온몸으로 받아보는 햇살인가. 아버지는 휠체어를 내려다주고 딸의 빰을 가볍게 쓸어준 뒤 다시 2층으로 올라갔다. 밝은 햇살과 함께 뜰에서 레이나와 둘만 있게 되자 페자는 '휴우' 하고 숨을 돌렸다. 페자는 마치 긴 터널을 빠져 나온 사람마냥 검고 긴 머리카락을 연신 쓸어 올리며 호흡을 고르고 있었다. 휠체어는 비둘기집이 바로 보이는, 레이나의 집 창 밑에 있었다. 창에서는 계속 어머니와 아버지가 두 사람을 보고 있었지만 어쨌든 레이나와 페자는 단 둘이만 있게 된 사실이 좋았다. 어제 헤어진 이후로 또 오늘 바로 좀 전까지 서로 이 시간을 얼마나 기다리고 애태워 왔던가. 페자는 다시 한 번 긴 한숨을 내쉬고는 창 쪽을 돌아다보았다. 그러고선 레이나 쪽으로 몸을 숙여 작은 목소리로 속닥거렸다.

"야, 얼마나 긴장했는지 몰라. 목도 칼칼한 걸?"

"후후후. 너도 그런 데가 있었니?"

"너도라니? 그럼 뭐 난 푼수냐?"

"후훗……."

레이나는 페자가 긴장을 푸는 모습이 우스웠다. 좀 전에 씩씩하게 들어올 때와는 달리 어머니 아버지와 떨어지자마자 한숨을 내쉬는 페자의 모습이 우습다는 생각이 들었다. 페자는 아직도 어색하다는 듯 연신 창 쪽을 둘러보았다. 하지만 이내 레이나와 함께 있는 것이 즐겁기만한 듯, 두 손으로 다정하게 휠체어를 붙잡았다.

태양이 아직 밝게 빛나고 있는데도 레이나는 스웨터를 껴입고 발도 따뜻한 모포로 완전히 감싸고 있었다. 그런 레이나의 모습을 보니 페자는 더더욱 어제의 일이 마음에 걸리는 듯 책망하는 눈길로 말했다.

"이런…… 어제는 드레스만 입고 빗속을 달려오더니만……. 그 일을 네 아버지와 어머니가 아셨다면……."

레이나는 눈을 가늘게 뜨고, 머리를 뒤로 젖혀 날아가는 비둘기 떼를 보았다. 비행은 끝도 없이 이어지고, 또 그 뒤로 한 점 티끌도 없는 푸른 하늘이 나타났다가는 다시금 비둘기의 날갯짓이 하늘을 물들였다.

"역시 멋져, 페자."

레이나는 감탄에 젖어 하늘을 바라보며 속삭였다.

"난 저 애들을 무척 사랑해."

"난 비둘기만을 말하는 게 아냐. 모든 것이 멋져. 살아 있다는 것은 정말 근사해. 설령 발이 없어도 말이야."

"레이나. 왜 그런 말을 하니?"

"어, 무슨?"

레이나는 싱긋 웃으며 속삭였다.

"페자, 이리 가까이 와봐."

레이나의 은밀한 속삭임에 페자가 무심코 몸을 낮추자 레이나는 페자의 귓가에 대고 조그만 소리로 속삭였다.

"페자, 키스해 줘! 내가 망을 볼 테니까."

그리고 재빨리 곁눈으로 창 쪽을 보았다. 어머니와 아버지는 이야기를 나누고 있는 것 같았다. 신문을 들고 창에서 약간 떨어져 있는 아버지의 모습이 잠시 눈에 들어온 순간 페자는 숨죽여 레이나의 귓가에 키스를 했다.

"아니, 이런 것 말고."

"그럼?"

"어제처럼 입에다 해줘. 따뜻하게."

레이나는 페자의 손을 잡고 살며시 눈을 감았다. 거친 손이었다.

"아아, 모든 게 어처구니가 없어. 어제 네가 돌아간 뒤, 여러 가지 생각을 했어. 난 정말 바보처럼 사랑에 빠져버렸지 뭐야. 그런데 어쩐지 슬픈 생각이 들어. 그래서 그런 생각을 했어. 아무래도 좋다고 말야. '될 대로 되라지'하고 생각하니까 맘이 편해지는 거야. 페자, 사랑은 행복한 거라고 했지만 어쩐지 말이야, 어쩐지 키스란 슬퍼. 하지만 기분은 참 좋아."

"왜 슬프지?"

페자는 또 무슨 말을 하는가 싶어 레이나의 말 한마디, 한마디, 표정 하나하나를 따라다니며 좀 전의 행복한 표정이 어느새 근심스런 표정으로 바뀐 채 물끄러미 레이나를 바라보았다.

"왜냐하면 무의미하니까. 그저 한때, 인생이 내게 미소 지어 준 것 뿐이야. 하지만 앞으로……, 너는 건강한 여자를 만나, 나 따윈 잊어버리게 되겠지."

레이나의 시선이 페자의 어깨에 와 닿았지만 페자는 아무 대답도 하지 않았다. 마치 화가 난 사람처럼 굳게 입을 다문 채 날아다니는 자기의 비둘기를 눈으로 쫓고 있었다.

"듣고 있니?"

레이나는 페자의 눈길을 자신에게로 돌리려는 듯 날카롭게 물었다.

"난 그런 일, 생각하지 않았어."

페자는 짧게 대답했다.

"생각해 봐."

"생각하고 싶지 않아."

속이 상했다. 왜 그 따위를 생각해야 한단 말인가. 지금 우린 서로 사랑하고 있는데. 그런데 이 애는 도대체 무슨 말을 하는 건가.

비둘기 떼에서 눈을 뗀 페자가 아주 엄하고 나무라는 눈길로 레이나를 바라보았다.

"무슨 사람이 그래. 생각하고 싶지 않다니, 그래도 넌 그렇게 될 거야."

　레이나는 이렇게 말하려 했지만 잠자코 있었다.
　(그래, 이 애 말대로야. 생각하고 싶지 않아. 나 역시 생각하고 싶지 않으니까.)
　비둘기는 한없이 높푸른 하늘을 날아다니고 있었다. 그 자유처럼 우리들의 사랑도 한없는 자유를 누리리라……. 페자의 손을 붙잡고 있으니 레이나는 한없는 행복 속에 끝도 없이 펼쳐진 하늘 위로 자신이 날아다니고 있는 것 같은 느낌이 들었다. 행복이란 이런 건가 생각했을 때, 웬일인지 비둘기들의 날갯짓이 순식간에 멈추었다. 그 가운데 크고 늘씬한 놈 한 마리가 갑작스레 하늘에서 딱 멈춘 채 움직이지 않더니, 곧바로 땅을 향해 쏜살같이 내려왔다. 그 뒤로 비둘기들이 줄을 이어 페자에게로 날아왔다. 분명 무슨 일이 일어난 것이다. 모두 흰 그림자처럼 페자와 레이나 곁을 힘차게 날아 비둘기집으로 들어갔다. 비둘기들은 주인을 향해 불안한 듯 바라보며 '구구구'하고 울어대기 시작했다.
　"무슨 일이지, 페자?"
　"걱정하지 마, 레이나. 이제 곧 해가림이 일어나려는 거야."
　페자는 그을린 유리를 내밀었다.
　"자, 받아."
　페자의 유리를 받아든 레이나는 한쪽 눈을 감고 유리를 들여다보았지만 유리는 두 눈이 꽉 찰 만큼 커서 굳이 그럴 필요가 없었다. 레이나는 유리를 들고 하늘을 바라보았다.
　그을린 유리를 통해서 바라보니 마치 점처럼, 구릿빛으로 잘 닦은 5코페이카 동전처럼 보이는 태양이 바로 눈앞에 있는 것 같았다. 손은 햇볕을 받아 따듯했는데도 유리 저편의 태양은 어쩐지 차가워 보였다. 레이나는 참으로 신기하다는 듯 연신 페자를 부르며 유리 속의 세계를 페자에게 설명했다.

"페자, 이것 좀 봐."

"그래, 잠깐만."

페자는 레이나를 돌아보면서 다시금 시계를 보았다.

"자, 이제 다 됐어. 주의해서 봐."

레이나는 페자의 말에 고개를 끄덕이며 유심히 태양을 바라보았다. 하지만 처음에는 아무런 변화도 발견할 수 없었다. 이윽고 점차 시간이 지나면서 놀랍게도 태양의 가장자리가 일그러지기 시작했다. 그러다가 태양은 마치 잘려나간 듯 점점 달과 비슷해졌다.

일순간 기적처럼 바람이 멎었다. 사방이 조용해지면서 레이나는 갑자기 추위를 느낀 듯 이를 덜덜 떨었다. 페자가 깜짝 놀라 레이나를 바라보았을 때 마치 무슨 일을 당한 사람처럼 레이나의 얼굴은 사색으로 변해가고 있었다.

"레이나, 이봐, 레이나."

페자는 다급한 마음에 유리를 내버리고 떨고 있는 레이나의 손을 잡아주었다. 손은 마치 얼굴처럼 차갑게 식어 있었다. 페자는 너무나 놀란 나머지 자신의 손으로 레이나의 손을 꼬옥 감싸 안은 채 이리저리 비벼주기 시작했다.

"춥니?"

페자가 걱정스럽게 물었다.

"왜 그래, 레이나?"

레이나의 손을 잡고 페자가 재차 물어보았지만 레이나는 덜덜 떨면서도 눈에 댄 유리를 떼지 않았다. 뽀얗게 흐려진 태양이 이상하게 그녀의 마음을 끄는 듯했다.

"난 걱정하지마. 어머, 저것 좀 봐."

주위는 점점 어두워졌다. 마치 금방이라도 폭풍우가 몰아치려는 것처럼 사방이 온통 어둠으로 뒤덮이고 있었다. 꼭 무슨 일이라도 터질 것만 같은 긴장이 주위를 감싼 채 음산함이 밀려왔다. 가슴이 서늘했다. 저편 버드나무 숲의 떨림이 잠시 지나쳤을까. 그때였다. 숲속에서 놀란 까마귀 떼가 미친 듯이 울부짖기 시작하면서 이윽고 태양이 사라졌다. 대신에 코발트빛 하늘에 검은 점이 외롭게 떠 있었다. 비둘기도 놀랐는지 목이 터져라 울어대기 시작했다. 주변의 어둠과 스산함을 견디기 어려운 듯 레이나는 페자의 손을 잡아당기며 공포에 질린 목소리로 속삭였다.

"페자, 나 무서워."

페자는 레이나 쪽으로 자신의 몸을 갖다 대며 그녀의 손을 꼭 잡았다. 레이나는 몹시 떨고 있었다.

"괜찮아, 레이나. 곧 끝나. 조금만 참으면 돼."

그렇게 얼마나 지났을까. 이윽고 검은 점은 점차 뽀얀 빛을 띠며 흐린 태양으로 변해 하늘에 나타났다. 그러고 나서 서서히 그 가장자리가 은빛으로 빛나기 시작했다. 그 순간 멎었던 바람이 숨을 쉬듯 상쾌하게 불어왔다. 어둠이 환한 밝음으로 바뀌면서 숨죽였던 태양은 시시각각 그 무서운 그림자에서 벗어나 이윽고 다시 구릿빛으로 변했다. 태양이 그 깊은 어둠 속에서 다시 살아났다.

레이나는 환희에 찬 얼굴로 유리를 내던졌다. 유리는 저쪽 땅 끝 어딘가에 부딪혀 날카로운 소리를 내며 깨졌다. 레이나는 두 팔을 내린 채, 오직 그 푸른 눈으로 어둠 속에서 도망쳐 나온, 아니 어둠을 뚫고 솟아나온 밝은 태양을 계속 바라보았다. 태양의 눈부신 빛에, 어쩌면 그 눈부심에 넘쳐나는 감격으로 레이나의 눈엔 눈물이 솟아나왔다.

비둘기의 울음소리가 점차 가라앉고 버드나무 숲속의 까마귀들도 잠잠해졌다. 레이나는 따뜻해져 오는 몸과 함께 가슴께서 차오르는 벅찬 감동에 울고 있는 자신을 느낄 수 있었다. 편안하고 행복한 얼굴로 가만히 페자를 바라보았다. 페자는 레이나의 손을 더욱 꼭 잡아주며 놀란 눈길로 레이나를 훑어보았다.

"레이나, 괜찮니?"

"응. 괜찮아……. 좋았어, 아주."

"그런데, 아까 왜 그랬니?"

레이나는 페자의 걱정스런 눈길을 피하지 않으며 따뜻한 미소로 그의 눈길을 받았다. 어둠 속에서 태양이 살아나듯, 자신도 비로소 숨을 쉴 수 있게 됨을 고마워하며, 오래도록 그 눈길 속에서 쉬고 싶었다. 아주 편안하고 따뜻한 사랑의 눈길 속에서……. 레이나는 어깨를 추스르며 페자의 푸른 눈을 바라보았다. 그리고 조심스레, 아주 조용히 입을 열었다.

"아까……. 뭔가 이상했어."

"바보처럼."

페자는 여전히 근심스런 얼굴로 자신에게 말하는지 레이나에게 말하는지 모를 정도로 작은 소리로 중얼거리듯 말했다.

"내가 일식을 보여준 게 잘못이었을까?"

"아니, 그런 게 아냐."

레이나는 '휴우'하고 긴 한숨을 몰아쉬었다. 이윽고 무언가를 골똘하게 생각하던 레이나는 다시금 초롱초롱한 눈망울로 페자를 바라보았다. 몰랐던 어떤 사실을 깨달았다는 듯 레이나의 목소리는 아주 밝고, 또 힘에 차 있는 듯했다.

"그래, 역시 살아 있다는 것은 멋져! 밝은 태양을 바라보는 것도 좋아. 하지만 난 오늘 아주 소중한 걸 깨달았어. 밝은 태양 뒤에도 어둠은 있는 거야. 어둠 저편에 또 태양이 있고……. 어떤 것도 그 자체로 영원하진 않아. 밝음과 어둠은 늘 자리바꿈을 하며 시시각각 변하는 거야. 살아가면서 많은 것을 알기 위해선 저토록 영원히 밝은 것 같은 태양에도 검은 점이 있다는 것을 보아야 하지 않을까. 페자, 내 말뜻을 알겠지?"

벅찬 감동 속에서도 단단한 나뭇가지처럼 또박또박 이어가는 레이나의 말은 마치 페자 자신의 얘기인 것도 같고, 또 레이나 자신의 이야기인 것도 같았다. 숙연해지기도 하고, 또 한편으론 희망과 슬픔이 교차하는 것 같기도 했다. 하지만 무엇보다도 어떤 삶의 '희망' 같은 것이 가슴을 벅차게 해주었다. 어쩌면 삶이란 늘 밝기만 한 것이 아니라 오늘의 태양처럼 '밝음과 어둠'이 교차하는 것이란 생각이 그들 둘의 가슴을 묶어주고 있었다.

잠시 동안 페자와 레이나는 아무 말 없이 잠자코 있었다. 바람이 시들은 풀잎을 스치고 관목가지를 지나 버드나무 잎을 살랑살랑 흔들어댔다.

레이나는 자신의 감동을, 둘의 마음을 위로하듯 조용히 말을 이었다.

"모든 불행은 결국 해가림과 같은 거야. 그리고 인생은 바로 태양 그 자체가 아닐까. 그래, 인생은 태양이야."

페자가 물끄러미 레이나를 바라보았을 때 레이나는 눈에 눈물이 그렁한 채 손을 잡고 웃었다. 페자도 그녀의 벅찬 감동이 가슴으로 전해져 옴을 느꼈다.

아파트 현관에서 레이나의 아버지가 걸어 나왔다. 아버지는 상쾌한 바람을 맘껏 젖히며 마치 그들의 친한 친구처럼 페자와 레이나 옆에 와서 앉으며 페자에게 비둘기를 보여 달라고 부탁했다.

페자는 재빨리 비둘기집으로 올라갔다가 바로 내려와서 레이나에게 살며시 비둘기를 건네주었다. 비둘기는 처음 안긴 사람이라 어색하고 불편하다는 듯 자꾸만 곁눈질을 하였다.

비둘기는 여전히 사정하듯 페자를 바라보며 부리를 벌렸다. 뾰족한 장밋빛 혀가 보이고 눈꺼풀을 실룩실룩하는 모습이 우스웠다.

레이나는 페자가 아버지에게 비둘기에 대해 설명하는 말을 듣고 있었다. 하지만 거의 귀에 들어오지 않았다. 페자도 건성이었다. 입으로는 이야기를 하면서 눈은 레이나만 보고 있었다. 레이나도 역시 페자를 보고 있었다.

페자와 레이나는 똑같이 눈을 들어 하늘을 바라보았다. 넓고도 푸른 하늘이 거기 있었다. 구름 한 점 없이 탁 트인 하늘……. 페자와 레이나는 하늘 저 끝으로 그들의 마음을 날려 보냈다. 서로의 사랑과 우정이 영원하도록…….

10. 행복은 어디에 있을까

174 아프니까 사춘기다

폐자의 나날에,
폐자의 집안에 늘
어둠을 드리우게 했던 아버지가
지금은 너무나도 믿음직한 집안의 가장으로
우뚝 서 계셨다.
꿈을 꾸고 있는 것만 같았다.
행복이란 이렇게
찾아오는 것인가.
꿈처럼 밀려와
우리들의 집 한가운데로
내려앉는 것.

10. 행복은 어디에 있을까

지난 며칠간 페자의 삶은 온통 레이나에 대한 그리움과 사랑 그리고 행복한 만남과 그 뒤에 찾아오는 아쉬운 이별로 채워졌다. 날이면 날마다 그 애를 만날 때면 세상은 온통 기쁨과 행복으로 가득 차는 것만 같았다.

하지만 집으로 향하는 발걸음 때문이었을까. '행복'이란 말을 마지막으로 떠올렸을 때, 어느새 집은 가까이 있었고 거친 파도에 산산이 부서지는 물거품처럼 꿈같은 행복의 환상은 간데없이 페자의 가슴에는 갑자기 어두운 그늘이 덮여왔다. 그 말의 저편에 도사리고 있는 '불행'이란 괴물이 낡아빠진 집과 함께 다가왔다. 한 발자국씩 발을 옮길수록 낡은 집처럼 금방이라도 허물어져내릴 것만 같은 어머니의 얼굴, 괴로워하는 그 삶과 불행이 페자의 가슴을 내리쳤다.

페자는 자신을 원망하며 마음속으로 나쁜 놈이라고 욕했다. 어머니에게 그러한 불행이 닥쳤는데도, 이 아들은 미친 듯이 레이나를 쫓아다니고 있다.

 자기 집을 엎친 재난에 대해서도 머릿속으로는 잘 이해하고 있었다. 하필이면, 하필이면 이때 행복과 불행이 손을 마주잡고 찾아오다니. 이 무슨 운명의 장난인가. 레이나와의 만남. 그로 인해 찾아든 새로운 행복. 그것은 이제 꿈이라면 깨지 않도록 조심해서 끌어안고 싶은, 머릿속에서 지울래도 지워버릴 수 없는 레이나 그 자체, 그 모습이었다. 남몰래 찾아온 이 행복은 거짓말처럼, 마치 거짓말처럼 자기 집의 불행을 너무나도 간단하고 쉽게 또 단호히 옆으로 밀어내고 있었다.

 어머니의 얼굴을 떠올리고, 수도 없이 자신을 책망하는 이 순간에도 자신은 레이나를 보고 있다. 그러면서도 끊임없이 어머니의 부주의로 드러난 사고를 생각해 내려 애쓰지만 단 한 번이면 족할까. 질끈하고 눈을 깜박이면 언제 그런 일이 있었냐는 듯 잊혀지고 다시 레이나의 모습만이 떠올랐다. 이미 아버지는 안중에도 없었다. 생각하지도 않고, 전처럼 아버지를 책망하는 것도 완전히 잊어버렸다. 그럴수록 이토록 태평한 자신에 대해 양심 없는 놈이라고도 질책해 보지만 페자로서는 어찌할 도리가 없었다. 집의 일은 집 가까이 와서야 비로소 생각날 뿐이다. 또 너무나 쉽게 잊혀져버린다. 이 일을 어찌하랴.

 페자는 깊은 한숨을 들이쉬며 낡은 문을 열었다. 문은 언제나 그랬듯이 '삐익'하는 친근한 소리를 내며 페자가 들어설 수 있는 틈을 만들어주었다.

발을 들여놓으며 페자는 집안일을 다시금 떠올렸다. 아버지의 얼굴, 어머니의 얼굴이 삐걱거리는 문틈으로 나타났다가 사라졌다. 페자는 몸서리를 쳤다.

금요일이던 어제, 아버지는 쏟아지는 빗속을 뚫고 조금도 걸음걸이가 흐트러지지 않은 채 집으로 돌아왔다. 몸은 온통 흠뻑 젖어 있었지만 어디에도 술 냄새는 풍기지 않았었다. 그리고 오늘, 토요일은 아무 데도 가지 않은 채 아침부터 집을 지키고 있었다. 어머니는 토요일인데도 출근했다. 오늘은 모자라는 돈에 대한 점검이 끝나기 때문이라며 우울한 표정으로 집을 나서던 어머니의 모습이 눈에 선했다. 그때 아버지는 비구름보다 더 음산한 표정을 짓고 있었다.

문을 닫고 고개를 들었다.

그런데 이건 또 무슨 일인가! 아버지가 양말까지 벗고서 걸레를 손에 들고 있지 않은가. 아버지는 마치 원수나 되는 듯이 걸레를 꽉 움켜쥔 채 씩씩거리며 청소를 하고 있었다. 그 모습이 어찌나 심각한지 걸레가 금방이라도 캑캑 비명을 지를 것만 같았다. 게다가 무슨 큰일이나 한다고 잔뜩 얼굴을 찌푸리고 일하는 아버지의 모습이라니, 참! 꼭 무슨 장송행진곡이라도 듣고 온 사람마냥 심각하기 이를 데 없었다. 마치 마룻바닥의 칠을 벗겨내기라도 하려는 듯 아버지는 마루를 마구 밀어대며 박박 닦고 있었다. 이 무슨 별난 일이람!

요즈음 페자는 자기가 매일처럼 집안을 쓸고 닦으며 생활을 가꾸어나가고 있었지만 어머니에게는 아버지가 방청소를 한 것으로 하고 있었다. 어머니가 아버지를 믿어주고, 그러면서 서로에 대한 믿음과 사랑이 커가기를 바랐던 것이다. 하지만 어머니는 늘 웃음만을 터뜨릴 뿐 믿어주지 않았다. 이상하세도 아버지를 심술궂게 비웃어 아버지의 자존심을 건드리는가 하면 이내 자신의 일을 떠올리곤 힘없이 한숨만을 짓는 것이다. 마치 이런 부질없는 짓을 왜 하느냐는 듯. 물론 아버지가 취해 있거나 이튿날 숙취로 앓고 있으면 모두 잊어버리겠지만 정신이 멀쩡할 때는 아버지는 모든 걸 기억하고 있다. 멀쩡한 사람에게는 정확히 대하지 않으면 안 된다.

아버지가 걸레를 들고 바닥을 닦고 있다. 페자는 아버지를 칭찬했다. 하지만 기쁘지는 않았다. 아버지는 이맛살을 찌푸리며 더욱 우울한 표정을 지었다.

"어떠냐, 나는 네가 생각하는 그런 인간이 될 수 없단 말이냐?"

말을 마치기가 무섭게 아버지는 '휙'하니 걸레를 집어던졌다. 걸레는 아무렇게나 마룻바닥에 내동댕이쳐졌다.

페자는 현관 가까이에서 손잡이를 잡고 머뭇거렸다. 집안으로 들어가지 말고 또 바보처럼 비둘기집으로 되돌아갈까? 지금 막 레이나와 헤어지고 온 참인데 또다시 레이나가 그립다. 막상 갈 곳이 없다는 생각이 고개를 들었다. 레이나는 기쁘게 맞아주겠지만 레이나의 부모님은 어떻게 생각할까?

문을 열고 다시 집을 나왔다. 한참 동안 멍하니 집 주변을 돌아보았다.

그래, 어머니한테 가자. 페자는 이내 마음을 잡고 어머니가 있는 과일 저장소로 발걸음을 옮기기 시작했다.

과일 저장소는 집과 그리 멀지 않은 곳에 있었는데 공장과 비슷한 느낌을 주었다. 입구에는 접수처가 있고 그 뒤로는 차단기, 그리고 공장과 똑같은 잿빛 건물이 나란히 서 있는 모습이 언젠가 아버지를 찾아갔을 때 보았던 공장의 건물과 똑같은 인상을 주었다. 으르렁거리며 돌아가는 낮은 기계소리, 짐짝을 나르는 사람들의 고함소리. 어머니의 직장은 소란스럽고 활기에 차 있었다. 하지만 어머니의 근심이 배어 있기 때문일까, 어쩐지 어머니가 지키는 창고 안은 사람이 없는 채 휑뎅그렁한 게 쓸쓸하고 우울해 보였다. 어두컴컴한 창고 안쪽으로 출입구가 활짝 열려 있었다. 뻐끔하니 검은 입을 벌린 모습이 마치 괴물의 목구멍 같은 느낌을 주었다. 그 입에서 차갑고 매캐한 공기가 썩은 냄새와 함께 섞여 나왔을 때 페자 가슴도 차가워졌다.

　페자는 가만히 어둠 속으로 들어갔다. 엷은 어둠 속에 낡은 흰 나무 걸상이 보이고, 그곳에서 흰 웃옷을 입고 장화를 신은 어머니가 외롭게 앉아 있었다. 페자의 가슴은 알 수 없는 불안함과 적막감으로 채워졌지만 발걸음을 멈추지 않았다. 그곳에 앉아 있는 어머니의 모습이 처량하게 느껴졌다. 자신의 손길을 기다리고 있는 것만 같았다. 발걸음을 옮길수록 어둠을 배경으로 떠 있는 흰 걸상과 얼굴, 그리고 어머니의 두 손이 무섭기조차 했다.

　어머니는 두 손으로 얼굴을 가리고 있었다. 페자는 어머니에게 다가갔다. 어머니의 근심을 떨쳐내고 싶었을까, 페자에겐 장난기가 머리를 쳐들었다. 살그머니 다가가 갑자기 큰 소리로 놀래주려고 페자는 숨을 죽였다. 하지만 이내 온몸에 힘이 빠지며 곧 그만두어

버렸다. 어머니가 가엾어 보였다. 어머니는 걸상 위에서 억지로 치통을 참는 사람처럼 상반신을 앞뒤로 흔들고 있었다.

페자는 조용히 어머니 앞에 무릎을 꿇었다. 용서를 빌고 싶기도 했고, 어머니에게 위안과 힘이 되고 싶기도 했다. 마치 긴 방황에서 막 돌아온 아들처럼 페자는 어머니의 손을 꼭 붙잡았다.

"엄마, 아직 분명하지도 않은데 그렇게 슬퍼하실 건 없어요."

어머니는 얼굴을 가린 한 손을 떼고는 꿇어앉은 아들을 물끄러미 바라보았다. 아무 희망도 없다는 절망감에 젖은 표정으로 그다지 놀라지도 않고 아들의 손을 잡았다.

"페자……, 이제 모든 게 분명해졌단다."

어머니는 울먹였다.

"검사는 끝났어. 페자, 700루블이 부족하다는 게야. 일주일 안에 변상하지 않으면 재판에 회부하겠대. 이 일을……, 어찌해야 한단 말이냐……"

"걱정하지 마세요, 엄마."

"이젠…… 다…… 소용이 없어. ……어떻게 걱정이 안 된다 말이냐?"

"좋아, 알겠어요. 700루블이란 말씀이죠? 우리들이 힘을 모아 그 돈을 어떻게든 마련해 보아요. 창고 담당자에서 사정을 해서 빌든지 아니면 내 비둘기를 팔든가 해서 말이에요. 너무 걱정 마세요."

어머니는 페자의 얼굴을 끌어당겨 눈을 똑바로 바라보았다. 어머니의 눈에선 소리 없이 눈물이 흘러내렸다. 창고의 썩은 냄새가 물씬 나는 웃옷을 입고 있는 어머니의 품이 한없이 서글프기만 했다.

이내 어머니는 아들을 끌어안고 소리 내어 울기 시작했다.
"아아, 나의 사랑스러운 페자! 네가 없으면……, 네가 없으면 엄마는 단 하루도 살아갈 수가 없어, 정말로……. 좋지 않은 일들뿐이었으니까. 산다는 게 이토록 힘들 수가…….."
페자는 어머니의 손을 뿌리치고 세차게 머리를 흔들었다.
"또 그런 말을 하세요."
페자는 어머니의 한숨과 눈물을 꽉 닫아 막으려는 듯 단호하게 외쳤다. 그러고선 아버지를 생각했다.
"보세요. 아버지도 그저께부터 쭉 술을 마시지 않았잖아요. 오늘은 방바닥을 닦으셨어요."
"원, 설마하면, 그러겠니……. 서쪽에서 해가 뜨겠구나."
어머니는 눈물을 거두며 엷게 웃음을 지었다.
"농담하지 말아라. 그러지 않아도 네 맘을 이해할 수 있단다."
"아니에요, 엄마. 농담이 아니에요. 물을 튀기며 걸레로 방바닥을 닦고 계셨어요."
페자는 어머니가 믿어주지 않는 게 못내 답답하다는 듯 열심히 말했지만 어머니는 도통 믿으려 하지 않았다. 아니, 더 정확히 말하자면 그게 무슨 소용 있느냐, 그런들 무엇이 달라질 게 있느냐고 되묻고 있는 것만 같았다.
어머니의 마음은 충분히 이해할 수 있었다. 하지만 넋 놓고 주저앉아 있는다고 무엇이 해결되는 것도 아닌 것만은 분명했다. 페자의 여러 가지 말에 어머니는 웃다 울다 할 뿐이었다. 어머니의 얼굴을 어루만지면서 페자가 과일 저장소를 그만두고 다른 일, 가령

야채 감시원이라도 하는 게 어떠냐는 말을 꺼냈을 때, 어머니는 또다시 깊은 한숨을 몰아쉬었다.

"휴…… 하지만 700루블이야. 페자. 적은 돈이 아니야. 700루블만큼의 과일이 부족한 거야. 사과, 복숭아, 포도가 말이야. 여기에 있는 직장위원회는 엄마가 그걸 훔쳤다고 생각하고 있단다. 함께 일하는 사람들도 마찬가지야. 개중에는 친절하고 착한 사람도 있어서 고맙게도 내 편을 들어주기도 하지만 말이야."

어머니는 그래도 아들의 말이 무척이나 고맙고 힘이 된다는 듯 페자의 머리를 쓰다듬으며 말했다. 그러나 어머니의 젖은 눈을 바라보는 그 순간, 페자에게는 레이나의 푸른 눈이 떠오르며 어머니의 말이 제대로 들리지 않았다. 어머니가 눈치 채고 섭섭해 하지 않도록 어머니의 눈을 들여다보며 페자는 건성으로 머리를 끄덕였다. 그러면서 속으로 자신을 저주했다. 이렇게 어머니가 슬퍼하고 괴로워하며 자신에게 덮쳐온 재난에 대해 심각하게 이야기하는 순간에도 레이나의 얼굴이 떠오르다니. 페자는 귀를 기울여 어머니의 이야기를 들으려 해도 조금도 슬퍼지지 않는 자신이 밉기만 했다.

레이나의 얼굴을 떠올리며 페자는 꿈을 꾸듯 자신도 모르게 어머니를 불렀다.

"엄마!"

"응, 페자."

그 순간에도 어머니는 페자의 말 한마디, 한마디에 의지하려는 듯 힘없이 말을 받았다.

"그만 슬퍼하세요. 오늘 해가림이 있었단 말이에요."

"응, 뭐라고?"

어머니는 그다지 흥미를 보이지 않았다.

"오늘, 한순간에 갑자기 태양이 사라져버렸어요. 사방이 깜깜해지고 미친 듯이 숲과 새들이 울부짖었는데 굉장히 무서웠어요."

"그런데?"

"어머니의 재난도 오늘 있었던 해가림과 같은 거예요."

페자는 레이나가 한 얘기를 생각해 내고 조용히 웃었다.

"생각해 보세요. 일식은 잠시뿐이에요. 조금 지나면 언제 그런 일이 있었냐는 듯 다시 태양이 나타나요. 아까 실제로 다시 나타났더랬어요. 그건 마치 태양이 죽었다가 다시 살아나는 것 같았어요. 얼마나 놀라웠던지. 오늘 전 산다는 것에 대해, 또 행복과 불행에 대해 많은 생각을 했어요. 엄마, 우리가 미처 깨닫지 못했던 사실이지만 삶이란 이런 것이 아닐까요? 어머니의 일식, 어머니의 불행이 지나면 곧 행복하고 밝은 날이 올 거예요. 태양이 다시 살아 따뜻하게 우리를 비춰주었듯이 말이에요."

한참 동안 페자의 말을 듣고 있던 어머니는 꿀꺽 침을 삼켰다. 그리고 손수건을 꺼내 눈물을 훔치며 자리에서 일어섰다. 창고 출입문을 닫고, 어마어마하게 큰 자물쇠를 채우는 동안 어머니는 줄곧 무엇인가 생각하는 모습이었다. 페자의 손을 잡고 어머니는 대견스럽다는 듯 잠시 근심을 잊은 얼굴로 아들을 바라보았다.

"너는 어쩜 그렇게 영리하니. 해가림을 그렇게 해석하다니······."

페자는 가만히 웃었다.

"배웠으니까요."

"누가 가르쳐주던?"

"착한 사람이요."

페자는 자랑스럽게 레이나가 가르쳐주었다는 말을 하고 싶었지만 어머니의 근심 앞에서 그런 말을 한다는 게 왠지 죄스러웠다. 어머니는 영문도 모른 채 아들의 손을 잡으며 물었다.

"그렇게 착한 사람이 있든?"

그리고 어머니는 또 생각에 잠겼다. 멀리 아카시아 숲 쪽으로 어머니의 눈길이 머물러 있었다.

"엄마도 말씀하셨잖아요. 엄마가 어려움이 처했을 때 친절하고 착한 사람들이 엄마를 감싸줬다고요."

어머니는 고개를 숙이고 끄덕였다.

"그래……, 그렇구나. 엄마가 딴 생각을 하는 틈을 타서 나쁜 사람들이 교활하게 도둑질을 했단다. 하지만 착한 사람들이 감싸주면 그나마 많은 위로가 되기도 했단다. 그렇지만 말이다, 단지 엄마의 생각이긴 하지만 착한 사람들도 나쁜 사람들도 모두 언제나, 어떤 상황에서나 똑같이 좋은 사람, 똑같이 나쁜 사람은 아니란 생각이 드는구나. 누구에게나 어려움은 있겠지……."

어머니는 한숨을 쉬듯 중얼거렸지만 페자는 어머니의 말을 잘 이해할 수 없었다. 하지만 억지로 이해하려고 하지는 않았다. 다만 자신의 말이 어머니를 조금이라도 위로하고 안정시킬 수 있었다는 사실만 알 수 있었을 뿐이었다.

또다시 레이나 생각이 났다. 태양이 사라질 때 레이나가 마치 얼음처럼 차가워졌던 일이 낡은 필름이 토막토막 끊어지듯 문득문득 머리를 스쳤다.

페자는 자신도 모르게 눈을 감았다. 그리고 다시 눈을 떴다. 레이나가 웃고 있는 모습이 바로 눈앞에 다가왔다가 저녁 햇살에 아련히 부서져갔다. 그 뒤로 멀리 언덕배기 능선을 타고 태양이 조금씩 드러누워가는 모습이 보였다.

페자는 어머니의 손을 꼭 잡았다.

해질 무렵, 길고 긴 아카시아 가로수길……, 페자는 마음속으로 다짐했다. 이 길이 끝나도 불행은 끝나지 않겠지만 어머니와 함께 이 불행의 산맥을 넘으리라.

어머니와 페자가 현관문을 열고 들어섰을 때 집안은 말끔히 치워져 있었다. 아버지는 수염자국이 새파래질 정도로 정성들여 수염을 깎고서 흰 와이셔츠 차림으로 식탁 앞에 앉아 있었다. 단정히 빗어 넘긴 머리카락이 산뜻하게 치워진 방과 잘 어울렸다. 어머니는 덤덤하게 서 있었지만 페자는 너무나 기분이 좋아 아버지를 기쁘게 해드릴 말을 하고 싶었다. 하지만 그것도 잠시였다. 아버지가 앉아 있는 식탁 맞은편에는 어릴 적부터 친구인 호호백발 이반 아저씨가 앉아 있었고, 식탁 위에는 빨간 상표가 붙은 보드카 병이 반짝이고 있었다. 병뚜껑은 아직까진 굳게 닫혀 있었지만 얼마 지나지 않아 곧 열릴 것이다. 마치 못 볼 것을 보았다는 듯 좀 전의 기쁨은 간데없이 사라지고 페자도 어머니도 얼굴을 찌푸렸다. 페자가 '탕'하고 문을 닫자 손님인 이반 아저씨는 눈치를 챈 듯 연신 어머니를 돌아다보며 '휴우'하고 한숨을 내쉬었다.

"이봐요, 토냐. 당신이 존을 어떻게 했어요? 토요일이니까 한 잔

하자고 한 시간 동안이나 사정사정하며 꼬셨는데도 대꾸조차 하지 않는단 말씀이야. 꿀 먹은 벙어리마냥 심각한 얼굴을 하고 있으니 이게 대체 어찌된 영문인지, 내 원 참, 살다 보니 별일이 다 있수다."

"지금 집안에 딱한 사정이 생겨서 마실 수가 없는 거예요."

아버지를 대신해서 어머니가 지금은 무척 괴로우니까 좀 돌아가 달라는 투로 냉정하게 대답했다. 이반 아저씨는 어머니의 차가운 말투가 몹시 섭섭했는지 어머니의 눈길을 피해 혼잣말로 뭐라고 중얼거렸다. 시종 고개를 떨구고 있던 아버지는 문득 무슨 생각이라도 떠오른 듯 갑자기 얼굴을 들었다.

"어떻게 됐어, 토냐?"

"……."

어머니는 말없이 울음만 터뜨렸다. 그러다가 잠시 후 어머니는 떨리는 목소리로 700루블이나 부족하다고 간신히 말을 전했다.

침울한 분위기가 방 안을 온통 휩싸고 돌았다. 페자도 숨이 막혔다. 이런 분위기를 견딜 수 없다는 듯 불청객 이반 아저씨는 보드카 병의 뚜껑을 열었다. 아무도 따라주지 않는 잔을 스스로 채운 후 아저씨는 단숨에 들이켰다. '꿀꺽'하고 술이 넘어가는 소리가 들렸다. 그러고선 아저씨는 혼자 중얼거렸다.

"마실 때 마셔야지. 하지만 언제까지나 마시고만 있을 순 없지."

그리고 아저씨는 곧바로 일어서서 인사도 하지 않고 나갔다. 아무 말도 없이, 마시다 남은 술병을 그대로 둔 채. 아버지는 그 뒷모습을 보며 어깨를 으쓱했다.

"그럼."

그러더니 빳빳하게 다림질한 옷을 입은 아버지도 일어섰다.

"내 말 들어봐요. 어떻게든 해보자고. 이제 죽는 소리는 그만두고, 700루블이란 돈을 금방 모을 수는 없겠지만 어떻게 될 거야."

아버지의 말소리는 아주 낮고 조용했지만 전에 없이 힘이 들어가 있었다. 조였던 숨통이 터지듯 아버지의 작지만 밝은 목소리가 들려왔을 때 페자도 왠지 모르게 힘이 솟아나는 것만 같았다. 아버지는 주저 없이 옷장으로 가서 삐걱거리는 옷장 문을 활짝 열었다. 그러고는 아직 한 번도 걸쳐보지 않은 새로 맞춘 옷을 꺼내며 아버지는 설득하듯 어머니를 바라보았다.

"자, 봐! 이건 100루블은 될 거야!"

어머니는 눈물을 훔치며 아버지의 모습을 가만히 지켜보고만 있었다. 페자는 곁눈으로 어머니의 눈물이 잦아드는 모습을 보았다.

페자는 어머니 옆에 서서 마냥 행복해 하며 말없이 웃었다. 얼마나 동경해 왔던 모습인가. 얼마나 애타게 바랐던 아버지의 모습인가. 꿈속에서도 잊지 않고 그리며 갈망해 왔었다. 바로 지금과 같은 아버지가 가장 좋다고 말이다. '존'이라고 불리든, '양키', '샘 아저씨'라고 불리든 그런 건 아무래도 좋았다. 오늘 아버지는 나쁜 친구들이 꼬드겨도 그토록 좋아하는 보드카에 손도 대지 않았다. 더욱이 지금은 슬픔과 비탄에 젖어 있는 어머니에게 가장 큰 힘이 되어 단숨에 그런 불행쯤이야 박살내겠다는 듯 분명한 어조로 단호하게 말하고 있는 것이다. 얼마만인가. 기억에도 새롭게 아버지는 조금도 비틀거리지 않고 차분하게 걸어 다니며 어머니의 편에 서, 어머니의 한쪽이 되어 일을 처리해 나가려 하고 있는 것이다.

"또 녹음기도 있어, 페자. 우리 음악을 들을 수 없어도 좀 참자꾸나. 그럴 수 있지?"

"네, 그럼요, 아버지! 그런 것쯤이야 얼마든지 참을 수 있어요."

페자는 소리를 내어 웃었다. 그리고 더욱 힘주어 작은 힘이라도 더 보태려는 듯 씩씩하게 덧붙였다.

"참고말고요."

"좋다, 그럼 50루블이 더 모아졌다. 그런데 토냐, 내 엽총은 어디에 숨겼지? 당신이 감추어둔 것 말야. 그때 당신이 감추어두길 정말 잘했어. 그렇지 않았더라면 벌써 팔아치웠을 거야. 당신, 아니 페자도 알다시피 나는 엉터리 사냥꾼이니까 말야. 그런데 여보, 총을 팔면 한 150루블은 되겠지?"

아아, 아버지! 페자는 아버지의 달라진 모습을 보면서 가슴이 터질 것만 같았다. 일식을 볼 때 느낀 벅찬 감동처럼 아버지에 대한 사랑이 새삼스레 가슴에 와 닿았다. 사람에겐 누구나 어려움을 뚫고 행복을 찾아갈 수 있는 힘과 용기가 있는 것일까. 아버지의 모습에 감격한 페자는 빠르게 어머니 옆에서 뛰쳐나왔다. 더 이상 가만히 지켜만 보지 않겠다는 듯 페자는 새로 맞춘 자기의 바지를 옷걸이에서 내렸다. 셔츠와 나일론 잠바도 꺼냈다. 그리고 숨을 몰아쉬며 자기의 옷을 모두 아버지의 물건과 포개놓았다.

"휴……, 아버지 이럼 얼마나 될까요?"

페자의 모습을 보며 어머니도 힘을 얻었는지 일어나서 옷걸이에 걸려 있는 자신의 옷을 몇 가지 고르기 시작했다. 하지만 어머니가 막 옷을 내리려 했을 때 아버지는 문득 멈춰 서더니만 제지하듯 어머니의 손을 잡았다. 그리고 어머니를 가만히 뒤로 끌어당겨 조심스레 의자에 앉혔다. 꺼내놓은 페자의 바지와 셔츠와 잠바도 모두 다시 옷장에 넣었다. 그런 아버지의 표정은 엄하기 그지없었다. 페자와 어머니는 아버지의 행동을 아무 말도 하지 못하고 지켜보았다. 잠시 침묵이 흘렀다. 아버지는 고개를 떨구며 말했다.

"내가 나빴다……."

순간 아버지와 어머니의 긴 한숨소리가 동시에 터져 나왔다.

"페자, 걱정하지 마라. 내가 해결하겠다. 이번만큼은 믿어도 좋아."

아버지는 힘주어 말했지만 아버지의 말이 채 끝나기도 전에 어머니는 흐느끼기 시작했다. 아버지는 가만히 어머니 옆으로 가서 어색하게 어깨를 어루만졌다.

"이러지 마. 왜 그래, 응?"

"여보!"

어머니는 부르짖듯 말했다.

"어째서 당신은 늘 친구들의 유혹에 빠지죠, 네? 그 술버릇 때문에 내 심장은 늘 터질 것만 같아요. 아세요? 그뿐이 아니에요, 여보. 당신은 하나뿐인 당신의 아들이 불쌍하지도 않나요?"

당장의 불행만이 문제가 아니었다. 어머니는 십 수 년을 아버지와 함께 살아오면서 왜 자신이 세월의 모진 풍상을 겪어야 했는지 잘 알고 있었다. 그래서 더욱 달라진 아버지 앞에서 그 설움이 복받쳐 터져 나온 것이었다.

아버지는 말없이 담배를 꺼내 물고 피우기 시작했다.

아버지의 손은 몹시 떨리고 있었다. 고개를 떨군 아버지의 모습은 10년은 더 늙어버린 것 같았지만 전에 없이 진지하고 차분해 보였다.

목이 멘 탓인지 아버지는 몹시 쉰 목소리로 말을 꺼냈다.

"당신과 페자 앞에서 당당히 약속하겠어. 지금까지의 생활은 오늘로 모두 끝이야. 정말이야!"

마치 이제는 정말 자신을 믿어달라는 표정으로 아버지는 애원하듯 어머니를 바라보았다. 세월의 풍상을, 그 고통의 모진 세월을 아버지가 다 보상해 주겠다는 듯 울고 있는 어머니를 힘껏 끌어안았다. 그렇게 어머니를 토닥이는 아버지의 모습은 정말 이제부터는 더없이 훌륭한 아버지, 한 여자의 남편으로 소임을 다하겠다고 말하고 있는 것만 같았다.

그런 아버지의 모습은 더없이 보기 좋았고 자랑스러웠다. 페자의 눈에도 어느덧 눈물방울이 맺혔다. 뜨거워진 눈시울을 닦으며 페자는 행복한 눈길로 아버지와 어머니를 바라보았다.

"아버지, 고마워요."

"뭐라구? 이 녀석……."

아버지는 어머니를 껴안은 채, 한 손으로 페자에게 이리 오라는 시늉을 해보였다.

"그래, 아버지가 나빴어. 사실 그동안 나는 아주 엉터리 아빠였어. 우리 말이다, 앞으론 남들처럼 셋이서 함께 영화도 보러 가고, 산보도 하자꾸나."

아버지 자신에게, 어머니에게, 그리고 페자에게 힘주어 말하고 나서 아버지는 어머니를 일으켜 세우곤 갑자기 방 안을 빙빙 돌기 시작했다. 무슨 춤인지 흥얼대며 방 안을 돌아다니다 그만 아버지가 실수로 꽃병을 건드려 떨어뜨리고 말았다. 쨍그랑 소리가 나면서 꽃병은 산산조각이 났지만 페자에겐 그 소리마저도 행복에 겨운 비명처럼 들렸다.

페자는 행복하게 웃고 있었다. 너무나 행복해서 금방이라도 깨질까 봐 두려울 지경이었지만 레이나의 얘기처럼 '산다는 건 이런 게 아닐까' 하는 생각이 들었다. 행복 저편에는 불행이 있듯이 끝날 것 같지 않은 불행의 뒤편에 바로 오늘과 같은 날이 오지 않는가. 자아, 앞으로는 모든 일이 잘 되겠지. 일식이 끝나고 이젠 다시 태양이 빛나는 거야. 어둠은 이제 지나갔어.

그런데 페자네 집의 최근의 일식은 언제였을까? 아니, 그런 건 일일이 기억하고 있지 않다.

하지만 인간의 삶이란 기묘한 것이다.

아무 일도 없을 때는 그렇게 잘 안 풀리던 일이 오히려 재난이 닥치자 놀랍게도 아버지가 새사람이 되다니……. 꿈만 같았다. 그토록 망나니 같던 아버지가 이렇게 변하다니. 페자의 가슴과 집안에 늘 어둠을 드리우게 했던 아버지가 이젠 오히려 가장 믿음직한 집안의 기둥으로 우뚝 서 있는 현실이 정말이지 꿈만 같았다. 행복이란 꿈처럼 밀려와 우리들의 집 한가운데로 내려앉는 것처럼 이렇게 찾아오는 것인가.

얼마만인가. 어머니는 오랜만에 아주 행복한 얼굴로 웃고 있었다. 아버지의 쉰 웃음소리가 어머니의 웃음소리에 어우러져 울려 퍼졌다. 페자는 싱글벙글 웃으며 어머니와 아버지를 바라보았다. 한참 동안이나 아버지와 어머니의 춤과 웃음소리가 어우러지고 있을 때 갑자기 현관문이 열리더니 문턱에 누군가 서 있는 것이 느껴졌다. 아버지의 어릴 적 친구들인 이반 아저씨와 프라토노프 씨 그리고 머리가 벗겨진 에고르 아저씨였다.

순간 페자는 가슴이 '철렁'하고 내려앉았다.

뻔한 일이다. 하필이면 이렇게 행복한 순간에 아버지를 데리러 온 것이다. 아저씨들은 벌써 한 잔 했는지 문턱에서 있을 다름인데도 방 안에 술 냄새가 풍기기 시작했다. 페자는 낙심한 채 미간을 찌푸렸다.

잠시 후, 어떤 인기척을 느꼈는지 아버지와 어머니도 그 그림자에 놀라 돌아보았다. 아버지는 춤을 멈췄다.

"어이, 게러."

문가에 기대서 있던 이반 아저씨는 아버지의 이름을 부르면서 뚜벅뚜벅 걸어왔다. 얼마나 마셔댔는지 이미 코가 새빨갛게 물들어 있었고 발걸음을 옮길 때마다 술 냄새가 진동했다.

아버지는 정색을 하며 손을 저었다.

"여보게들, 안 돼! 돌아가 주게. 이제 난 예전의 내가 아닐세."

하지만 아버지의 친구들은 아랑곳없이 이반 아저씨의 뒤를 따라 아무 말 없이 방으로 들어왔다. 그러고는 페자와 어머니가 싫어하는 내색에는 관심도 없다는 듯 식탁에 가서 앉았다.

"자아, 마실까?"

에고르 아저씨가 말했다.

"남겨두기는 아까우니까."

에고르 아저씨는 보드카를 차례차례 잔에 따랐다. 서로들 잔을 돌려가며 한 모금씩 마셨다.

아버지와 어머니는 무슨 말을 해야 할지 몰라 식탁 옆에 우뚝 서서 오직 놀란 표정으로 이 불청객들을 바라보았다. 뭐가 뭔지 알 수 없다는 듯. 도대체 이 불청객들이 무엇을 하려는 것인지 도통 감이 잡히지 않는 표정이었다. 하지만 페자는 알 수 있었다. 지금 아저씨들은 막 불행에서 탈출하려는 아버지를 유혹하기 위해 찾아온 것이다. 세 사람의 손님은 메피스토펠레스*인 것이다! 페자는 심호흡을 했다. 단연코 저 악마들을 쫓아내야만 한다는 생각으로 페자의 머리는 터질 것만 같았다. 그만 나가시라, 이제 다시는 우리 집에 오지 마시라, 제발 부탁하건대 이제는 그만 아버지를 그대로 놔두라고 소리높여 외치려 했다. 뭔가 따끔하게 말해야 한다고 생각한 것이다.

하지만 페자가 입을 떼려는 순간, 이반 아저씨가 자신의 호호백발 머리를 긁적거리며 프라토노프 씨를 보고 고개를 끄덕였다.

"이봐, 시작하라구!"

프라토노프 씨는 호주머니에서 구겨진 돈다발을 꺼냈다.

"여기에 100루블이 있네."

그는 식탁 위에 돈을 내놓으며 갈라진 목소리로 말했다.

"꼭 한 상자분이군……."

에고르 아저씨가 창밖을 바라보며 한숨을 쉬었다.

---

* 독일의 『파우스트』 전설에 등장하는 악마. 마알로우의 시극에서는 파우스트가 혼을 팔려는 상대방이 되지만 괴테의 시극에서는 인간의 약점을 노리고 부단히 노력하는 유혹자이다. 여기서는 후자를 가리킨다.—역주

"상자라니, 무슨?"

"저어, 그……, 보드카……."

"이봐, 입 닥쳐!"

이반 아저씨가 소리를 내질렀다. 그러는 아저씨의 표정은 아주 진지했다. 페자는 어리둥절했다.

이반 아저씨가 다시 입을 열었다.

"게라, 죽마고우들의 선물이네. 받아줘. 토냐, 토냐도 받아줘요. 우린 쓸모없는 술친구들이긴 하지만 그래도 친구잖아요. 이 돈은 '우리 집에 있는 것은 무엇이든 사용해 주세요'라는 뜻이야."

그러고선 이제 어려운 일이 다 끝나서 홀가분하다는 듯 세 아저씨는 싱글싱글 웃기 시작했다. '그럼 그럼'하며 고개를 끄덕이거나, 자기들끼리 서로 눈짓을 하며 만족해했다. 페자는 목구멍이 근질근질했다. 곧 이어 코끝에 찡하니 매운 맛이 와 닿더니만 달고 뜨거운 눈물이 왈칵 치솟았다. 바로 좀 전까지 괘씸한 주정뱅이 아저씨들에게 나가달라고 말하려 했는데 뜻밖에도 주정뱅이 아저씨들이 우정을 베풀다니……. 페자가 그토록 못마땅해 하던 이 아저씨들이 아버지의 일을 자신들의 일처럼 걱정하고 도와주러 온 것이다.

아저씨들은 한편으로 무척이나 쑥스러운지 아버지의 눈길을 피해 자기들끼리 코를 만지작거리면서도 또 한편으론 자신들이 한 일이 무척이나 대견스러운 듯 만족스럽게 연신 고개를 끄덕여댔다. 우정이란 언제 어디서라도 피어나는 들풀과 같은 것일까. 자꾸만 코끝이 시큰해 왔다.

아버지는 한동안 말없이 친구들을 껴안았다. 그리고 큰 소리가 날 만큼 등을 두드리며 친구들의 우정을 고마워했다. 세 아저씨도 아버지와 똑같이 아버지의 등을 두드렸다.

어머니는 마침내 또 울음을 터뜨렸다. 손수건이 다 젖어 더 이상 눈물을 훔쳐내기 힘들게 되자 이번에는 손등으로 눈물을 닦았다. 눈물을 훔치고 또 울고 그러다가 웃었다. 페자의 코도, 어머니의 코도 붉게 물들었다.

누군가 현관문을 두드리는 소리가 났다. 모두 웃음기가 남아 있는 얼굴로 현관을 보았다. 문이 열리자 신선한 바람이 몰려들어오면서 문턱에 서 있는 사람의 모습이 보였다. 순간, 페자는 '앗'하고 숨을 삼켰다. 레이나의 아버지 표트르 시르이치 씨였다. 표트르 시르이치 씨는 예고도 없이 찾아온 자신이 무척이나 부끄러운 듯 주먹을 입에 대고 몇 번인가 헛기침을 했다. 그리고 정중히 말했다.

"저도 돈을 좀 갖고 왔습니다만……."

페자는 깜짝 놀랐다. 급작스럽게 페자의 집을 찾아온 것도 그랬지만, 어머니의 어려움을 알고 돈을 들고 찾아온 건 정말이지 놀라운 일이었다. 어머니가 닥친 일에 대해 레이나에겐 단 한 번도 말한 적이 없는데 어떻게 알고 찾아왔단 말인가. 혹시라도 레이나의 아버지가 소문을 듣고 찾아온 건 아닐까 하는 생각이 들어 페자는 아버지를 바라보았지만 아버지는 페자보다 더 어리둥절해 있었다. 놀란 토끼처럼, 낯선 사람의 방문에, 더욱이 돈을 가지고 왔다는 말에 아버지는 몹시 긴장한 표정으로 이리저리 시르이치 씨를 살펴보았다.

"하지만 우리는 당신을 잘 모르는데요."

아버지는 조심스럽게 상대방을 살피듯이 말을 꺼냈다.
"아니에요, 알고 있어요."
아버지의 말을 가로막듯 페자는 불쑥 말을 내뱉고는 이내 얼굴이 빨개졌다.
레이나를 보호하듯 그녀의 아버지를 이 낯선 곳으로부터 지켜주고 싶은 생각이 굴뚝처럼 치밀었다.
페자의 소리가 얼마나 컸던지 아버지의 죽마고우들은 일제히 눈을 크게 뜨고는 페자를 말똥말똥 쳐다보았다. 아버지도 깜짝 놀라며 아들을 바라보았다. 어머니도 뚫어지게 페자를 보았다. 페자가 느닷없이 소리를 질러 놀라기도 했거니와 혹시라도 비둘기를 팔아버린 게 아닐까 의심하는 눈초리로, 어머니와 아버지의 얼굴에 고통스러운 빛이 번졌다.
무엇인가 설명해 주고 싶었지만 어떻게 말해야 할지 도무지 떠오르질 않았다. 그저 그 애의 아름다운 얼굴만 떠오를 뿐이었다. 그런 걸 어떻게 말로 설명할 것인가. 도대체 어머니와 아버지에게 그 애의 아름다운 얼굴이 무슨 상관이란 말인가. 아버지가 알고 싶어 하는 건 분명 그런 이야기가 아닌데······.
페자는 자꾸 달아오르는 얼굴을 두 손으로 감싼 채, 레이나의 아버지를 물끄러미 바라보았다. 뭐라고 말 좀 해달라는 듯이 애원하는 눈초리로······.

11. 저녁 햇살을
타고 떨어지는 서러움

"불구라고 얘기하고
싶으신거죠, 어머니.
당신의 딸이 말이죠.
그래서 몸이 성한 사람하고는
사귈 수도 없고
사귀어서도 안 된다고
말씀하고 싶으신 거죠.
그런가요?"

11. 저녁 햇살을
타고 떨어지는 서러움

창밖에서 사람들이 떠드는 소리가 들렸다. 레이나는 창 쪽으로 살며시 다가갔다. 아까부터 줄곧 떠드는 소리에 무척 신경이 쓰인 탓이다. 차양을 살짝 걷어 올리고 보니 코가 시뻘게진 술주정꾼들이 모여서서 웅성거리고 있었다. 모두 전에 페자의 아버지와 함께 술을 마시던 친구들이었다.

레이나는 얼큰하게 취해 있는 모습으로 보아 이 술주정뱅이들이 페자네 집에 또 술을 마시러 가는 길이 아닐까 하고 생각하기도 했다. 하지만 말소리로 보아 뭔가 심각한 얘기를 주고받고 있었다. 레이나는 다시 신경을 곤두세웠다. 차양을 모두 올리고 조심스레 귀를 기울였다.

"이봐, 말도 안돼. 토냐 같은 착한 사람이 그런 짓을 했을 리가 없어. 사람들도 눈이 멀었지."

"그런데 어떤 놈이 그 따위 짓을 한 거야?"

"그게 문제가 아냐, 돈에 차질이 생겼으니까 그렇지."

"어쨌거나 두둔해 주지는 못할망정 그 따위로 사람을 의심하는 놈들은 뭐야? 제기랄! 어쩌면 토냐가 훔쳤을 거라고 의심하는 놈들이 훔쳤을지도 몰라."

"토냐가 불쌍해. 따지고 보면 다 우리 때문이야."

"아무튼, 그런 건 별로 중요하지 않아. 지금은 어떻게 해서든 토냐가 곤경에서 벗어날 수 있도록 하는 거야. 우리들의 작은 힘이라도 모으자구."

"잔말 말고 자네 것도 이리 내놔봐."

모두 세 사람이었다.

"이봐, 만약 토냐가 교도소라도 가게 된다면 우리는 죽는 날까지 평생 고개를 못 들 거야."

"끔찍한 소리 하지 마. 안 그래도 걱정돼서 죽겠는데……."

호호백발의 아저씨가 벌컥 화를 내며 대머리 아저씨를 나무랐다.

"흰소리 하지 말고, 빨리 세봐."

세 주정꾼들은 비둘기집 바로 밑에 모여서서 꾸깃꾸깃 꾸겨진 돈을 모두 모아 세기 시작했다.

"됐어, 이젠. 그래도 이 정도면 얼마쯤 보탬이 될 거야."

"이반, 기억하나? 토냐가 우리 마을에 왔을 때를 말이야. 토냐와 존이 결혼했을 때. 그때 생각만 하면 아직도 가슴이 찡해. 그때 토냐는 정말 늘씬하고 눈이 부시도록 아름다운 처녀였지. 자네나 나나 그 아름다움에 반해서 존 녀석을 골려준 적도 있었잖아. 하지만 지금은……."

"우리들도 모두 마찬가지였어. 젊었을 땐 모두 괜찮은 인생이었다구. 꿈도 있고, 희망도 있고. 그런데 지금은 매일 술이나 퍼먹고 요 모양 요 꼴이라니."

머리가 벗겨진 한 아저씨가 말끝에 자신의 벗겨진 머리를 책망하듯 툭툭 건드렸다. 세 사람은 시뻘게진 코를 뒤로 젖히며 자기들끼리 한바탕 웃어젖혔다. 그리고 무언가 작은 소리로 쑥덕거리더니만 이내 창 밑에서 발걸음을 뗐다.

사람들이 페자네 집 쪽으로 사라지는 모습이 보였다. 아마도 얘기를 막 끝내고 가는 듯했다. 차양을 내리고 창가에서 물러나온 레이나는 사람들이 무슨 말을 하고 있는지 대충 짐작이 갔다. 요컨대 그것은 토냐라는 여인, 페자의 어머니에 대한 이야기였다. 레이나는 화가 났다. 지금 우연히 술주정꾼 아저씨들의 얘기를 듣지 않았다면 까맣게 모르고 지나갈 뻔했다. 페자는 아무 말도 하지 않았었다. 레이나와 상관없는 일이라고 생각했던 걸까?

하지만 다시 생각해 보니까 꼭 그런 것만도 아니었다.

문득 그날의 대화가 생각났다. 비가 억수같이 쏟아지던 날, 마음과는 달리 페자하고 어처구니없는 얘기만을 주고받던 그때, 페자의 말에 레이나는 무척 화를 냈었다. 하지만 돌이켜보니 아아, 내가 나빴다!

(페자는 자기 집의 일을 얘기하려 했던 것이다. 레이나네 집 창 밑에서 부러워했었다는 말은 다름 아니라 자기 집에는 안 좋은 일이 있지만 레이나의 집은 참 행복해 보인다는 뜻이었는데……. 토냐란 페자의 어머니인 것이다. 그런데 페자 어머니의 직업은 무엇

일까? 점원?)

　페자의 어머니가 무슨 일을 하든 그런 건 아무래도 상관없다. 페자네 집에, 그것도 그의 어머니에게 무엇인가 어려움이 닥쳐 있다는 것만은 분명한 사실이다. 그래서 지금 주정꾼 아저씨들까지 페자의 어머니를 도와주려고 돈을 모으고 있는 것이다. 그런데 어떻게 모른 척하고 앉아 있을 수 있단 말인가!

　레이나는 마루 쪽으로 휠체어를 돌리며 큰 소리로 아버지를 불렀다. 잠시 후 아버지가 안경을 코끝에 걸친 채 손에 신문을 들고 들어왔다. 아버지는 안경 너머로 눈을 끔뻑거리며 딸을 바라보았다.

　"아빠, 페자네 집에 어려운 일이 생겼나 봐요. 지금 창 밑 길가에서 사람들이 얘기하는 소리를 들었어요. 페자는 아무 말도 하지 않았지만 무척 심각한 것 같아요. 저 말이에요, 페자의 어머니가 직장에서 돈을 잘못 관리해서 돈이 무척 많이 비는가 봐요. 사람들 얘기로는 단순한 실수인 것 같대요. 하지만 비는 돈을 채워넣어야 하는데 지금 돈이 많이 필요하대요."

　"얼마나?"

　"모르겠어요."

　"흠……."

　잠시 생각에 잠긴 듯 코끝에 걸린 안경을 만지작거리던 아버지는 이내 주저 없이 자리에서 일어났다.

　"알겠다, 레이나. 잠시만 기다리거라."

　아버지는 멋진 분이었다. 레이나의 마음을 어떻게 알았는지 조금도 지체하지 않고 방을 나가 옷을 갈아입었다. 그러고서는 잠시 후

넥타이를 바로 하고 되돌아와 페자의 집이 몇 호냐고 물었다. 레이나는 대충 페자가 들어서던 곳을 더듬어보았지만, 아파트의 동 수밖에 몰랐다.

"그럼, 어쩐다……."

아버지가 잠시 턱을 만지며 생각하는 사이에 마침 어머니가 방으로 들어왔다. 어머니는 페자네 집 사정을 듣고 나더니 눈을 깜빡거리기 시작했다.

그러고 나서 머리를 끄덕이며 말했다.

"물론 도와드려야지. 하지만 그분들은 어떤 사람들이니? 직업이 뭐지? 우린 그분들을 모른단다."

"아이, 어머니도 참!"

레이나는 화가 나서 눈꼬리를 치켜올렸다. 어머니와는 얘기가 안 통한다는 듯 입을 닫아버리고……. 이런 상황에서도 꼬치꼬치 캐묻는 어머니에게 짜증이 났다. 옆에서 지켜보던 아버지가 말을 거들었다.

"당신도 페자를 알지 않소. 그것으로 충분해요. 그렇지 않소?"

"……."

어머니는 더 이상 말이 없었다.

"내 그럼 다녀오리다."

어머니의 침묵을 긍정의 뜻으로 받아들인 듯 아버지는 서둘러서 집을 나섰다.

사라지는 아버지의 뒷모습을 창밖으로 바라보던 어머니는 레이나의 휠체어를 소파 쪽으로 밀었다. 그리고 레이나를 마주보며 자신도 소파에 앉았다. 어머니의 얼굴은 여전히 무엇인가를 우려하고 있는 것 같았지만 레이나는 내색하고 싶지 않았다. 집안에는 어머니와 레이나 둘뿐이어서인지 무척이나 조용했다. 바깥에서 새들이 지저귀는 소리가 났지만 왠지 어색한 생각이 들었다.

어쩐지 레이나는 아버지와 둘이 있을 때가 더 많았다. 아버지와 둘이 있을 때가 더 편하기도 했지만, 그럴 때마다 어머니는 언제나 부엌일이나 가족의 식사를 준비해야 하니까 라고 이해하고 넘어갔었다.

어머니가 먼저 말을 꺼냈다. 힐끗 쳐다보니 어머니는 무척 걱정스러운 일이 있는 것 같았다. 무슨 말인지는 몰라도 별로 좋은 애기가 나올 것 같지 않은 예감이 레이나의 머리를 스치고 지나갔다.

어머니는 딸의 손을 어루만지면서 말했다.

"넌 물론 화를 내겠지만 말이다, 아빠도 엄마도 반대야. 이해해다오. 엄마도 많이 생각했단다. 어쩌면 이런 말을 하지 않는 편이 나을지도 모르겠다고 생각했지만, 그래도……."

"이런 말이라뇨?"

순간, 레이나는 미간을 찌푸리며 날카롭게 어머니의 말을 되받았다.

"네가 요즈음 그 페자란 사내애와 사이좋게 지내는 것 말이다."

레이나는 울컥 하고 가슴이 치받쳤다.

어머니의 그 한마디에 온통 기분이 헝클어져버렸다. 무엇을 집어던지든가, 불평 섞인 말을 내뱉고 싶었지만 간신히 참았다.

"왜요?"

애써 참고 말하는 레이나의 목소리는 목메인 사람마냥 어눌하게 눌려 나왔다. 심장이 뛰는 소리가 똑똑히 들려왔다. 그런데 레이나의 말에 어머니는 웃음을 터뜨렸다.

"페자는 너와 어울리지 않아요. 그 애에게는 다른 인생이 있단다. 보려무나, 비둘기를 기르거나 하지 않니?"

"무슨 말씀을 하고 싶으신 거예요, 어머니. 저는 비둘기 따윈 기를 수 없다고 말씀하시고 싶은 거예요? 좋아요, 그렇다고 해두죠. 맞아요, 전 할 수 없어요, 그래서 어떻다는 거죠?"

레이나는 쏘듯이 한마디 한마디에 가시를 달고 쌀쌀맞게 말했다. 레이나의 표정은 이미 차갑게 굳어져 있었다. 레이나의 심정을 눈치 챈 듯 어머니는 움찔했다.

"너한테는 여자 친구들이 많이 있지. 가령 지나라든가 또 발라라든가 그 밖에도 학원 친구들이 몇 사람이나 있잖니? 물론 남학생도 있겠고."

"아하! 그렇군요."

레이나는 이제 어머니의 말이 무슨 뜻인지 충분히 알 수 있었다.

"불구라고 얘기하고 싶으신 거죠, 어머니. 당신의 딸이 말이죠. 그러니까, 몸이 성한 사람하고는 사귈 수 없다, 사귀어서는 안 된다 그런 말인가요?"

레이나는 어머니와 눈길이 닿고 싶지 않았다. 그 눈길을 피하며 레이나는 마음속으로 혼자 말했다. 가슴 한가운데가 텅하니 빈 것처럼 그 비어 있는 공간으로 끝도 없는 메아리가 울려 퍼졌다.

그렇다. 불구다. 나는 불구다.

하지만 이상하게 화가 나지도 분하지도 않았다. 단지 어머니가 가엾게 생각되었다. 그래서 다시 어머니를 용서하는 마음으로 아무 일도 없었던 것처럼 행동하려고 했다. 견디기 힘든 슬픔과 절망이 가슴을 내리눌렀다.

레이나는 고개를 들고 어머니에게 손을 내밀었다. 어머니도 몸을 가까이 끌어당겨 앉았다. 레이나는 어머니를 껴안고 마치 어린애에게 하듯이 어머니의 머리를 어루만졌다.

"걱정하지 마세요."

레이나는 속삭이듯, 슬프게 푸른 눈을 뜨고서 어머니를 바라보았다.

누군가 있다면 손이라도 잡고 싶었다. 어머니의 손이 아닌, 따뜻한 이해와 사랑의 손, 기대고 또 기대도 영원히 레이나의 편인 영원히 의지할 수 있는 사람의 손을 잡고 싶었다. 체념도 아닌 허탈함이 가슴을 아리게 파고들었다. 너무나도 쓸쓸했다.

"걱정하지 마세요……."

같은 말을 되뇌일수록 외로움이 밀려왔다. 무엇 때문일까. 말 한마디에 서러움이, 말 한마디에 야속함이, 말 한마디에 억울함이, 말 한마디에 패배감이 가슴 밑바닥까지 밀려왔다. 머리를 흔들며 레이나는 어머니를 껴안은 팔을 풀었다.

"걱정하지 마세요. 저도 알고 있어요. 어머니가 말하지 않아도 충분히 알 수 있어요. 그러니까……."

"레이나, 무엇을 알고 있단 말이니? 엄마의 말은……."

어머니는 몸을 조금 비키며 딸의 가라앉은 목소리에 주의를 기울였다.

"엄마가 무슨 말을 하고 싶어 하는지 알아요. 저도……, 저도 어쩌면…… 저를 기다리고 있는 것은 실망뿐이란 것, 굴욕과 환멸뿐이란 걸 말이에요."

"아니, 그렇지 않단다. 레이나, 엄마의 말은……."

어머니는 어색하게 언성을 높였다. 하지만 더 이상 말을 잇지는 못했다. 다만 같은 말만을 되풀이했다.

"엄마는 전혀 그렇게 생각하지 않아."

"그럼 어떻게 생각하시나요?"

레이나는 불현듯 '풋'하고 웃음을 터뜨렸다.

어머니에게는 어차피 레이나가 '불구'라는 사실이 중요하고, 그 사실을 잣대로 하여 모든 일이 처리되고, 그 사실로써 레이나를 대했다. 감정과 사랑을 느끼는 사람이기 이전에, 혼자서 무언가를 할 수 있는 '인격'이기 이전에 어머니에게 레이나는 '불구의 딸'인 것이다. 그게 싫었다.

(벽. 또, 벽.)

어머니 자신이 알고 있지 못한 어머니의 벽이 레이나를 숨 막히게 했다. 끝도 없는 패배감 속에서 몸부림치게 하는 그 벽이……. 하지만 어머니는 모르는 것이다.

"좋다. 그렇게 고집을 부린다면 네 마음대로 하거라. 페자는 네가 불구라는 걸 제대로 이해할 수가 없단다. 너희가 대등하지 않다는 사실을 이해할 수 없단 말이야."

"이젠 됐어요, 어머님!"

레이나는 이번에는 화를 내고 말았다.

"같은 말을 바꿔서 되풀이할 뿐이잖아요."

그때 현관의 초인종이 울렸다. 어머니는 다급하게 자리에서 일어나 문을 열러 갔다. 그리 다급하게 열 필요가 없을 텐데도……. 어머니는 무척 견디기 힘들었나 보다. 아버지가 돌아왔으리라 생각하며 레이나는 천천히 휠체어를 돌렸다. 그런데……, 이게 웬일인가! 현관에서 어머니의 기쁨에 넘친 목소리와 또 하나의 다른 목소리, 잘 알고 있는, 그리고 귀에 익은 여인의 목소리가 들려왔다. 꿈결 같은 그리움이 레이나를 휘감았다. 손! 레이나를 잡아주었던 손! 아아, 그리움이여!

"어머니 선생님!"

기쁨에 넘쳐 부르고는 레이나는 바람처럼 휠체어를 달렸다.

"레이나!"

베라 선생님도 반가움에 넘쳐 방으로 달려왔다. 한 손엔 꽃을, 또 한 손엔 케이크 상자를 들고서.

"선생님! 아아, 선생님!"

"오, 레이나, 레이나……!"

레이나는 너무나 기뻐 마구 소리를 지르며 선생님에게 매달렸다. 그 바람에 꽃과 케이크 상자가 소파 위에 내동댕이쳐졌지만 아무도 신경 쓰지 않았다. 두 사람은 마치 꿈에서 만난 듯 서로 기뻐하며 한동안 부둥켜안은 채 어쩔 줄을 몰라 했다.

레이나는 선생님의 뺨에 수없이 키스를 퍼부었다. 사랑의 키스, 그리움의 키스를…….

"레이나……."

"어머니 선생님!"

"잘 있었니, 레이나?"

베라 선생님은 레이나와 마주보고 앉았다. 레이나는 조금씩 흥분을 가라앉히고 찬찬히 선생님을 바라보았다.

"선생님, 어디 봐요. 야……, 어쩜 그렇게 멋있어요! 머리가 무척 세련됐어요. 미장원에서 적어도 한 시간은 보냈겠는데요. 그렇죠? 하지만 선생님의 동그란 눈 밑에 그늘이 생긴 것 같아요. 무슨 걱정거리가 생겼나요? 혹 학원 친구들에게 무슨 일이라도 있는 건가요?"

베라 선생님은 말없이 웃으며 바라보기만 했다.

"친구들이 보고 싶어요."

"그래……?"

친구들! 지나와 발랴 그리고 또 많은 친구들! 얼마나 그리운 얼굴들인가. 레이나는 학원의 어머니가 나타났을 때 비로소 자신이 학원의 친구들을 새까맣게 잊고 있었다는 사실을 생각해 낼 수 있었다. 가끔씩 생각이 나고 그리운 적도 있었지만.

"어머니 선생님, 우리의 어머니……."

레이나는 갑자기 시무룩해졌다.

"저 학원으로, 친구들 곁으로 돌아가고 싶어요."

하지만 눈은 웃고 있었다. 솔직히 말하자면 레이나는 학원이 그립지도 않았고, 돌아가고 싶지도 않았던 것이다. 마음 한구석엔 그립고, 보고 싶고 또 만나서 얘기하고, 함께 많은 것들을 나누고 싶은 바람도 있었지만 학원으로 가버리면 쏟아지는 비도, 전서비둘기도, 페자도, 아찔한 입맞춤도, 싱그러운 대팻밥 냄새와도 모두 안녕을 고해야 하니까. 페자의 어머니를 도와주려고 하는 친절한 주정꾼들과도……

"진심이니?"

베라 선생님은 눈 아래 그늘을 지우려는 듯 그 큰 눈을 깜박거리며 말했다.

"전에는 말이야, 너에 대해 그다지 많이 알지 못했었어. 하지만 지금은 퍽 많이 알게 된 것 같아. 지금 네 눈을 보니까 너에게 많은 일이 있었다는 걸 알 수 있겠구나. 정말 그러니, 레이나?"

"산만큼요. 그렇죠, 어머니?"

레이나의 목소리는 들떠 있었다. 까불거리며 대답하는 모습이 귀여운 듯 선생님은 또 웃음을 지어 보였다. 어머니도 레이나의 말대로라는 듯 고개를 끄덕였지만 할머니처럼 깊은 한숨을 내쉬며 주섬주섬 소파 위의 꽃과 케이크 상자를 들고 일어섰다.

"그럼, 얘기하세요, 선생님."

"아, 예, 어머니. 나가시겠어요? 같이 얘기하시죠."

"아니에요. 레이나와 얘기하세요. 저 애가 그동안 혼자 있어서 선생님하고 하고 싶은 얘기가 많을 거예요. 전 잠시 실례하겠습니다."

어머니의 말은 어쩐지 슬퍼 보였다.

"꽃은 꽃병에 꽂고 차를 준비하겠습니다. 그런데 레이나, 그 전에 묻고 싶은 말이 있었는데 '어머니'와 '어머님'은 어떻게 다르니?"

어머니의 목소리에는 슬픔이 담겨 있었다. 레이나는 어머니가 슬프게 생각하는 것도 당연하다고 생각했다. 레이나는 이따금 비꼬고 싶은 자신의 심정을 감출 필요가 없다고 생각했던 것이다. 어머니를 '어머님'이라고 부르면서 비꼬았었기 때문이다.

하지만 지금 돌연 자주 자신이 차갑고 영악한 말투로 어머니의 콧대를 꺾어왔다는 것을 분명히 깨닫는 게 있었다. 이러한 자신의 태도는 혐오해 마땅한 것이었다. 영악한 행동 따윈 아무래도 상관없었다. 병을 특권으로 여기며 행동하는 몇몇 친구들과 달리 자신은 병을 이용하여 응석부리는 짓 따위는 하지 않았다. 결코 '불구'라는 사실로 차별받고 싶지도 않았고 동정받고 싶지도 않았다. 다만 독립된 한 인격체로서 떳떳하고 자주적으로 살아가는 레이나이고 싶었을 뿐이다. 레이나는 지금까지 이러한 자기 자신을 자랑스럽게 생각했었다. 하지만 어머니와 이야기할 때만은 사정이 다르다. 왠지 모르게 속이 뒤틀린 듯한 그 말투도, 불필요하게 비꼬는 것도, 또 어머니를 깔보는 듯한 관대함도 모두 비열한 행위가 아닌가. 어머니는 반발하지 못한다. 대답하지도 못한다. 아무리 섭섭하고 속이 상해도 그대로 용납해 버린다. 어머니에게 레이나는 딸인데다 불구자니까.

정말이지 어머니에게 이렇게 하고 싶지는 않다. 비록 불구이지만 한 인간으로서 자신은 얼마나 너그럽고 자상한 사람이기를 원했던가. 한결같이 언제 어느 곳에서라도 모든 사람들을 자상하게 대해주는 사람으로 되고 싶었다. 하지만 이게 뭔가. 왜 하필이면 꼭 어머니한테만 그것도 자신을 낳아주고 길러준 어머니 앞에서만 자신은 늘 옹졸하고 치졸한 사람이 되는 걸까.

'어머니'……, 나를 낳아준 여성, 고통 속에서 자신을 낳아준 어머니에게도 다정하게 대해 주고 싶다는 생각이 들었다. 지금은 이렇게 휠체어에 앉은 소녀이지만 레이나가 태어났을 때 어머니에겐 세상에서 가장 사랑스러운 아가였으리라.

다만 레이나가 이해하지 못하는 건 어머니의 편견이고 자신에 대한 동정이었다. 어머니가 자신을 바라볼 때마다 자신을 마치 눈물 바구니에 가두어진 불행의 덩어리로 여기는 현실이 답답했을 뿐, 어머니의 사랑은 충분히 이해할 수 있었다. 그런데도 늘 그 단단한 벽 앞에 서면 생각과 달리 행동하게 되는 것이다.

눈물 같은 어머니. 처음으로, 태어나서 처음으로 어머니가 한없이 서러워 보였다. 지금 이 순간 레이나는 어머니에게 진심으로 따뜻하게 대해 주고 싶었다. 일생의 한 순간, 긴 일생과 비교하면 지금 이 순간은 그 몇 백만 초, 몇 천만 초, 아니 몇 억 초 분의 일 초이겠지만……. 그 깊은 상처를 어루만져주고 싶었다.

"엄마, 제 곁으로 와서 앉으세요."

레이나의 눈에 눈물이 맺혔다. 어머니는 레이나의 말대로 옆으로 와 앉으며 레이나를 안았다. 레이나도 어머니의 허리를 껴안았다. 그리고 베라 선생님도 껴안았다.

어머니와 베라 선생님, 레이나에겐 두 분이 모두 어머니이다. 두 어머니를 껴안고 레이나는 눈물먹은 소리로 말했다.

"전 두 분 모두 좋아해요. 그리고 전 선생님도 또 엄마도 잘 이해하고 있어요. 두 분도 저를 이해해 주고 있고요. 왜냐하면 우리는 같은 여자니까요. 그렇죠, 제 말이 맞죠?"

레이나의 마음속에 무슨 변화가 있었을까? 이전에는 이처럼 감상적이지 않았었다. 그런데 지금은 어머니와 베라 선생님을 끌어안은 채 똑같이 코를 훌쩍거리며 울고 있다. 어머니의 아픔을 가슴 아파하며, 선생님의 사랑을 고마워하며, 하지만 또 웃음을 터뜨렸다. 아무래도 우스꽝스러웠다. 코를 훌쩍거리는 세 여자라니. 레이나는 소리를 내어 한바탕 웃어젖혔다. 어른들도 따라서 웃었다.

마음이 상쾌했다. 어머니가 자리를 비우자 레이나는 어머니 선생님에게 질문을 퍼부어대기 시작했다. 그리웠던 친구들의 얘기며, 궁금했던 학원생활을 모두 한꺼번에 들으려는 듯 몹시 서두르며……

"선생님, 발랴는 요즈음 어떻게 지내요? 융단에 수를 놓은 건 다 완성했나요?"

"응, 다……."

"어머, 잘했군요! 참 두샤 아주머니는요?"

"여전하셔. 꾸벅꾸벅 졸거나 그렇지 않으면 늘 울먹이고 있단다."

"교장 선생님은 여전하시겠죠?"

"그냥 새해에 대연회가 열릴 거야. 그래서 아주 바쁘셔. 딸기쨈 통조림을 100개나 준비하셨단다."

"야! 신난다! 맛있겠군요. 아주 멋진 잔치가 될 거예요. 그렇죠?"

"그래."

"그리고 선생님, 나의 지나는?"

"별일 없단다."

"물론 지금도 시는 부지런히 읽고 있겠죠?"

"그래, 그래."

레이나는 의아스러운 듯 베라 선생님을 보았다. 지나의 얘기를 꺼내자 선생님의 얼굴은 갑자기 창백하게 굳어진 것이다. 이번에는 선생님이 레이나의 건강 상태며 이곳에서 보내는 하루가 어떤지, 어떤 책을 읽었는지 등을 이것저것 묻기 시작했다.

"아!"

레이나는 갑자기 기쁨에 들뜬 신음소리를 냈다.

"어머니 선생님, 오스카 와일드에 대해 가르쳐주세요. 저 여기 있는 동안 「도리언 그레이의 초상」을 읽었어요. 그런데 무척 이상한 말이 쓰여 있었어요. '관능에 의해서 영혼을 치유하고, 영혼에 의해서 관능을 치유한다'라는."

레이나의 눈동자가 초롱초롱 빛나자 베라 선생님은 레이나의 뺨을 쓰다듬으며 가볍게 웃었다.

"'나의 죄 많은 청춘이여'* 라는 말, 기억하지? 푸시킨도 젊었을 때의 과실은 용서했어요."

"어제 해가림이 있었어요, 선생님 아세요?"

선생님의 낯빛이 또 변했다. 페자의 이야기를 하고 싶었던 것이다. 선생님이 어떻게 받아들이실지 궁금했고 무엇보다도 선생님에게 자랑을 하고 싶어서 온몸이 근질근질했다. 페자에 대해 이야기하고 싶어서 가슴이 부풀어 올랐다. 벅찬 감정이 되어 레이나는 속삭이는 소리로 이야기를 시작했다.

"어떤 남자애가 해가림을 보여주었어요."

"남자애?"

"페자라고 하는 친구예요. 요 앞에 비둘기집이 있는데 거기서 늘

---

* 푸시킨 시의 한 구절.—역주

비둘기와 함께 노는 사내애예요."
 "비둘기를 좋아하나 보지?"
 "아니에요, 사랑해요. 좋아한다는 것과 사랑한다는 건 다르잖아요? 그 애는……, 비둘기를 무척 사랑해요. 비둘기와 말도 하고, 또 함께 날기도 하는걸요."
 레이나는 꿈을 꾸듯이 말했다.
 "날기도 한다고? 아니 어떻게?"
 "마음으로, 또 휘파람으로요. 비둘기들을 불러 모아 긴 휘파람을 불면 개네들이 푸른 하늘을 수놓는 거죠. 그러면 우리는……."
 "우리라고?"
 "……네, 우리요……."
 잠시 선생님의 예리한 질문에 움찔하던 레이나는 곧 마음을 가다듬고 말했다.
 "그래서 어저께 해가림을 보았거든요. 우린 그을린 유리를 통해서 관측했어요. 그런데 말이에요, 선생님!"
 꿈에서 깨어나듯 레이나는 선생님의 손을 꼭 잡았다.
 "사방이 깜깜해지고 새들이 미친 듯이 울부짖더니만 태양이 갑자기 사라져버리는 거예요. 전 갑자기 추워져서 온몸이 얼어붙는 것 같았어요."
 "너도?"
 베라 선생님은 깜짝 놀랐다.
 "그럼, 선생님도 그랬어요?"
 무슨 말인가를 하려다가 그만둔 사람마냥 선생님은 잠자코 있었다. 레이나는 계속해서 말했다.

"그리고 나서 아빠가 페자네 집에 가셨어요. 페자의 어머니를 도와드리기 위해서죠. 페자의 어머니가 회사의 돈을 잃어버리셨나 봐요."

베라 선생님은 레이나에게서 조금 떨어졌다. 그러고는 레이나를 흥미 깊게 찬찬히 바라보고 나서 다시 다가와 앉았다.

"아름다운 엘레나 아가씨!"

선생님은 속삭였다.

"왜 그러지? 사랑을 하고 있는 게야?"

레이나는 숨이 막히는 것 같았다. 하지만 이내 고개를 끄덕이며 대답했다.

"예예……, 선생님. 맞아요……."

아버지가 돌아왔다. 레이나는 갔다 온 일이 궁금해서 견딜 수가 없었지만 어머니 눈치가 보였기 때문에 참고 있었다. 모두 식탁에 둘러앉아 차를 마시며 케이크를 먹었다. 차를 마시는 동안 레이나는 놀랍다는 듯이 보고 있는 베라 선생님의 눈길을 느꼈다.

(두려워할 건 아무것도 없어요. 자 마음 놓고 보세요.)

레이나는 선생님의 눈길이 닿을 때마다 해맑게 웃으며 마음속으로, 또 눈길로 말했다. 하지만 선생님은 곧 고개를 수그리거나 딴 데를 보며 자꾸만 레이나의 눈길을 피했다. 학원에서는 이러지 않았다. 선생님도 어머니와 마찬가지로 레이나를 비난하는 것일까?

하지만 베라 선생님은 어느 때고 눈을 피한 적이 없었다.

하지만 잠시 후, 레이나는 꼭 변덕쟁이처럼 활짝 웃었다. 고개를 들어보니 선생님은 어느새 뜨거운 눈길로 밝게 미소 짓고 있는 게 아닌가. 선생님이 자신을 책망하고 있는 게 아니란 사실을 금세 알 수 있었다. 베라 선생님이 이따금 눈길을 돌리는 데는 뭔가 다른 뜻이 있는 게 분명했다.

어머니는 선생님을 바래다주러 나갔다. 아버지는 페자의 어머니에게 돈을 건네주고 와서 무척 기분이 좋아 보였다. 아까부터 내내 혼자서 싱글벙글 웃음을 띠고 있었다.

창 밖에서 어머니의 말소리가 들려왔다. 어머니는 비둘기집 밑에서 주고받는 이야기가 방 안까지 들린다는 사실을 몰랐나 보다. 창 밖을 내다보니 어머니와 베라 선생님이 마치 한 쌍의 비둘기처럼 이야기를 나누고 있었다.

"저 말이죠."

어머니가 말을 꺼냈다.

"때때로 레이나가 저보다 어른인 것처럼 생각될 때가 있답니다."

"저도 그래요."

선생님은 조금 사이를 두고 말했다.

"어쩌면 정신적으로는 우리보다 어른일지도 모릅니다. 진실에 대한 감성이 날카로워요. 때때로 저도 무척 놀라곤 하지요. 모두 몸이 약해서 여러 가지 어려움이 있을 텐데도 무척 정의감이 강하답니다. 의지도 강하구요. 어머니께서도 레이나를 이해하시리라 믿습니다. 끝까지 공정하게 대해 주셔야 합니다."

"예, 그래요."

어머니는 한숨을 내쉬었다.

"제 딸이긴 하지만 저도 때때로 그 애의 엄격함에 놀란답니다.

어떤 때는 무서워지기까지 하지요."

"어머니, 무서워해선 안 됩니다. 이해해야지요. 아이들은 거짓말을 절대로 용납하지 않습니다."

"어이가 없군. 선생님하고 엄만 지금 뭘 하시는 거지? 도대체 무슨 말을 하시는 거야? 철학자 나으리들 같으시군."

레이나는 비꼬듯 말하며 웃었다.

"함께 있는 자리에서 하면 안 될 말같이 말이야. 아빠, 창을 닫아주세요!"

아버지는 천천히 일어서서 창가로 갔다. 창이 닫히기 전 다시 베라 선생님의 얘기가 새어 들어왔다.

"하지만 레이나는 저 '소녀단'의 주인공 소녀들처럼 될 거예요. 자질이 훌륭합니다. 지혜롭고 뛰어난 아이죠."

잠시 말이 멎는가 싶더니 다시금 선생님의 울먹이는 소리가 들렸다. 마치 무척 억울하다는 듯 소리치는 베라 선생님의 말이 창끝에 매달렸다.

"세상은 정말 불공평해요! 왜! 저렇게 뛰어난 아이가 장애자라니. 아이들은 일반 학교의 학생들보다 더 뛰어난데……."

아버지는 창을 닫고 씁쓸한 웃음을 지으며 레이나에게 다가왔다.

"아빠는 저런 식으로는 생각하지 않는단다."

12. 창문을 열어봐

220 아프니까 사준기다

걸음을 멈추고 페자는
길가에 서 있는 나무에 가만히
등을 기댔다.
조금 전까지만 해도
한없는 정겨움으로 행복에 젖어 바라보던
나무, 풀잎, 아카시아 가로수 길…….
하지만 이제 곧
낡은 판잣집과 함께 철거된다니.
꼭 거짓말 같기만 했다.

12. 창문을 열어봐

얼마나 뒤척였는지 모른다. 꿈이었을까. 현실이었을까. 낯설고 요란한 소리가 오랫동안 페자의 잠자리를 어지럽혔다.

월요일 아침, 페자는 까닭을 알 수 없는 두근거림 속에서 눈을 떴다. 해는 벌써 떠올라 있었고 부모님은 이미 나가고 없었다.

아버지와 어머니가 출근할 채비를 하고 있을 때부터 페자는 반쯤은 잠이 깨어 있었다. 어머니와 아버지의 밝은 모습이 희미하게 눈앞에 어른거렸다. 이제 술주정뱅이 아저씨들과 레이나 아버지의 도움으로 겨우 위기에서 벗어난 덕택에 어머니와 아버지는 무척 밝고 힘차 보였다. 그런데도 페자는 가슴이 울렁거리고 불안했다.

어디선가 다시금 '우웅'하는 굉음이 들려왔다. 침대에 누운 채, 페자는 바깥 소리에 귀를 기울여보았다. 아까부터 잠자리를 어지럽히던 그 소리는 꿈속에서가 아니라 현실에서 들려오는 소리임을 똑똑히 알 수 있었다. 부모님이 나가고 집안이 조용해진 후부터 어디선가 줄곧 들려오던 둔탁한 소리이다. 물웅덩이에 빠진 차가 아무래도 빠져나올 수가 없어 몸부림치고 있는 듯했다.

아침 8시. 일어나야 할 시간이다. 페자는 침대에서 빠져나와 얼굴을 씻고 밖으로 나왔다.

막 비둘기집으로 달려가려는데 어디선가 또다시 '으르렁'거리는 소리가 들렸다. 왠지 속을 울렁거리게 하는 낯선 소리였다.

페자는 다시 불안해졌다. 그 소리는 소란스러운 거리에서가 아니라 가까운 바라크 뒤편에서 들려왔다. 페자는 소리가 나는 쪽으로 가보았다. 이사를 하는지 페자가 사는 곳과 똑같은 2층 높이의 집 앞에 짐차가 몇 대 서 있었다. 차 주변으로 흥분하고 초조한 듯한 사람들의 모습이 어지럽게 눈에 들어왔다. 갑자기 무엇 때문에 이사를 하는지 모두 제각기 살림도구를 차에 싣고 있었다. 낯선 풍경이다.

근처에서 '으르렁'거리는 소리는 불도저였다. 그 낯설고 불안했던 소리는 바로 이놈 탓이었다는 사실을 비로소 알 수 있었다. 거리를 좀 더 주의해서 살펴보니 측량 도구를 든 사람들의 모습이 눈에 띄었다. 불도저를 운전하는 기사와 측량기를 든 두 사람이 바쁘게 신호를 보내며 한 조를 이뤄 작업을 하고 있었다. 여러 조가 천천히 그러나 주의 깊게 작업을 진행하고 있었는데, 무엇을 하는지는 정확하게 알 수가 없었다. 떼를 지어 집단적으로 이사를 하는 모습도 태어나서 처음 보는 광경이거니와, 수많은 불도저와 측량기사들이 떼거리로 몰려와 동네를 어수선하게 만든 일도 처음이었기 때문이다.

힘차게 짐을 차에 싣고 있던 사람들 중에서 아버지의 어릴 적 친구인 대머리 에고르 아저씨의 머리가 반짝 하며 눈에 들어왔다. 페자는 길에 나와 있는 트렁크와 식탁, 찬장들 사이를 요리조리 빠져나가 에고르 아저씨에게 다가갔다.

"아저씨!"

"오, 페자구나. 네가 여긴 웬일이냐. 비둘기들이 기다리지 않니?"

아저씨는 짐을 싣다 말고 페자를 돌아보았다.

"그런데, 아저씨. 지금 뭘 하시는 거예요?"

"아버지한테 얘기 못 들었니? 물론 새 단지로 이사하는 거지."

아저씨는 손수건으로 벗겨진 이마를 닦으면서 큰 소리로 말했다.

"네?"

페자는 깜짝 놀랐다.

"모두 한꺼번에요?"

침이 꿀까닥 하고 넘어갔다. 하루아침에 예고도 없이 이런 일이 생기다니…….

"사람들이 정확하게 의견의 일치를 보았단다. 모두들 같은 날에 이사하기로 말이야. 이제 곧 낡은 집은 철거된단다. 너희 집도 모두 마찬가지지. 헌아파트나 판자촌은 모두 철거되고 아마 호텔 같은 높은 빌딩이 세워질 거야."

"……"

페자는 고개를 끄덕였다. 잡다한 짐들을 나르며 우왕좌왕하고 있는 사람들이 꼭 집이 부서진 개미와 똑같아 보인다고 생각하면서 페자는 옆으로 물러섰다.

이제야 불안의 원인을 알 수 있었다. 페자는 측량기를 든 사람 쪽으로 다가갔다. 콧수염이 난 사내는 번갈아가면서 두 손을 흔들고는 수첩에 뭔가를 써 넣었다. 그러다가 페자를 흘끗 보았다.

"여기엔 뭐가 생기나요?"

페자가 묻자 사내는 기꺼이 친절하게 설명해 주었다.

"광장이지. 네가 서 있는 지금 이 자리에는 분수를 만들 거야. 그리고 네덜란드 튤립을 심어 화단도 꾸미고. 어때 근사하지?"

그러고는 눈을 가늘게 뜨고 낡은 집들을 바라보며 덧붙였다.

"너희가 사는 오래된 아파트 대신에 호텔과 영화관, 상점들이 들어서게 되지. 그림처럼 멋지게. 아주 걸작을 만들 거야."

페자는 곧 시무룩해졌다. 역시 에고르 아저씨가 말한 대로다. 집이 헐리고 광장이 들어선다니……. 페자의 표정이 무척 이상했는지 사내는 놀란 듯이 물었다.

"아니, 이 친구 좀 봐. 다들 좋아서 어쩔 줄 모르는데 넌 왜 그런 표정이지?"

"……."

페자의 마음은 갑자기 무너지는 집처럼 허물어졌다. 재개발……, 재개발은 필요하겠지. 보다 나은 삶을 위해. 하지만, 하지만……. 페자는 무척 실망하여 고개를 푹 숙이고 이내 그곳을 빠져나왔다.

페자는 말없이 아카시아 나무들이 줄지어 서 있는 그 길을 걷기 시작했다. 물끄러미 나무를 바라보며 페자는 기뻐하던 에고르 아저씨의 모습을 떠올렸다. 아버지와 마찬가지로 태어나서 지금까지 쭉 이 바닥에서 살아왔으면서도 아저씨는 자신의 정든 집이 부서지는 것을 기뻐하고 있다.

　걸음을 멈추고 페자는 길가에 서 있는 나무에 가만히 등을 기댔다. 바로 좀 전까지만 해도 한없는 정겨움으로, 행복에 젖어 바라보던 나무, 풀잎, 아카시아 가로수 길이 아닌가. 그런데 이제 곧 철거된다니……. 꼭 거짓말 같기만 했다. 아침에 그런 생각을 했던 게 잘못일까? 하필이면 오늘 아침, 공교롭게도 그런 생각을 했더란 말인가. 난데없이 닥쳐온 변화 앞에서 페자의 마음은 이리저리 어지럽게 흩어지기만 했다.

　물론 새 단지의 건물에는 집집마다 목욕탕도 있고 부엌도 있을 것이다. 지금의 집보다 좋겠지. 낡은 집의 불편한 생활에서 벗어난다는 건 좋은 일이지. 하지만 그만큼 또 많은 것을 잃지 않는가. 정든 터, 정든 동네 사람들과 헤어져 새로운 이웃끼리 정이 들기도 그리 쉬운 일은 아니다. 낯선 이웃들은 모두 남처럼 지낼 테니까. 전에 페자네 반에 같은 단지의 같은 동에 사는 친구가 둘 있었지만 두 사람이 이 사실을 안 것은 1년이나 지난 뒤였다. 건물의 입구도 똑같아 서로 마주칠 기회가 많았었는데도 1년 동안 한 번도 만난 적이 없었다는 뜻이다. 16층짜리 아파트에 산다는 것은 보통 일이 아닌 것이다.

　페자는 거리를 돌아다녀보았다. 여기저기에 널린 흙더미와 굴착기, 또 불도저를 멍하니 바라보기도 했다. 민스크 자동차 공장에서 생산한 불도저가 파란 배기가스를 내뿜고 있었다. 불도저의 '으르렁'거리는 소리가 점차로 거리에 가득 차오르자 페자는 더욱더 불안해졌다.

페자는 비둘기집으로 달려갔다. 비둘기는 아무런 걱정도 없는 듯 '구구구' 울며 환영해 주었다. 페자가 오늘은 늦지 않고 제시간에 왔던 것이다. 비둘기들은 페자의 마음도 모르고 미친 듯이 달려들며 밥을 달라 울어댄다. 페자는 먹이를 주고 털썩 주저앉았다. 비둘기들은 먹이가 조금 모자랐는지 다 먹고 나서는 페자를 자꾸만 쳐다보았다. 마치 왜 오늘은 요것밖에 주지 않느냐는 듯, 부리로 바닥을 톡톡 쪼며, 비둘기들은 의아한 듯 머리를 갸우뚱하고 페자를 보았다. 그 중에 용기 있는 한 놈이 페자의 발을 콕 찍었지만 페자는 건성으로 멍하니 보고만 있을 뿐이었다. 이런저런 생각에 머리가 어지러웠다.

페자는 두 발을 오므리고선 깍지를 꼈다. 그러고선 무릎 위에 턱을 괴고 눈을 감았다.

앞으로 어떻게 되는 걸까?

비둘기는? 레이나는 또……, 나는?

유리창이 살짝 움직였다. 그리고 갑자기 하늘에서 종이로 접은 비둘기가 날아왔다. 종이비둘기는 몇 번인가 비틀거리며 위태롭게 회전을 하더니만 끝내는 급강하하며 앞부리가 땅에 콕 하고 부딪쳤다. 그리고 또 새 종이비둘기가 날아왔다. 이번에는 빙글빙글 돌며 하늘에서 멋지게 춤을 추다가 사뿐히 내려앉았다. 그 비둘기 뒤로 또 한 마리, 또 한 마리가 자꾸자꾸 날아왔다.

내내 쭈그리고 앉아 비둘기들의 비행을 지켜보던 페자는 행복한 마음으로 생각했다. 레이나의 비둘기……. 아마 레이나는 이렇게 비둘기를 날리려고 아침 내내 종이비둘기를 접었을 게다. 페자는 빙그레 웃었다. 이번에는 창이 활짝 열리고 레이나가 페자를 향해 종이비둘기를 날렸다. 그러고선 밝고 큰 소리로 웃었다. 웃음소리와 함께 긴 비행을 하며 종이비둘기 몇 마리가 페자 옆까지 날아와서 비둘기집의 철망에 부리를 박았다. 페자는 그 중 몇 마리를 주워 레이나에게 날려 보냈다. 비둘기는 공교롭게도 레이나의 가슴으로 날아가 품에 안겼다. 레이나가 또 웃었다. 페자도 행복하게 웃었다. 하지만 그다지 기분이 맑아지지는 않았다.

"안녕, 레이나……."

페자는 힘이 쭉 빠진 목소리로 아침 인사를 했다.

"안녕. 그런데 왠지 기운이 없어 보이는걸? 뭐 언짢은 일이라도 있는 거니?"

레이나는 휠체어 손잡이에 양팔을 얹고 턱을 괸 채 눈을 말똥거렸다.

"레이나……, 알고 있니?"

페자는 우울하게 말했다.

"이제 조금 있으면 말이야……, 모든 게…… 끝장이야."

"페자, 갑자기 무슨 엉뚱한 말을 하는 거야?"

"개발이 된대."

"알고 있어."

레이나는 조금도 슬퍼 보이지 않았다. 레이나의 아무렇지도 않은 듯한 말투에 페자는 상처를 받았다.

"레이나, 이제 조금 있으면 우리가 살고 있는 이곳이 곧 철거된대. 동네에 기사와 측량원들이 무진장 동원되었어."

"뭐라고? 그게 도대체 무슨 말이야?"

레이나는 깜짝 놀랐다. 그제야 사태가 심각하다고 느꼈는지 레이나는 휠체어에 괴었던 팔을 빼며 고개를 우뚝 세웠다.

"모든 게 없어지는 거야. 내 비둘기집도, 너희 집도, 우리 집도, 이 거리도, 아카시아 가로수도……. 모두 모두."

"도대체 어떻게 되는 거니?"

레이나는 작은 소리로 다시 물었다.

"어떻게 되는 거야? 우리는……."

'쿵'하는 둔탁한 충격이 순간 페자의 가슴을 쳤다. 페자는 고개를 떨구었다. 페자가 가장 두려워하던 말이었다. 처음에는 무의식적으로 그저 예감할 뿐이었다. 그 후 시간이 지날수록 분명한 두려움으로 다가왔지만 아직 입 밖으로 꺼내지는 않았었다.

다른 모든 정겨움으로부터 헤어지는 것은 그래도 참을 수가 있었다. 한 뼘의 땅 위에 솟은 나무도, 나무를 에워싼 풀잎도, 어릴 때부터 걸어오던 길도, 자신이 살아왔던 집이나 친구 비둘기, 또 정들었던 낡은 아파트도……. 이들과 헤어진다는 사실에 눈물이 나올 만큼 아쉽기도 했다. 아아 하지만……, 무엇보다 중요한 것은 레이나였다. 레이나와 자신은 어떻게 되는 걸까? 우리 두 사람은 어떻게 되는 걸까?

비둘기들의 울음소리가 들렸다. 날게 해달라는 애원처럼……. 페자는 비둘기집 문을 열었다.

전서비둘기는 모두 하늘 높이 올라가 엷은 햇살 속으로 사라졌다가 구름처럼 하얀, 혹은 까만 점이 되어 파란 하늘에 나타났다.

그 사이로 하늘이 보였다.

페자는 비둘기집 철망에 등을 기댔다. 무언가 말을 하고 싶지만, 가슴이 콱 막힌 채 나오질 않았다. 등으로 철망을 툭툭 쳐보았다. 소리는 짧고 외롭게 끊어진다. 뚝뚝 끊어지는 소리를 따라 빙 돌며 눈길을 돌렸다.

레이나가 말없이 앉아 있는 모습이 보기에도 쓸쓸했다. 다른 때 같으면 웃음소리가 가득 메웠을 법도 한데 오늘은 어쩐지 쓸쓸한 침묵만이 두 사람의 자리를 지켰다. 가슴이 답답했다. 외면하려는 게 아닌데도 자꾸만 시선을 피하게 된다. 레이나도 마찬가지였다. 마치 서로에게 화난 사람처럼.

"페자……, 나 거기에 가보고 싶어."

마침내 레이나가 말을 꺼냈다. 그 황망한 눈빛은 자신이 직접 눈으로 보기 전에는 믿지 못하겠다는 소리로 들렸다. 페자는 아무 말도 하지 않고 비둘기집을 내려왔다. 그러고는 배수관을 타고 레이나의 방으로 올라가 레이나를 휠체어에 태우기 위해 안았다. 사뿐히 안겨오는 감촉 사이로 또 레이나의 머리카락이 뺨을 간지럽혔다. 하지만 키스는 하지 않았다. 두 사람은 굳게 입을 다물고 있었다.

페자는 레이나를 안고 계단을 내려와 휠체어를 밀기 시작했다. 나무 사이사이를 지나 맨 먼저 철거되는 아파트촌의 거리가 나오고, 사람들이 웅성거리는 소리가 들려왔다. 공사장 주변은 벌써 불도저로 파헤친 자국으로 군데군데 흙더미가 쌓인 채 땅이 온통 질퍽질퍽했다.

휠체어 바퀴가 진흙에 빠졌다. 지나가는 사람들이 동정의 눈길을 보냈다. 하지만 그뿐 그들은 모두 남의 일이라는 듯 그냥 지나쳐 가버렸다.

불도저는 계속 '으르렁'거렸다. 그 뒤로 에고르 아저씨의 아파트 사람들이 가구를 나르고 있었다. 주변의 공터가 파헤쳐졌을 뿐 아까와 별다른 변화가 없는 풍경이었지만 뭔가가 급속하게 변화하고 있다는 사실을 확연히 느낄 수 있었다. 사람들은 바쁘게 움직이며 희망에 차 있는 듯했다.

"저게 지금 뭘 하는 거니? 저 흙더미 좀 봐."

레이나가 불도저와 측량기사를 손가락으로 가리켰다. 이미 이사가 끝난 곳엔 측량기사와 불도저가 자리를 잡고 무엇인가 열심히 일을 하고 있었다.

"이제 저 아파트를 헐려나 봐."

"……."

레이나와 페자는 말없이 불도저의 움직임을 주시했다.

언젠가 딱 한 번 페자가 아버지의 공사 현장에서 보았던 불도저의 움직임은 얼마나 힘 있고 가슴 벅찬 감동으로 다가왔었던가.

레이나는 직접 낡은 집들이 헐리는 광경을 보고도 믿기 어렵다는 듯 오래도록 넋을 놓고 있었다. 입을 굳게 닫은 채였다.

페자와 레이나는 30분쯤 지켜보다가 집으로 돌아왔다. 그리고 힘없이 헤어졌다. 페자는 비둘기집으로 올라가 비둘기들을 집에 가두었다.

집으로 가면서 몇 번이고 뒤를 돌아보았다. 레이나의 얼굴이 보고 싶었던 것이다. 하지만 창에는 차양이 내려져 있었다.

13. 눈물에 젖은 종이비둘기

232 아프니까 사준기다

레이나는 이미 혼자서
사랑을 정리하기 시작했다.
다가오는 이별을
먼저 껴안으며
두꺼운 벽을 드리우고,
더 이상 페자가
들어설 수 없도록
마음의 창을
굳게굳게 닫아잠갔다.
아무도 다시 열지 못하게…….

13. 눈물에 젖은 종이비둘기

화가 머리끝까지 치밀어 올라 무엇이든 보이는 대로 쏟아붙여주고 싶다. 모든 게 보기 싫다. 그래 다 없어져버려라!

레이나는 마음을 가다듬지 못하고 방 안을 이리저리 헤맸다. 너무나 화가 나고 흥분이 되어 레이나는 휠체어 등받이에 어깨를 탕탕 부딪쳤다. 어깨가 깨지든지 휠체어가 구부러지든지 될 대로 되라는 식으로, 몇 번인가 되풀이해 보았지만 화가 가라앉질 않았다. 소리도 질러보고, 손으로 벽을 쳐보기도 했지만 마음은 더욱 답답하고 머리는 터져버릴 것만 같았다.

레이나는 왜 화가 나는지 알 수 없었다.

오전 내내 종이비둘기를 접었었다. 오늘도 변함없이 밝은 얼굴을 하고 달려올 생각을 하며 행복에 젖어 종이비둘기를 접었다. 페자를 즐겁게 해주려고 생각했던 것이다. 그런데 난데없이 페자가 좋지 않은 소식을 갖고 왔다. 종이비둘기를 접으며 느꼈던 행복은 산산조각이 나고 무거운 침묵과 상실의 아픔이 가슴을 짓눌러 왔다. 숲들이 아득히 멀어졌다가는 다시 다가오고, 다가왔다가는 다시 멀어지는 아찔한 현기증에 온몸이 무너져 내릴 것만 같았다. 철거된다는 소식을 듣고 맨 처음 머리를 쳤던 생각은 오직 하나, 페자와의 일이었다. 그리고 지금까지도 줄곧 같은 생각이 머릿속을 어지럽히고 있었다. 절망과 안타까움이 짜증과 함께 몰려왔다.

나와 페자는 어떻게 되는 걸까?

가령 집이 철거되지 않는다고 해도, 덤프차도, 불도저도, 그리고 트럭 따위가 나타나지 않는다고 해도, 레이나는 자신과 페자의 관계가 앞으로 어떻게 될 것인가 분명히 알고 있었다. 어제 어머니가 얘기했을 때 그 전까지 막연히 생각해 온 불만이 모두 낱낱이 들춰내졌다. 좌절과 상처받은 마음을 스스로 위로할 길이 없었을 때부터 레이나는 미리 마음의 준비를 해두었다. 어떠한 상황이 닥친다고 할지라도 의연히 받아들이리라. 설혹 이별의 아픔이, 페자로부터 버림받는 아픔이 생긴다 할지라도 모든 것을 의연히 받아들이리라 생각했다. 어쩌면 그랬기 때문에 진정할 수 있었는지도 모른다.

하지만 이건 반칙이다. 너무 빨리 다가왔다.

어떤 슬픔이라도 받아들이겠다고 생각했지만 결코 이렇게 빨리는 아니었다. 그런데 이게 뭔가. 자신의 생각이 말짱 헛된 것이었던 걸까. 단지 '언젠가'라는 단서를 붙여 미루어두고 싶었던 것일까. 이토록 갈피를 못 잡고 방황하는 이유가 도대체 뭐란 말인가. 겨우 그까짓 한마디에 온통 세상이 무너져 내릴 것처럼 수선을 떠는 꼴이라니!

레이나는 자신의 모습이 더욱 우스웠다.

누구나 어떻게 되어도 좋다고 마음을 다져먹었다고 해서 불행을 의연히 맞이할 수는 없다. 단지 생각일 뿐, 실제로는 결코 그럴 수가 없다. 마음과 현실은 분명히 다른 것이다. 행복하게 지내기에도 바쁜데 어느 누가 현실에서 미리 불행을 맞이할 준비를 하겠는가. 사랑하기에도 부족한 시간인데 사랑이 깨어질 때를 준비한다는 건 있을 수가 없는 일이다. 도대체 어느 누가 그렇게 하겠는가······.

다만 그렇게 생각했었다. 슬픔은 서서히 다가오는 것이라고. 페자와의 일이 어느 날 갑자기 한 순간에 끝나는 것은 아니리라. 그렇다면 그 시간 속에 나를 맡기자. 사랑이 계속되는 동안 모든 것을 그 안에서 준비하고 그 안에서 풀어 헤치자. 아직은 이별이 멀리 있으니까.

레이나는 휠체어를 빙빙 돌리며 다시 머리를 흔들었다. 이런 생각이 지금 무슨 소용이 있는가 싶으면서도 자꾸만 억울했다.

열심히 종이비둘기를 만들며 레이나는 내내 페자를 기다렸다. 진짜 살아 있는 비둘기가 '구구구' 우는 소리를 들으면서 한없이 행복해 했고, 페자를 향해 종이비둘기를 날릴 때의 모습을 상상하며 혼자서 싱글벙글 즐거워했다. 페자가 나타나면 자신의 비둘기들을 자랑할 생각으로 머리끝이 쭈뼛했었다. 이제 레이나도 자신의 비둘기가 있는 것이다. 페자처럼 같은 친구를 갖고 사랑을 나누는 기쁨, 사랑하는 사람과 닮아가는 자신이 끝없이 사랑스럽고 하나가 된다는 행복에 얼마나 가슴 벅찼는지 모른다.

하지만 마침내 페자의 말을 듣는 그 순간 모든 게 변했다. 레이나는 종이비둘기 만들기를 그만둬버렸다. 그리고 페자가 철거 현장으로 자신을 데려가려고 방으로 들어올 때 큰 소리로 울음을 터뜨리고 싶었다. 절망한 나머지 울부짖고 싶었다.

페자와 서로 만날 수 있는 시간은 이제 얼마 남지 않았다는 것을 분명히 알았던 것이다.

그게 전부였다. 철거란 현실이 모든 것을 앗아가 버렸다. 알 수 없는 누군가가 자신의 다리를 앗아갔듯, 대놓고 원망할 수 없는 누군가가 모든 것을 앗아가고 있었다. 자기의 꿈을, 희망을, 사랑을, 그리고 그리움을. 하지만 겉으로 드러내지는 않았다. 심장도 여느 때와 다름없이 정상적으로 뛰고 있었다.

만약 페자가 키스하려고 하면 얼굴을 돌려버리겠어.

세상이, 자신이, 페자조차도 모든 게 짜증났다. 동네를 한 바퀴 돌아보는 동안 끝도 없는 절망이 가슴을 짓눌렀지만 레이나는 이상하게도 가슴이 싸늘하게 식어왔다. 뭐라고 설명할 수 없는 기분이었다. 오히려 씁쓸하게 웃어주고 싶었다. 불도저가 불구 소녀의 사랑쯤이야 하는 식으로 자신을 비웃는 것 같았다. 그래서 말도 못하는 그 불도저를 향해 싸늘하게 웃어주고 싶었던 것이다.

(그래……, 내가 무슨 사랑을…….)

집으로 돌아와서도 마찬가지였다. 아무 말도 할 수가 없었다. 레이나는 세상이 온통 자기를 비웃고, 페자조차도 비웃고 있는 것만 같았다. 언젠가는 헤어져야 할 우리다. 레이나는 돌아가는 페자를 전송하지 않았다. 부러 외면하고 싶었다. 차양을 꼭 닫고, 눈을 감은 채 레이나는 휠체어 등받이에 머리를 기대고 있었다.

(이렇게 잔혹한 일이 잘도 생기는구나. 모든 게, 페자와 레이나의 집, 비둘기집, 그리고 그 주위의 모든 게 파헤쳐지고 부서져버리다니. 그 자리에 바보 같은 호텔인가를 짓고 분수며 화단을 만든다니.)
 레이나는 머릿속으로 그려보았다.
 그리움도 사랑도 없는 광장, 아픔이나 소중한 추억 따위야 내다버린 새 건물, 낡은 터전을 흔적도 없이 날려버리고 들어서는 그 모든 것. 거기에 무엇이 있을까. 콘크리트 분수에서 소리를 내며 물이 솟아오른다. 하지만 그 물은 생명이 없는 죽은 물이다. 물은 떨어져 콘크리트에 부딪혀도 결코 아픔을 모를 것이다. 살아 있다면 느낄 수도 괴로워할 수도 있으리라. 살아 있는 물이 아니므로, 그곳에 이전에 있었던 것을 아쉬워하지도 않고, 물보라를 뿌리며 차갑게 흘러내릴 수 있는 것이다.
 죽은 분수, 죽은 물. 그리고 옛날이야기에 나오는 죽은 튤립이 그 새빨간 꽃잎을 흔들고 있다. 전서비둘기도 없다. 비둘기가 날아다니던 하늘은 또 어디로 갈까. 높은 건물에 점령되어 하늘도 비둘기도 숨이 막혀 죽어 있다. 버드나무들도 없어지고, 햇살이 초라하게 들어서는 자리로 죽은 풀이 꽉 들어차 있을 뿐 페자도 레이나도 없다. 사랑은 메말라 죽은 지 이미 오래이고 둘은 벌써 사라져버렸다. 모든 것이 모두 사라져버린 것이다.
 하지만 어차피 없어져버리고 말 것을 지금 이런 식으로 생각할 건 뭐란 말인가. 다 소용없는 짓이다. 이미 모든 게 끝나가고 있는데 그 끝나가는 운명을 무슨 수로 되돌릴까. 되돌릴 수 없다면 모든 게 부질없다.

레이나는 휠체어로 방 안을 빙빙 돌면서 혼잣말로 중얼거렸다.

"무의미하다. 이런 것 모두 부질없는 짓이다."

하지만 마음이 가라앉질 않았다.

이렇게 생각하는 것은 병 때문일까? 이런 바보 같은 생각을 끈질기게 하는 것은 사실은 인정하고 싶지 않고, 인정하기 두렵고, 인정하기가 죽기보다 싫은 자기의 신체적 결함 때문이란 말인가? 설마.

레이나는 정상이 아닌 자신의 행동이 발작처럼 생각되었다. 레이나는 휠체어에서 등을 떼고 몸을 바로하고 앉았다. 자신이 왜 이러는지 밝혀내야 했다. 그리고 치유해야 한다.

레이나는 이제까지의 모든 잡념이 씻은 듯이 사라지고 새로운 생각 속으로 빠져들어 갔다. 레이나는 머리를 가다듬으며 자신의 매일의 생활을 체계적으로 정리해 보려고 했다.

코를 찌르는 대팻밥 냄새, 울부짖는 듯한 재즈 음률 속에서 읽었던 와일드의 책, 텔레비전의 축구 시합 중계, 열광하는 팬들, 그리고 눈물과 입맞춤과 해가림. 그 해가림 때 마치 심장이 멎는 듯 섬뜩했었다. 그리고 오늘은…… 마비, 그러고는 죽음이 닥쳐올지도…….

그러나 학원에 있을 때는 이렇지는 않았었다. 결코 학원에는 언제나 밝고 산뜻한 공기가 넘쳐흘렀다. 밤과 낮의 구분만큼이나 철저한 구별 속에서 모든 건강한 이성이 살아 숨쉬었다. 지나와 발랴, 그리고 많은 친구들 속에 있었을 땐 모든 것이 활기에 차 있었다. 엄격한 스파르타식 규율과 병에 지지 않으려는 아이들의 강인한 의욕이 모두가 지켜야 할 불문율을 만들어냈다. 레이나는 스스로 이러한 규율의 감독자였다. 누구보다도 강인하게 살아가려고 노력했고, 그런 자신을 다른 사람도 또 자기 자신도 높이 평가했던 것이다.

하지만 지금은 뭔가? 온통 자유롭지 않은가? 그렇다. 이 자유가, 집단 속에 있지 않고 외톨이로 지내는 생활이 레이나를 못쓰게 만들었다. 누군가가 말했었지, 진정한 자유는 집단적인 구속 가운데 진짜 살아 숨쉰다고……. 고립은 늘 건강하지 못한 변화를 낳는다. 사실 문자 그대로 건전하지 않은 몸에도 건전한 영혼은 깃들 수 있는 법인데도 말이다.

레이나는 학원에서 소녀들이 자제심을 잃을 때의 상황을 생각해 보았다. 그렇게 자주 있는 일은 아니었지만 누군가 하나라도 육체적, 정신적 고통을 못 견디고 폭발하는 날이면 그 발작은 삽시간에 연이어 모두에게 퍼져갔다. 마치 어린아이들이 하나가 울면 모두 따라 울 듯 참기 어려운 긴장이 한꺼번에 터져 나오는 것과 같았다. 하지만 아직 전염되지 않은 친구들이 서로서로 도와가며 위기를 극복했었다. 좌절을 해도 주위의 동료들이 쓰러지지 않도록 도와주며 힘을 주고 길이 되어주기 때문에 집단 속에 있으면 두렵지 않았다.

그런데 지금 레이나는 외톨이로 있다. 오직 자신과만 마주보고 있다. 페자와도, 그 두 사람 사이에 일어났던 모든 일과도 자기 혼자서 마주대하지 않으면 안 된다. 혼자서 처리해야만 하고, 혼자서 느껴야 하고, 혼자서 하루를 보내야 한다.

자신의 사랑을 모독하고 싶진 않지만 분명 외로움과 고립이 자신을 망치고 있다는 생각이 분명한 이상, 오히려 이별은 잘된 일이다. 학원으로 돌아가 그곳의 친구들과 함께 생활하면서 페자를 잊자. 그리고 나 자신을 지키자. 고립과 고립에서 오는 절망과 외로움, 그 속에서 허우적대는 자신을 바로잡자. 이제 잊어버리는 거다, 페자와 어차피 이별이라면 마음의 창을 굳게 닫아걸자. 빠를수록 좋다.

레이나는 이미 혼자서 사랑을 정리하기 시작했다. 다가오는 이별을 먼저 껴안으며 두꺼운 벽을 드리우고 더 이상 페자가 들어설 수 없도록 레이나는 마음의 창을 굳게굳게 걸어 잠갔다. 어느 누구도 다시는 열지 못하도록. 마음이 아프기는 했지만 어쩔 수가 없는 일이다.

휠체어를 창가로 밀고 가 레이나는 차양이 내려진 창밖을 차가운 눈길로 바라보았다. 이제부터 모든 사물을 차갑게 대하려는 듯. 차양 사이로 어슴푸레 모습을 드러내는 나무와 하늘이 서럽기만 했다.

레이나는 휠체어로 다시 한 번 방 안을 돌았다. 피로가 몰려왔다. 땅 끝으로 떨어지는 듯한 아찔한 느낌이었다.

그래, 잊자. 모든 걸 잊어버리자. 그리고 지금은 쉬자. 편안히 나 자신을 내버려두자.

레이나는 등받이에 머리를 기대고 눈을 감았다. 갑자기 졸음이 쏟아져왔다. 마치 시꺼먼 동굴 속으로 빠져들어 가는 듯 레이나는 깊은 잠 속으로 빠져들어 갔다.

14. 쫓겨 가는 고향

폐자의 마음엔 옛집에 대한 따스한
애정이 솟아올랐다.
괴물 같은 크레인과
쇳덩어리에 무서워 떨면서도
말 한 마디 나눌 친구 하나 없이
그들은 죽어갔다.
쾅쾅 때려 부수는 쇳덩어리에
매를 맞으며, 가슴을 치고 쓰러졌다.
죽어 드러누웠다.
그리고 영원히 사라진 것이다.
이젠 없다.
돌아볼 옛집도,
추억도, 고향도……
모두 떠났다.

14. 쫓겨 가는 고향

갈피를 못 잡고 법석이는 미칠 것 같은 날들이 찾아왔다. 이제는 이 오랜 거리에서 전원의 고요함도, 먼지 이는 길도, 풀내음도, 버드나무 잎을 스치는 바람소리도 머지않아 사라져버릴 것이다.

오랜 옛날 할아버지 적부터, 아니 증조할아버지, 고조할아버지의 아버지, 그보다 더 옛적부터 살아왔을지 모를 땅, 아버지의 땀과 눈물과 한숨, 그리고 많은 기쁨의 세월이 묻혀 있는 땅. 폐자 역시 이곳에서 태어나 이 땅 위에 살아가는 많은 것들과 함께 살아온 땅이었다.

봄이 오고, 여름이 가고, 또 가을이 오고, 겨울이 가는 계절의 변화……. 땅 위에 살아가는 모든 것들은 계절이 바뀔 때마다 폐자를 찾아왔다. 그럴 때마다 폐자는 때로는 행복에 젖어 때로는 슬픔 속에서 그들을 맞이했다. 늘 혼자서 맞고, 또 떠나보내는 계절이었지만 페자는 이 땅이 안겨준 푸근함과 편안함을 결코 잊지 못했다.

거대한 개미집처럼 작은 집들이 파헤쳐졌다. 그 작은 달동네 집들에 얼마만큼의 주민이 살고 있었는지 아는 사람은 아무도 없다. 모두들 어디론가 떠나갔다. 아마 주변에 새로 형성된 단지로 이사 갔겠지만 이웃들이 어디로 갔는지 관심을 기울이는 사람은 별로 없었다. 사람들은 어제도, 그저께도, 또 오늘도 수없이 떠나갔다. 이사 행렬이 끝도 없이 이어졌지만 비어 있는 자리는 얼마 줄어든 것 같지 않았다. 마치 가라앉고 있는 배 위에서 일어나는 대혼란 같은 부산한 움직임이 끝도 없이 며칠이고 이어졌다.

어느 날 밤, 아버지도 새 단지의 입주 통지서를 받아 왔다. 자신의 술버릇 때문에 늘 우울했던 식구들의 아픔, 그 지긋지긋했던 낡은 생활을 끝장낸다는 기쁨이 앞섰던 걸까. 아버지는 기분이 썩 좋아 보였다. 하지만 어머니와 페자는 새 주거를 마련해 준다는 통지에 정신이 나가버려 아버지의 그런 기분엔 그다지 신경을 쓸 수가 없었다.

페자는 생각했다. 정말이지 새 단지로 이사 가는 일이 없었으면 좋겠다고, 차례가 돌아오지 않았으면 좋겠다고. 그리고 제발 지금 이대로 지낼 수만 있다면 더 바랄 게 없다고 속으로 빌고 있었다.

어느 날인가는 꿈을 꾸기도 했다. 모두가 이사 가려고 짐을 싸는데 철거가 중지됐다고……. 기쁨에 들떴던 사람들은 실망했지만, 페자는 기뻐서 어쩔 줄 몰라 했던 꿈, 차마 내색하진 못하고 속으로만 기뻐하다가 심장이 터져버릴 것만 같던 꿈을 꾸었다. 꿈에서 레이나가 철거하는 건 꿈이라고, 우리가 철거하는 꿈을 꾼 거라고 말해서 안도의 한숨을 내쉬던 그런 꿈을······.

하지만 현실은 결코 꿈같지는 않았다. 페자네 집에만 피해가 미치는 일은 없었다. 모두 떠나야 하는 것이다.

어머니와 아버지는 입주 통지서를 받자마자 당장 새 집을 보러 가겠다고 나서며 페자에게도 함께 가자고 이야기했다.

"너무 슬퍼하지 않았으면 좋겠다."

"이 녀석아, 우린 새 집을 갖게 되는 거야. 기쁘지 않니?"

새 집을 보러 가기 위해 버스를 기다리는 동안 페자의 눈에 가로수길이 들어왔다. 여름이 지나가는 길목이었다.

이윽고 버스를 타고 자리에 앉았을 때, 어머니가 가만히 페자의 손을 잡았다.

"이해하렴."

"뭘요?"

"모든 걸······."

"······."

어머니가 위로해 주었다.

"비둘기들은 어디로 가죠?"

"······."

"밥을 많이 줘야겠어요."

"비둘기를 팔겠다고 네 입으로 말하지 않았니? 그 비둘기를 사고 싶어 하는 퇴역 육군 대령에게 팔도록 해라."

페자는 '푸후' 하고 한숨을 쉬면서 고개를 끄덕였다. 갑자기 겁에 질린 레이나의 얼굴과 소녀의 쌀쌀맞은 태도가 가슴을 짓눌렀다.

페자는 여러 번 레이나의 집을 찾아갔다. 레이나가 혼자 있는 낮에도, 부모님이 있는 밤에도, 레이나는 마치 처음 만나는 사이처럼 무뚝뚝하게 차갑고 추상적인 화제만 꺼냈다. 영혼이라든가, 인생이라든가……. 그럴 때면 왠지 다정하고 친근했던 사이에 건널 수 없는 강이 생겨난 것만 같았다. 강물은 자꾸만 불어나 페자가 멀어지지 않으려고 소녀의 손을 잡으려 하면 소녀는 더욱더 멀리 도망가 버렸다. 쫓아오는 페자를 피해 뒤로 물러나가다 레이나는 휠체어를 벽에 쾅 부딪쳤다. 그러고는 페자를 유리 같은 멍한 눈으로 바라보았다. 그럴 때면 페자의 가슴도 '쾅'하고 벽에 부딪치는 것만 같았다. 한편으로는 낯설고 멀어진 냉정한 기분과 한편으로는 닿을 수 없는 사랑을 향해 찢어질 것 같은 아픔이 몰려왔다. 물어보아도, 뭐라고 말을 해보아도, 레이나는 붙박이장처럼 거기에 붙박인 듯 꼼짝도 하지 않았다.

창을 통해 내다보기만 해도 기가 질리는 거대한 아파트 단지가 나타났다. 어머니가 페자의 머리를 쓰다듬었다. 새 집은 단지 끝의 아파트 10층이었다. 하지만 페자가 기대했던 것처럼 10층의 방에서는 숲을 볼 수 없었다. 사방이 16층과 20층의 괴물로 둘러싸여 있었기 때문이다. 단지 하늘과 고층 아파트군 사이의 땅만이 아득히 그 깊이를 알 수 없는 우물 바닥처럼 보일 뿐이었다.

하지만 어머니는 마치 소녀처럼 즐거워했다. 집안에 들어서자마자 수도꼭지를 틀었다가 잠가보고 샤워 손잡이를 돌려보기도 하고 전기 곤로를 빛나는 눈으로 바라보기도 했다. 너무나 기쁘고 들뜬 나머지, 아파트 복도 끝에서 밖으로 몸을 내밀다가 어머니는 하마터면 떨어질 뻔하기도 했다.

"여봇! 위험해!"

깜짝 놀란 아버지가 황급하게 달려와 어머니의 허리를 붙잡고 안도의 한숨을 쉬었지만 어머니는 마치 넋 나간 사람처럼 엉뚱한 비명을 질렀다.

"여보! 멋져요! 정말 멋져요!"

"어휴……. 하마터면 큰일 날 뻔했잖소!"

그래도 어머니는 정신을 못 차리고 행복에 겨워 소리쳤다.

"너무나…… 너무나…… 근사해요! 여보 이게 꿈은 아니겠죠?"

때로는 목이 메인 쉰 소리로, 때로는 정상적인 소리로 마치 채널이 맞지 않은 라디오에서 잡음에 섞여 나오듯 어머니의 탄성소리가 불규칙하게 튀어나왔다. 어머니가 이토록 마음 놓고 행복해 하는 모습은 정말이지 얼마만인가. 페자가 어렸을 때? 보지는 못했지만 페자가 태어났을 때? 아니 아니, 페자가 태어난 이후로 처음?

"그렇게 좋소?"

"그럼요. 게다가 보세요, 여보. 이 근처엔 눈을 씻고 찾아봐도 술집 같은 건 없어요!"

어머니가 요란스럽게 기뻐하는 모습에 마냥 흐뭇해하던 아버지는 자존심이 상한 듯 '흠' 하고 코를 '쿵쿵'거리며 투덜거렸다.

"왜 또 그런 말을 하는 거요. 이젠 그런 것과는 손을 끊었잖소"

말은 그렇게 하면서도 아버지는 만족스러운 듯 계속해서 싱글벙글 웃으며 주인다운 걸음걸이로 이 방 저 방 돌아다니며 천장 높이를 재보기도 하면서 즐거워했다.

"정말 좋긴 좋군. 이렇게 새 집을 받다니. 요컨대 나도 국가에서 인정을 받았다는 뜻이겠지?* 그러고 보면 정말 이제까지 열심히 일했소. 당신은 늘 술주정꾼이라고 무시했지만 말야. 이젠 술도 끊었으니 정말 좋은 남편이지 않소?"

"맞아요, 맞아요. 정말 그렇고말고요."

어머니는 마냥 행복하다는 듯 연신 고개를 끄덕거리며 웃음을 그칠 줄 몰랐다. 하지만 갑자기 아버지를 놀려주어야겠다고 생각했는지 고개를 아버지 쪽으로 쑥 빼더니만 장난스럽게 말을 덧붙였다.

"당신은 정말이지 하실 마음만 있으면 무엇이든 하실 수 있고말고요. 그러니 당신 같은 사람이 또 어디 있겠어요. 단지 좀처럼 그럴 생각을 안 해서 탈이지요."

환하게 밝고 넓은 2개의 방, 부엌, 목욕탕, 따뜻한 화장실! 모두 여태까지 살았던 집에는 없던 것들이다. 그저 머릿속으로만 그려보았을 뿐, 이런 일이 있으리라곤 꿈에도 생각해 보지 못했다. 남들이 그런 집에 산다고 하면 그건 '남의 일'일 뿐이라고 그저 그런 것이 있나 보다 하고 지나갔었다.

물론 페자도 기뻤다. 전에도 텔레비전이나 친구들의 얘기에서 좋은 집에 대해 들을 때면 그런 게 있으면 편하고 좋겠구나 생각했던 적은 있었으니까. 하지만 별로 부러워해 보지는 않았다.

페자가 기쁜 이유는 오직 '어머니의 행복' 때문이었고, 그 이상으

---

* 소련 사회주의 정부시절에는 전쟁영웅, 국가유공자, 또는 중요한 자리에 있거나 국가에서 주어지는 직장에서 근무성적이 좋으면 우선적으로 주거가 제공된 바 있다. 오늘날 우리나라에서 주어지고 있는 장기전세주택에 해당한다고 할 수 있다.—역주

로 어떤 기쁨 같은 것은 잘 다가오지 않았다. 고맙게도 아직은 물건에 대한 소유욕이나 생활의 편리함 때문에 '좀 더 소중한 것'을 보지 못하는 나이는 아니었기 때문이다. 어른이 되면 까먹어버리고, 어른이 되면 빛이 바래지고, 어른이 되면 결코 알 수 없는 꿈과 사랑과 추억의 터전에 대한 애정만이 페자를 사로잡고 있었다.

그날 이후부터 페자가 살았던 곳에서는 새로운 굉음이 울리기 시작했다. 밤 또는 한낮에 평화로운 마을을 온통 삼켜먹으려는 듯 고요한 정적을 깨뜨리고 갑자기 굉음이 울려 퍼졌다.

페자는 홀연히 일어나 마치 마법에 걸린 사람처럼 거대한 굉음이 나는 곳으로 이끌려갔다. 동네 한가운데를 점령하기 시작한 괴물 같은 기계들이 페자를 초라하게 만들었지만 페자는 걸음을 멈추지 않았다. 무너져가는 옛 추억을 찾아가는 페자의 발걸음은 그 무엇으로도 막을 수 없었다.

크레인에 밧줄로 맨 쇳덩이가 매달려 있었다. 운전수가 조종하자 크레인이 머리를 치켜올렸다가 내려오면서 커다란 쇳덩이를 바라크에 내리쳤다.

"우르릉 쾅쾅."

벽이 슬픈 비명을 지르면서 허무하게 무너져 내렸다.

고향이, 꿈이, 추억이, 그리움이 산산조각으로 깨져나가는 현장……. 물밀듯이 밀려오는 따뜻한 애정 뒤로 휑뎅그렁한 방 안이, 몇 년이나 살아온 집안이 슬프게 자기 모습을 드러냈다.

어느 집의 방 벽에 있었는지, 아니면 버리고 간 것인지 액자에 든 싸구려 그림이 아무렇게나 버려져 있었다. 그 액자는 사람이 떠난 자리를 홀로 지켜온 듯, 버림받은 아픔도 없는지 멀뚱멀뚱 아래쪽을 비스듬히 내려다보고 있었다. 또 다른 집에서는 속이 드러난 접이식 침대가 혼자 있었다. 모든 것이 쓸쓸하게 울고 있었다. 주인이 떠난 자리를 지키며, 버림받은 아픔을 곱씹으며 울고 있었다. 죽어가면서, 사라져가면서……. 모두 떠난 자리에 홀로 남은 외로움까지 지워가면서 방 안이, 집안이 한없이 울고 있었다.

페자도 한없이 서러웠다. 안타까움에 눈물이 한가득 눈 안에 고였다. 할 수만 있다면 그 벽을 향해 달려들고 싶었다.

뿌연 안개 같은 먼지가 피어오르는 사이로 얼핏 제라늄 꽃잎이 페자의 눈에 보였다. 누군가 항상 내다보았을 그 때 묻은 창턱엔 검은 화분에 담긴 제라늄 꽃잎이 가냘프게 흔들리고 있었다.

페자는 매일 밤 똑같은 악몽을 꾸었다. 속이 허옇게 드러난 물받이, 정겨운 창틀, 바람을 실어다준 환기창이 무서움에 떨며 덜컹거렸다. 괴물 같은 쇳덩어리가 낡은 집의 벽을 부수는 둔탁한 소리도 들렸다.

그래서 수없이 몸부림치며 안 돼! 안 돼! 외쳐보았지만 그 거대한 쇳덩어리는 페자의 외침조차 삼켜버렸다. 그러는 동안 페자네 집 차례가 왔다. 햇살을 받아주던 창, 어린 시절부터 수없이 뒹굴며 노닐었던 거실, 어머니의 한숨과 눈물이 묻어난 벽, 삐걱거리는 현관문……. 그 모든 것이 마치 커다란 늙은 말이 무릎을 꿇고 쓰러지는 것처럼, 그렇게 소리를 내며 무너져버렸다. 하지만 그 악몽은 이내 현실이 되고야 말았다.

마침내 페자네 집이 무너지던 날 페자는 낡은 벽돌과 창과 삐거

덕거리는 문에게 작별의 인사를 나누어야 했다. 안녕, 친구들. 그 립겠지, 무척······. 안녕, 이제 더 이상 시간이 없구나.

짐을 싣고 집을 떠나오는 동안 페자는 몇 번이나 뒤돌아보았는지 모른다. 그러나 무너지는 모습만은 보고 싶지 않았다. 그래서 페자는 어머니와 함께 새 집으로 짐을 나르는 데 열중했다.

아버지는 서둘러 트럭과 함께 되돌아갔지만 페자와 어머니는 짐을 정리하기 위해 새 집에 남았다.

해질녘에 옛집 쪽으로 돌아오니 이미 모든 게 끝나 있었다. 페자는 왜 이곳으로 왔는지 그 스스로도 알 수 없었다. 페자가 살았던 집은 어느새 흔적도 없이 사라지고, 그 자리에는 썩은 널빤지며 산산조각이 난 돌들이 산더미를 이루고 있었다. 어제까지 등을 부비고 누웠던 이 자리에 이제 무엇이 남았나. 모두 무너지고 모두 사라졌다.

페자는 사라진 집과 함께 자신의 마음도 그곳에 묻었다. 페자가 살아왔던 집이 묻힌 그곳에 옛집을 사랑하는 마음도 묻었.

아버지가 그 주위를 거닐고 있었다. 아버지는 페자를 발견하고는 속절도 없이 기뻐했다. 자기 손으로 지금까지 살아왔던 집을 쇳덩어리로 쾅쾅 때려 부순 일이 뭐 그리 신나는 일이라고 아버지는 입에 거품을 물고 침까지 튀겨가며 말했다. 좀이 쑤셔서 크레인 운전수에게 부탁했다. 자신이 직접 부수게 해달라고······. 그래서 아주 통쾌하게 '콰르릉 쾅쾅' 때려 부숴 버렸노라고······. 말하면서 얼마나 흥분했는지 주먹까지 흔들어 보였다.

어머니는 울음을 터뜨렸다. 하지만 페자는 어머니의 눈물은 그만큼 쓰라리지 않다는 사실을 알고 있었다. 울고 있는 어머니의 얼굴은 오히려 희망에 차 있는 사람처럼 보였다. 다만 어머니가 받아온 세월의 상처를 씻어내는 눈물일 따름이었다. 페자의 목으로 뭔가 무거운 덩어리 같은 것이 치밀어 올랐다.

페자는 아버지의 사리에 맞지 않는 기묘한 행동에 깜짝 놀랐다. 왜 즐거워하는 것일까? 어째서 자신이 오랜 세월 살아온 집을 자기 손으로 부숴버렸을까?

페자의 마음에는 옛집에 대한 따스한 애정이 솟아올랐다. 마치 생명이 있는 것이 죽은 것만 같았다. 괴물 같은 크레인과 쇳덩어리에 무서워 떨면서도, 말 한마디 나눌 친구 하나 없이 그들은 죽어갔다. 쾅쾅 때려 부수는 쇳덩어리에 매를 맞으며 가슴을 치고 쓰러졌다. 죽어 드러누웠다. 그리고 영원히 사라진 것이다. 이젠 없는 것이다. 돌아볼 옛집도, 추억도, 고향도……. 모두 떠나갔다.

페자는 그 장소를 물러나 저녁 어둠 속으로 사라졌다. 걷고 또 걸어 비둘기집으로 갔다. 지켜주어야 할 친구들을 그리며, 위로받아야 할 친구들을 떠올리며 그곳으로 갔다.

레이나 집의 창이 환히 보였다. 전등이 켜 있었다. 주위에서 벌어지고 있는 일과는 아무런 관계가 없는 것처럼. 마치 그 아파트는 바라크보다 고급이기 때문에 영구히 소유권을 주장할 수 있고, 그로 인한 슬픔 따윈 없는 것처럼 보였다.

굳이 비둘기집으로 올 필요는 없었다. 하지만 굳이 따로 갈 곳도 없었다. 고개를 들어 비둘기집을 올려다보니 아직 잠들지 않은 한두 놈이 페자가 온 것을 눈치 채고 푸드득거렸다. 낮에 모이를 주고 날려 보낼 때는 영문도 모르고 날아가더니 그래도 그곳이 자기들의 집이라고 비둘기들은 잊지 않고 돌아와 잠들어 있었다. 아까 모이를 줄 때, 쭉 레이나 집의 창을 보았지만 차양 안에서는 숨소리 하나 들리지 않았다. 날아가는 비둘기들을 보며 철망에 등을 기대고 레이나를 불러보았지만 아무 대답도 없었다. 단 한 번만이라도 레이나의 얼굴을 보고 싶은 간절함에 오랫동안 대답 없는 창을 바라보며 애태웠었다. 하지만 굳게 닫혀진 창은 결코 열릴 줄을 몰랐다.

그래서 쓸쓸히 그곳을 떠났었다. 짐을 싣고 새 집으로 떠나는 길에 트럭이 레이나의 집 창 아래를 지나갔다. 꼭 레이나가 보고 있을 것만 같아 트럭 안에서 창을 올려다보았지만 차양은 아까와 마찬가지로 굳게 내려져 있었다.

캄캄한 어둠 속에서 쓸쓸한 마음을 곱씹으며 다시 레이나의 창을 바라보았다. 페자는 비둘기집으로 통하는 계단을 한 계단 한 계단 올라갔다. 차양에 레이나의 그림자가 비쳤다. 레이나는 책을 읽고 있었다. 페자는 심장이 멎는 것 같았다.

처음엔 레이나에게 소리를 지르려고 했다. 신호를 보낼까도 생각했다. 하지만 목이 막혀 자기도 모르게 기침을 하고 말았다. 하마터면 마구 기침이 나올 뻔한 걸 겨우 참았다.

창의 그림자가 움직였다. 페자는 레이나가 창밖의 소리에 귀를 기울이고 있다고 생각했다. 심장이 얼어붙는 것만 같았다.

네가 정말 거기 있구나······.

망연하게 계단에 서 있는데 쓰러질 것 같은 현기증과 함께 뜨거운 눈물이 입 안 가득 고여 왔다.

정든 자기 집이 오늘 없어져버렸듯이, 이제 곧 비둘기들도 모두 없어져버릴 것이다. 그리고 레이나도, 레이나도…… 사라져버릴 것이다.

15. 친구야,
나는 또 어디에서 쉴까

256 아프니까 사춘기다

얼마나 오랫동안
숨죽여 울었는지 모른다.
입술을 깨물고
종이비행기를 감싸 안은 채
끝없이 울음을 삼켜야 했다.
행복했던 아침은
이제 가고 없는가······.
눈물 같은 내 사랑은
어디로 가는 걸까
이제 또 나는 어디로
돌아가 쉬어야 하는가······.

15. 친구야,
나는 또 어디에서 쉴까

어제 아침 페자가 비둘기집에 왔을 때 레이나는 마지막으로 접은 종이비둘기를 품에 안고 있었다.

페자는 겨우 울음을 삼키고 있는 사람처럼 나지막한 소리로 몇 번인가 레이나를 불렀다. 페자의 소리가 레이나의 가슴을 찢고 들어왔다. 그 소리에 아픈 사랑이, 슬픈 이별이 한가득 실려 레이나의 품으로 자꾸만자꾸만 안겨왔다.

창을 열고 싶었다. 페자를 안고 한없이 울고 싶었다. 그런 충동으로 몇 번인가 망설이고 또 망설였지만 도저히 그럴 수가 없었다. 한 번의 아픔이면 족하다고 생각했다. 오직, 단 한 번의 아픔으로 모든 것을 끝내야 했다. 그렇게 달려가 안긴들, 서로를 감싸 안고 작별의 키스를 나눈들, 통곡으로 아침을 물들인들 무엇이 변할까. 돌아오는 것은 더 큰 상처일 뿐인데…….

얼마나 숨죽여 울었는지 모른다. 페자에게 들리지 않도록 입술을 깨물며 종이비둘기를 감싸 안은 채 끝없이 울음을 삼켜야 했다. 종이비둘기 위로 뜨거운 눈물이 뚝뚝 떨어져 날개가 젖었을 때, 그래서 더 이상 날 수 없는 눈물의 종이비둘기가 되었을 때 비둘기를 부여안고 또 얼마나 울었는지 모른다.

돌아가 페자의 뒷모습을 숨죽여 바라보며, 비로소 '안녕'이라고 눈물 삼킨 가슴으로 말할 수 있었다. 그리고 소리 내어 온몸을 떨며 흐느꼈다. 짐을 가득 실은 트럭이 창 밑을 지나갈 때, 페자가 트럭 안에서 계속 창을 올려다보는 모습을 보았다. 굳게 내린 차양 사이로 페자를 바라보며 레이나는 가만히 손을 흔들어주었다. 소년이 볼 수 없도록 차양 그늘에 숨어서……. 페자를 실은 트럭은 점점 멀어져갔다.

페자의 모습이 사라지자 얼마 지나지 않아 그의 집도 사라졌다. 늘 보아오던 집, 소년이 언제나 바람처럼 달려가던 집은 커다란 쇳덩어리에 마구 얻어맞고……, 잠시 후 헌 아파트는 흔적 하나 없이 사라져버렸다. 페자의 아버지는 사라진 그 흔적을 때리고 또 때리며 통쾌해 했었다.

페자가 떠난 자리에는 이제 아무것도 남지 않았다. 이제 무엇으로 그 애를 기억할까……. 페자도 떠나고, 집도 사라졌다. 이제 머지않아 그가 사랑하는 비둘기집조차 부서지고 나면 그리워할 한 점의 흔적도 남지 않을 것이다. 그리고 레이나도 떠날 것이다. 모두 떠나고, 모두 잊혀지듯 페자에 대한 레이나의 기억도 하나씩 하나씩 지워질 것이다.

레이나의 마음은 완전히 메말라버렸다. 이제는 더 이상 흘릴 눈물도 없었다. 뜨거운 한여름의 태양 아래 시냇물이 바짝 마르듯 모든 것은 말라가고 있었다. 페자가 있어 위로받을 수 있고, 페자가 있어 정겨울 수 있었던 이 동네가 이제 허허벌판으로 변해 가고 있듯 레이나의 마음도, 눈물도, 사랑도, 꿈도, 그리움도 모두 메말라 가고 있었다. 모든 싱싱함, 부드러움, 살려는 의욕, 사랑이 모두 흙 속으로 사라져버린 듯했다.

하루가 다르게 얼굴이 마르고 거칠어졌지만 아무도 레이나의 슬픔을 눈치 채지 못했다. 메마른 레이나의 마음, 쓸쓸한 사랑의 아픔도 내색하지 않았으므로……. 그 편이 오히려 편하고 좋았다. 누군가 알아준다면 누군가 레이나의 아픔을 눈치 채고 말이라도 걸어온다면 더욱더 견딜 수 없을 것만 같았다. 활활 타오르는 불이 되거나, 땅 끝으로 무너지는 그림자가 되거나…… 끝없이, 끝없이 침몰하고야 말 것 같은 두려움 때문이었다.

빗속에서의 만남도, 페자와 나누었던 사랑도 끝은 있다. 사랑의 아픔으로 끝없이 침몰하기 전에 먼저 끝내야 한다고 자신에게 다짐했다.

혼자서, 모든 것을 내 손으로 끝내자. 그 편이 편하다.

누가 그녀에게 이렇게 하라고 가르쳤는가? 어머니인가? 아버지인가? 학원인가? 아무도 가르쳐주지 않았지만 충분히 알 수 있었다. 아무도 하라고 하지 않았지만, 누구와도 얘기할 수 없었지만 혼자서도 모든 것을 알 수 있었다.

병, 그렇다. 병이야말로 이러한 냉엄함을 가르쳐준 장본인이다. 지금까지 레이나는 자신의 병과 직접 중개자 없이 대화해 왔다. 그날 이후…… 고통과 외로움 속에 자신을 죽여 나가고 가두기 시작한 이후로……, 레이나는 변했지만 아무도 레이나의 변화를 몰랐다. 그러므로 아픔도 몰랐다. 저녁 때 부모님이 돌아오면 가면을 쓰고서 싱글벙글 웃으며 농담을 하기도 했다. 하지만 제법 가식적이나마 쾌활한 분위기가 몰려오면 더 이상은 견딜 수가 없었다. 그러면 텔레비전을 켜고 화면에서 나오는 그 새파란 빛에 자신을 감춰버린다. 그렇게 하면 잠자코 있든, 화면을 보는 척하든, 자신의 세계에 파묻히든 상관이 없으니까.

아무도 없는 방, 페자마저 떠나간 창가. 아니, 아니! 세차게 고개를 흔들고선 아직 얼마만한 시간이 자신에게 주어져 있는지 생각해 보았다. 이제 얼마 남지 않았다. 아버지는 머지않아 새 단지의 입주 통지서를 받을 테고, 그렇게 되면 정말 끝이다. 마지막이다. 레이나는 천정을 바라보며 길게 숨을 내쉬었다.

베라 선생님은 레이나를 레지스탕스의 주인공 소녀들과 비슷하다는 말을 했었다. 그 말은 정말이지 분명한 근거가 있는 말이었다. 레이나가 태어나서 지금까지 살아오는 동안 레이나에게는 남들이 알 수 없는 신체적인 장애에서 오는 많은 어려움이 있었다. 그러나 레이나는 한 번도 피하지 않고 자신의 삶의 길목에 서서 그 어려움을 지켜냈다. 넘어도 넘어도 끝이 없을 것 같은 불편함과 좌절의 벽이 두껍게 쌓여 있었지만 레이나는 실망하지 않고 용기를 내어 그 어려움들을, 좌절의 벽을 넘어왔다. 사람들은 단지 레이나의 의지에 감탄했을 뿐이지만 평생 벗어날 수 없는 병은 용케도 그 병을 이겨낼 수 있는 방법을 가르쳐주었다. 병, 그것은 슬픔이고 불행이다. 그래서 병은 그 불행의 벽을 어떻게 넘어야 하는가를 늘 레이나에게 일러주었다. 냉정한 현실 앞에 그것을 이길 수 있기 위해서는 스스로 냉정해져야 했다. 모든 어려움이, 슬픔이 삶의 길목을 차단했을 때, 그것을 뛰어넘는 길은 오직 현실을 인정하고 살아가는 길뿐이었다. 그래서 체념도 빨랐다. 일어서기 위해서는 힘이 있어야 했고, 힘을 얻기 위해서는 상처받지 않아야 했고, 상처받지 않기 위해서는 모든 것을 쉽게 접어버려야 했다. 레이나가 메말라 버린 이유는 여기에 있었다. 마음의 창을 굳게 내닫아 걸었던 이유가, 아픈 사랑을 외면하면서 더 이상 아파하지 않으려는 이유가, 안으로 안으로만 눈물을 삼켜야 했던 이유가 바로 여기에 있었다.

누가 레이나를 비난할 수 있는가……. 누가 페자의 사랑을 먼저 잘라내는 레이나를 냉정하다고 욕할 수 있단 말인가. 그렇다. 쉽게 잊고 포기하는 사람, 레이나는 그런 사람이다.

상처가 자신을 덮쳐오기 전에, 모든 감상과 모든 현실을 끊어내버리고, 끊어낸 그 빈 공간에 들어앉아 아무도 들어올 수 없도록 마음의 문을 꼭꼭 닫아버렸다. 할 수만 있다면 '행복'이 다가오는 현실을 차단해 버리고 싶었다. 이별할 것 같은 사랑은 애시당초 만들지도 말고, 빠지지도 말고……. 너무나 기쁜 것에는 그 꿈을 꾸지 않으며, 아니 꿈만이라도 간직하고 싶으면 그것을 꿈으로 남겨두고 싶었다.

하지만, 사랑은……. 사랑은 그 모든 것들을 부수고 들어왔다. 그러고는 레이나의 마음을 온통 이렇게 엉망으로 만들어놓고 잔인하게도 마음껏 자신을 농락하고 있다. 후회하는 게 아니다. 다만 필요한 건 체념이다. 종이 인형처럼, 죽어 있는 풀처럼, 죽어가는 저 집처럼, 나도, 나의 꿈도, 나의 사랑도 죽은 척 엎드려 있어야만 한다고 수없이 되뇌이면서…….

현관의 초인종이 울렸다. 페자일 것이다. 휠체어에 기댄 채 레이나는 나가지 않았다. 초인종은 계속해서 울렸다. 두 번, 세 번…… 또 수없이. 페자는 이런 식으로 끈덕지게 초인종을 누르지는 않는다. 고개를 들고 휠체어를 현관 쪽으로 몰았다.

현관 앞에 우편배달부 아줌마가 화난 얼굴로 서 있었다.

"아니 안에 있으면서 뭘 한 거예요?"

"……."

아줌마는 무척이나 화가 났는지 퉁명스럽게 쏘아붙이며 레이나에게 편지 한 통을 거칠게 내밀었다.

"당신이 레이나예요?"

"예, 그런데요."

"그럼 됐군요. 등기 우편이에요. 특별 등기 우편입니다. '본인에게 직접 전달할 것'이라고 되어 있습니다."

무슨 편지일까? 레이나는 떨리는 손으로 수취인 난에 서명했다.

편지를 받고, 문을 닫았다. 그리고 의아하게 생각하면서 방으로 들어왔다. 겉봉에 '본인에게 직접 전달할 것'이라고 타이프라이터로 찍혀 있었지만 누가 보냈는지는 적혀 있지 않았다. 봉투를 뜯었다. 바로 발랴의 글씨란 걸 알 수 있었다.

"설령 네가 죽을병에 걸렸었다고 해도 우리는 결코 너를 용서할 수 없어. 베라 선생님이 다음날 네게 갔다는 걸 알고 있어. 그런데도 너는 나타나지 않았지. 지나는 그토록 너를 좋아했는데도 말이야, 흥! 지나가 불쌍하구나. 그 애가 죽은 날을 반드시 기억해라, 레이니! 토요일, 해가림이 있던 날이야. 그날은 네가 영원히 비난 받아야 할 날이 됐어."

레이나는 숨을 들이쉬었다. 하지만 내쉴 수는 없었다. 마치 폐가 마개로 막힌 것 같았다. 귀가 윙윙 울리기 시작하더니, 소리는 매순간마다 점점 커졌다. 엄청나게 노력해서 겨우 숨을 내뱉을 수 있었지만 편지를 손에서 떨어뜨리고 말았다. 온몸이 부르르 떨렸다. 그러다가 이윽고 덜덜 떨리기 시작했다. 울음을 참을 수 없었다. 하지만 울 수가 없었다. 공포의 강, 바닥이 없는 검은 진흙의 강, 강가도 없는 공포의 강 한가운데서 허우적거리고 있는 듯한 느낌이 들었다. 지푸라기 하나 없이, 강 한가운데서 그저 의미도 없이 허우적거릴 뿐 공포는 몇 겹으로 자신을 에워싸고 몰려온다. 아아……

(지나가 죽었다. 설마! 믿을 수 없다. 왜? 어째서? 무엇 때문에 죽었단 말인가?)

거짓말 같은 죽음 앞에서, 죽음을 거짓으로 받아들일 수 있다면 얼마나 좋을까. 이 추위, 이 공포, 이 숨막히는 고통을 잠시라도 끝낼 수 있다면, 잠시라도 지나의 죽음이 거짓일 수 있다면……. 심장이 멎어오는 것만 같았다.

숨이 간신히 토해져 나왔다. 그리고 또 심장이 얼어붙는 것만 같다. 온 등줄기에 추가 매달린 것처럼 마비가 온다. 지나의 얼굴이 심장을 타고 등줄기를 타고 건널 수 없는 공포의 강으로 자꾸만 자신을 내몬다. 지나를 부르며 지나의 손을 잡으려 하지만 지나는 자꾸만 얼굴을 돌린다. 지나의 고통이 레이나의 고통으로 아로새겨지며 다가왔다.
　지나는 태어난 이래 쭉 고통에 시달려 왔다. 왼쪽 손발이 마비되어 늘 죽음의 공포에 시달렸다.
　어느 날 지나가 레이나에게 이야기했다.
　"이 녀석은 손쉽게 나를 사로잡을 수 있을 거야."
　"이 녀석이라니?"
　레이나가 깜짝 놀라서 되물었다.
　"이놈. 마비 말이야. 조금만 더 아래로 퍼지든가 위로 올라오면 그때는……. 보렴, 곧바로 이곳으로 올 거야."
　지나는 웃으며 자신의 심장을 가리켰다. 설마! 그때 알고 있었던 것일까. 공포가 뒤덮이던 그 숨죽이며 울던 밤. 지나는 알았을까……. 지나는 자신의 죽음을 알고 있었던 걸까……. 지나에 대한 추억이 공포의 강 위에 떠다니는 레이나에게 거센 물살이 되어 세차게 밀려왔다. 파편처럼 툭툭 끊어지기도 하면서, 불처럼 훅훅 내밀리기도 하면서 슬픈 추억이 심장을 향해 달려들었다.
　(그렇다면 베라 선생님은 뭐야! 말도 안 돼! 지독해! 전부 알고 있었으면서도, 지나와 레이나가 친구라는 것, 끊을래야 끊을 수 없는 친구라는 사실을 알고 있으면서도, 이게 뭐야. 도대체 무엇 때문에! 여기까지 찾아와서 아무 말도 안하다니. 어째서, 왜?)
　레이나는 베라 선생님이 찾아왔을 때의 일을 차근차근 생각해 보았다. 그때, 뭔가 짐작할 수 있는 데라도 있지 않았을까? 그렇다! 지나의 얘기를 했을 때였던가? 선생님이 오시고, 어머니가 나가셨을 때……. 요즈음의 학원 생활에 대한 이야기, 학원의 친구들에 대한 이야기, 두샤 아주머니와 교장 선생님에 대한 이야기, 또…… 같은 반 친구들에 대한 이야기, 또 지나……에 대한 이야기…….

선생님의 낯빛이 아주 짧은 순간 어둡게 변했었다. 레이나가 그토록 정신없이 친구들의 얘기를 물어보았을 때조차 선생님은 지나에 대해선 단 한 마디밖에 하지 않았다. 그러고 나선……. 일식 이야기를 했다. 페자의 얘기를 하기 위해 두근거리는 마음으로 말을 꺼냈었고…… 한참 동안 벅찬 가슴을 선생님 앞에 꺼내놓으며 해가림을 바라볼 때 갑자기 손이 차가워지고 온몸이 얼어붙는 것 같았다고 이야기했었다. 바로 그때 선생님은 깜짝 놀라며 '너도?' 하고 되물었었다. 선생님이 놀라는 게 이상하다고는 생각했지만 레이나는 별로 신경 쓰지 않고 넘어갔다. 그때는 세상이 온통 장밋빛이었고, 페자에게 정신이 팔려 전혀 신경 쓸 여력이 없었다. 그래서 '너도?'란 어떤 의미일까를 생각도 하지 않았고, 묻지도 않았다. '너도?'라니, 레이나 말고 누구인가? 베라 선생님인가? 아니, 아니…… 바로 지나였다.

일식이 진행되던 바로 그 시간에, 사방이 어둠으로 뒤덮이던 그 순간에 지나는 떠나간 것이다.

　이 녀석이 손쉽게 나를 사로잡을 거야.
　이놈, ……마비 말이야…….
　조금만 더 아래로 퍼지든가 위로 올라오면 그때는…… 보렴. 곧바로 이곳으로 올 거야.

귓가에 지나의 애기 소리가 쟁쟁하게 울려 퍼졌다.

레이나는 마침내 울음을 터뜨렸다. 발랴가 보낸 편지에 따르면 지나가 죽은 날은 해가림이 있던 토요일이고 바로 그 다음날 선생님이 레이나를 찾아왔다. 왜 왔었을까? 그때는 아직 지나의 장례식이 끝나지 않았었다. 지나의 죽음을 알리기 위해서, 장례식에 참가하라고 말하기 위해 오지 않았을까? 그런데도 아무 말도 하지 않았다. 왜 그랬을까? 무엇 때문에 그랬을까! 참으로 뻔뻔스럽다! 어떻게 선생님이 그럴 수가 있단 말인가. 바로 지나가 죽었는데!

레이나는 여기저기 눈물을 흩뿌리며 황망하게 휠체어를 돌렸다. 검은색 옷을 찾았다. 무슨 정신인지도 모르게 황급히 옷을 갈아입었다. 곱게 빗은 머리카락은 헝클어지고 얼굴은 눈물 자국으로 뒤범벅이 되었는데도 눈물은 끊임없이 솟구쳤다. 애써 갈아입는 검은색 드레스 가슴 한복판으로 눈물이 떨어져 가슴을 축축하게 적셔왔다. 마치 레이나의 젖은 가슴처럼 모든 게 젖어들었다.

현관문을 열고, 계단 입구로 휠체어를 몰았다. 두 손으로 계단의 난간을 꼭 잡고 휠체어를 탄 채, 한 계단 한 계단 내려갔다. 단 한 번 페자가 떠나고 난 다음 미친 듯이 빗속으로 달려가던 날 내려가던 계단…….

계단 하나하나마다 눈물이 솟구쳤다. 계단 하나하나마다 지나의 고통이, 지나의 죽음이 쿵쿵 다가왔다. 지나에게로 지나에게로 가야 한다……. 쏠리는 몸의 힘 때문에 몇 번인가 꼭 굴러 떨어질 것만 같았지만 이상하게도 떨어지지 않았다. 눈물이 앞을 가려 계단이 뿌옇게 다가왔지만 휠체어는 용케도 한 계단씩 밀려나갔다. 때로는 두 칸씩 떨어져 곧 미끄러져 구를 것 같은 때에도 휠체어는 레이나를 버리지 않았다. 지나가 레이나를 부르고 있었을까. 그래서 지나가 휠체어에게 레이나를 보호해 달라고 부탁했던 걸까……. 휠체어는 신기하게도 레이나가 원하는 대로 움직여주었다.

계단을 내려오면서 레이나의 마음은 벌써 지나의 묘지로 달려가기 시작했다.

원래 레이나의 휠체어는 거리를 달리도록 만들어진 것은 아니었다. 앞으로 전진하고 뒤로 물러나고, 또 빙빙 돌 수 있는 정도로, 고작해야 방 안에서 움직일 수 있도록 되어 있었다. 거리를 달리기 위해서는 전혀 다른 바퀴와 브레이크가 필요했지만 레이나는 그런 것엔 신경도 쓰지 않았다.

등 뒤로 아파트의 현관문을 '쾅'하고 닫았다. 그리고 미친 듯이 달리기 시작했다. 달려가는 바람 속에 지나가 달려왔다. 저만치서부터 생글생글 웃으며 어서 오라고……. 그래도 거리는 좁혀지지 않았다. 달리고 달려도 지나는 항상 일정한 거리에서 레이나를 불렀다.

아파트 길목을 지나 아카시아 가로수를 따라 소란스러운 한길 쪽으로 휠체어를 몰았다. 아무것도 보이지 않았다. 오직 지나의 얼굴만이 흐르는 눈물 속에 뿌옇게, 또 또렷하게 다가왔다.

그렇게 끝없이 달려가면 지나가 있겠지, 아니 차라리 달려가는 바람 속에 너와 만날 수 있다면……. 달려가는 바람 속에 모든 것이 끝나고, 모든 것이 잠들 수 있다면…….

레이나는 숨이 턱까지 차올랐다.

휠체어도 숨이 찬지 '삐-익, 삐-익' 괴로운 듯 땅을 긁으며 달려 나갔다. 나무도, 길도 정신없이 지나갔지만 레이나의 눈은 오직 앞만 보고 달렸다. 사람들이 여기저기서 한마디씩 거들며 우려의 눈길로 쳐다보았다.

"이봐요, 위험해!"

"멈춰서! 다치겠어!"

저마다 걱정하는 외마디 말들 뿐, 그 앞으로 뛰어가는 사람은 아무도 없었다. 미친 듯이 달려가는 이 소녀를 알고 있는 사람도, 그 앞까지 달려가 보호해 줄 사람도 없었다.

그때였다. 자신의 비둘기집으로 가고 있던 페자가 달려가는 레이나를 발견하고선 놀라서 소리쳤다.

"레이나! 위험해!"

페자는 황급히 뛰어나와 달리는 휠체어를 따라 달리며 외쳤다.

"이봐, 레이나! 어딜 가는 거니?"

하지만 레이나는 대답도 하지 않고 지나쳤다. 마치 넋이 나간 사람마냥 온통 눈물로 얼룩진 얼굴을 하고서, 오직 앞만 보며 미친 듯이 달려 나갔다. 페자는 그렇게 미친 듯이 달려 나가는 휠체어의 속력을 도저히 따라잡을 수가 없었다. 휠체어가 앞으로 쭉 달려 나가면서 페자는 이내 길가에 처지게 됐다.

잠시 멍하게 바라보던 페자의 눈길이 달려가는 휠체어를 날카롭게 쫓기 시작했다. 하지만 서운하고 야속한 생각이 들어 이내 눈길을 거두어 버렸다. 페자는 사람들의 웅성거림을 뒤로 하고 아무 일도 없었던 사람처럼 천천히 비둘기집으로 발길을 돌렸다. 다소 마음이 무겁고 불길하긴 했지만 화가 나는 게 먼저였기 때문이다.

레이나는 차도로 나가 아스팔트길을 질주했다. 인도를 따라가야 하지만 그곳에는 사람들이 많아 달리는 데 방해를 받았다. 그래서 차도로 가는 쪽이 빨랐다. 레이나는 똑바로 앞을 노려보며 있는 힘을 다해 휠체어를 몰았다. 목적지는 몇 킬로미터 밖에 있었지만 단숨에 달려가려는 사람처럼 정신없이 달려갔다.

지나가던 자동차들은 브레이크를 걸고, 조심스럽게 레이나의 휠체어를 피해 갔다. 운전수들은 힐끗힐끗 레이나를 돌아보며 클랙슨을 눌러댔다. 하지만 레이나의 마음은 온통 지나에게 쏠려 있어 그 소리가 들리지도 않는 모양이었다. 여기저기서 빵빵거리는 소리에 자동차들만이 서로서로 놀랐다.

"이봐요, 아가씨! 그러다가 다쳐요."
"인도로 올라가요! 여긴 찻길이란 말야!"

달려가는 차들을 뒤로 하고 내달리며, 거리를 긴장으로 몰아넣고 있는 소녀에게 몹시 짜증이 난 운전사들이 큰소리로 주의를 주었지만 레이나는 뒤도 돌아보지 않은 채 달려 나갔다. 자동차를 앞질러가면서 레이나는 돈을 갖고 오지 않아서 틀렸다고 생각했다. 돈을 갖고 왔으면 소형 트럭을 멈춰 짐칸에 태워달랄 수 있었을 것 같았다.

짐칸이라고! 휠체어를 타고 있는 자신을 태울 수 있는 것은 세상에서 짐칸뿐이다. 그 좋은 차들을 모두 놔두고, 그 번지르르하고 화려한 좌석은 오직 멀쩡한 사람들만을 위해 만들어졌을 뿐, 사람이 앉는 좌석을 가진 세상 차들은 자신과는 거리가 먼 것이다. 짐칸에만 탈 수 있는 존재! 짐 같은 존재!

그렇다! 짐 같은 존재! 지나도 마찬가지였다. 제냐도, 발랴도 모두…… 레이나와 같은 친구들은 모두 세상의 짐인 것이다. 거의 무생물과 같은, 살아 있어도 살아 있는 의미를 찾기 힘든 존재! 소형 트럭의 짐칸으로 운반되는 특별한 존재! 짐! 바로 그것!

길은 작은 산 밑으로 뻗어 있었다. 하지만 레이나는 신경 쓰지 않았다. 단지 뻗어 있는 길을 따라 곧바로 휠체어를 몰아갈 뿐이었다. 단단한 바퀴가 몇 번이나 손에 닿아서 아팠지만 그것도 개의치 않았다. 휠체어가 내리막길을 향해 무서운 속도로 달리기 시작했다. 레이나의 마음처럼, 바람을 가르고 미친 듯이 길을 삼키며 달렸다. 머리카락이 흩어지면서 바퀴살이 윙윙 울고 바람이 세차게 얼굴에 와 부딪혔다.

갑자기 휠체어가 쏜살같이 왼쪽으로, 마주 오는 차를 향해 달려가기 시작했다.

순간, 레이나는 왠지 모든 게 우습다는 생각이 들었다. 산다는 건 모두 마찬가지다. 아주 편안한 마음으로 두 손으로 무릎을 안았다. 휠체어의 방향을 바꾸려는 마음은 조금도 없었다. 버스 쪽으로 질주하는 휠체어는 이미 주인의 마음을 알고 있다는 듯 브레이크가 고장난 자동차마냥 겁도 없이 돌진해 갔다. 그 짧은 한순간, 버스 운전수가 그녀를 발견했다. 눈을 휘둥그레 뜨고서 미친 듯이 브레이크를 밟았다. 일촉즉발의 상황에서 차는 도로를 '찌-이-익' 긁으며 간신히 멈춰 섰다. 레이나는 버스의 하늘빛 차체를, 차체에 박혀 있는 리베트를 발견하고 몸을 뒤로 젖혔다. 눈을 감았다.

"안 돼!"

'콰당' 하는 소리와 함께 휠체어는 갑자기 속도가 떨어지고 버스를 피해 간신히 인도로 올려졌다. 레이나 앞에 심장이 터질 것 같은 얼굴을 하고서 한 소년이 헐떡거리고 서 있었다. 페자였다.

페자는 비로소 긴 숨을 토해 냈다. 아찔한 현기증이 뒤통수 한가운데 선을 타고 흘렀다. 머리카락이 쭈뼛해지고 온몸의 힘이 빠졌다. 자리에 털썩 주저앉은 순간, 레이나가 중얼거리는 소리가 가늘게 들려왔다.

"안 돼, 안 돼……."

레이나의 모습은 말이 아니었다. 온통 헝클어진 머리카락이며, 퀭한 두 눈, 페자는 가슴이 아팠다.

(도대체 무슨 일 때문에 이 아이는 왜 이렇게 넋이 나가 있는 걸까. 하마터면 어찌될 뻔했는가. 조금만 늦었어도…….)

다시 아찔한 현기증이 몰려왔지만 머리를 절레절레 흔들며 세차게 털어냈다. 이내 깊은 숨을 들이쉬며 휠체어를 붙잡고 간신히 일어났다. 레이나는 여전히 넋이 나간 채, 무슨 말인가를 중얼거리고 있었다.

"안 돼, 그럴 수 없어……."

희미하게, 하지만 이 세상에 있는 것은 이미 모두 초월한 사람처럼 잔잔하게 그 말을 씹고 또 씹고 있었다.

"레이나, 정신 차려. 왜 그러는 거니, 레이나!"

레이나의 어깨를 붙잡고 몇 번인가 흔들었지만, 넋이 나간 소녀는 바람에 날리는 종잇장처럼 흔들릴 뿐, 똑같은 말을 되씹기만 했다.

"너 지금 뭐라고 중얼거리고 있는 거니?"

다시 페자가 물었다. 하지만 이미 레이나는 제정신이 아닌 듯했다. 먼 산을 바라보고 있는 레이나의 눈동자는 초점을 잃고 갈 곳을 몰라 하고 있는 것 같았다. 몸짓으로 보아 레이나는 중얼거릴 생각이 아닌 것 같았다. 오히려 소리치고 싶은 듯했다. 하지만 말이 터져 나오지를 않는 모양이었다.

"안 돼, 그럴 순 없어, 그래선 안 돼."

똑같은 말만 되풀이되어 나올 뿐이다. 페자는 더 이상 아무 말도 묻지 않았다. 레이나의 얼굴을 바라보았다. 레이나의 눈길이 먼 산 쪽에 닿아 있었다. 그곳에 무엇이 있을까.

한참을 바라보아도 무엇 때문에 레이나가 이러고 있는지, 도대체 어디로 가려고 하는지 알 수가 없었다. 하지만 그런 것들을 상관하고 있을 틈이 없었다. 다만 레이나가 지금 무슨 일인가로 엄청나게 괴로워하고 있고, 더 이상 물어봐야 아무 도움이 안 된다는 사실만이 중요했다.

"어디로든 가자. 네가 가고 싶은 곳으로 데려다 줄게, 레이나."

휠체어를 붙잡고 레이나의 눈길을 좇아가 보았지만, 레이나는 마치 허깨비 같은 모습으로 연신 중얼거리기만 했다.

말소리를 알아듣기 위해 페자가 몸을 숙였다.

"어디로?"

"저기로……."

레이나의 눈을 따라가 보니 둥그런 산 한가운데에 짙은 초록빛 사이로 점점이 흰 빛이 찍혀 있는 언덕이 희미하게 보였다. 위치나 모습으로 보아 대략 묘지인 듯했다. 페자는 천천히 휠체어를 밀었다.

"똑바로……."

"똑바로 가서?"

"똑바로……."

한참을 걸었다. 태양은 머리 위로 점점 따갑게 솟아오르고 있었다. 아마 점심때가 가까워오고 있는 것 같았다. 하지만 그것뿐 더 이상 생각이 이어지지 않는다. 오직 휠체어를 밀며 걷고 있는 끝도 없는 아스팔트만 보일 뿐이었다. 아스팔트는 휠체어가 지나갈 때마다 꼭 자동적으로 뒤로 밀리고 있는 것 같은 느낌을 주었다.

언젠가 어렸을 적, 어머니를 따라 끝이 없을 것 같은 이런 길을 걸은 적이 있다. 한낮의 태양을 가로막아 줄 가로수 하나 없이 끝날 것 같지 않게 펼쳐졌던 아스팔트길이었다. 만일 어머니가 손을 잡아주지 않았더라면 페자는 길 한가운데에서 자신이 어디로 가야 하는지 잃어버리고 헤맸을 것이라고 생각했다. 그 끝도 없는 길이 또 여기 있다. 오직 이 길이 언제 끝날지는 슬픔에 떨고 있는 이 소녀에게 달려 있다. 하지만 페자는 어릴 때처럼 이 길이 지루하지도, 조바심이 나지도 않았다. 옛날, 어머니의 마음도 이랬을까 생각해 보았다.

"왼쪽으로……, 곧바로……."

어느 사이엔가 길은 아까 보았던 언덕으로 접어들고 있었다. 방향을 바꿀 때마다 휠체어가 이리저리 쏠렸지만 넋이 나간 레이나의 표정은 조금도 변하지 않았다.

"곧바로."

언덕이 가까워오자, 레이나는 점차 공포에 질린 사람마냥 어깨를 움츠리고 떨리는 목소리로 말했다. 휠체어는 지시대로 나아가 묘지 앞에 와서 속도를 줄이고 멈췄다.

"왜 묘지로……?"

"……."

숨결 같은 목소리가 어렴풋이 들렸다. 놀라지 않도록 페자가 최대한 목소리를 낮추어 다시 물었을 때 레이나는 마치 종잇장처럼 창백한 얼굴로 나지막이 말했다.

"가야 해……."

"……."

왜라고 묻고 싶었지만 가슴에 이상한 서러움과 불안함이 몰려오면서 말이 막혔다. 하지만 말해야 했다. 말하지 않으면 어떤 쇠사슬에 묶여 깜깜한 늪으로 떨어져버릴 것만 같았다.

"아냐, 가선 안 돼. 레이나!"

말이 목구멍에 걸려 쉰 소리가 새어나왔다.

"안 돼! 가야 해!"

레이나의 목소리는 떨렸다. 거역하지 말라는 듯 차가운 소리로 단호하게 말했다.

"그럴 수는 없어…… 지나가…… 죽었단 말이야."

16. 아프니까 사춘기다

276 아프니까 사춘기다

도대체 누가, 누가 너에게
그런 바보 같은 짓을
가르쳐주었니!
너는 지금
자신을 포기하는 거니?
너의 삶을, 행복을
모두 포기하는 거야?

16. 아프니까 사춘기다

꿈은 끝이 없지만 현실에는 끝이 있다.

세상 어디에 영원한 것이 있을까. 만남이 있으면 이별이 있듯이, 삶이 있으면 죽음이 있다. 누구나 태어나고 또 죽어간다. 그렇게 지나도 죽었다. 누구나 죽는다. 하지만 죽음 앞에서 초연할 수는 없다. 그 삶이 서럽고, 그 죽음이 서러워서…….

친구의 죽음 앞에서 레이나가 느꼈던 감정은 거의 공포에 가까웠다. 그 공포가 끝나자 눈물과 멀어져가는 지나의 환영이 레이나를 사로잡았다. 한 존재가 떠나가는 그 죽음 앞에 함께 흐느낄 수 있는 사람은 몇이나 되었을까.

그 불행했던 삶이 마감되는 현장에 그녀가 부대끼고 어려움을 함께 나누었던 친구들이 자리를 지키고 있었지만 지나의 가장 절친했던 친구인 레이나는 없었다. 거기에 레이나의 아픔이 더욱 진하게 배어 있었다.

죽어가는 고통보다 살아 있는 고통이 더욱 심하게 몰아쳐올 때,

우리가 비비고 서야 할 언덕은 어디일까······.

누가 지나를, 그와 같은 불구 소녀의 삶을 제대로 이해할 수 있을까. 고독에 묻어 찾아드는 밤마다 몸부림쳤던 고통들, 죽음에 대한 공포가 늘 밤을 따라 흐를 때마다 그 외로운 밤에 함께 울며 아픔을 나누었던 사람은 누구인가. 누가 그 밤의 숨죽인 흐느낌을 이해할 수 있으며, 누가 그 밤에 진정 함께 삶의 고통을 나눌 수 있는가······.

친구야, 나의 사랑하는 친구야······. 능선을 타고 흐르는 음악소리가, 그 음악을 타고 떠나가는 지나의 환영이 끝도 없이 레이나를 침몰시켰다. 오늘, 또 내일 나는 살아남아 이 거북한 몸과 마음으로 또 숨은 쉰다. 네가 떠난 자리에 나는, 나를 묻으마. 나의 사랑을 묻으마······.

레이나는 한없이 울고 있었다. 페자는 알 수 있었다. 친구의 죽음이 가져다준 공포와 아픔은 몰라도, 적어도 그 서러움만큼은 이해할 수 있을 것 같았다. 한 번도 이런 모습을 본 적이 없었다. 지금은 아무 말도 할 수 없었다.

다만 잠시 찾아드는 쌀쌀한 가을 날씨가 무척 걱정스러웠다. 주위의 나뭇잎을 모아다 불을 지필까도 생각해 보았지만 번거로울 것 같았다. 그래서 바람이 불어오는 쪽을 몸으로 막으면서 걷다가 이윽고 낡은 잠바를 벗어 레이나의 떨리는 어깨에 살며시 걸쳐주었다.

묘지 안에서는 누구인가 다른 사람의 장례식이 거행되고 있었다. 페자는 휠체어를 멈추고 생각했다.

(지나가 최근에 죽었다면 아마도 지나의 묘는 취주악이 들려오

는 곳 근처일 것이다.)

 그러니 지금 굳이 거행되고 있는 남의 장례식에 방해가 될 필요는 없을 것 같았다. 그래서 휠체어를 멈추고 그 자리에서 기다리기로 했다. 레이나는 내내 입을 다물고 있었다.

 페자가 잠바를 걸쳐줄 때에도 레이나는 시선 한 번 마주치지 않고 줄곧 무슨 생각엔가 잠겨 있었다. 끝나가는 취주악 소리를 들으며 페자는 묘비를 따라 천천히 휠체어를 밀고 갔다.

 여기저기서 천천히, 그러나 확실하게 다가오고 있는 가을의 풍경은 한가로운 오후의 태양과 맞물려 편안함과 쓸쓸함을 풍겼다. 그림이 새겨진 철책 아래에 빨강, 노랑으로 물든 낙엽이 곱게 깔려 있었다. 낙엽은 바삭바삭 소리를 내며 짙은 내음을 풍기고 있었다.

 햇살이 아직도 따스하게 내리쬐고 있는 것이 무척이나 고마웠다. 이 목마른 소녀에게, 슬픔에 떨고 있는 소녀에게 하늘은 한 점 사랑의 햇살을 남겨둔 것일까.

 페자는 아까 레이나가 아카시아 가로수길에서 자신을 무시했을 때 무척 화가 났었다. 비둘기집으로 가던 길에 미친 듯이 달려가던 레이나를 보고 얼마나 반가웠는지 모른다. 하지만 레이나는 페자의 반가움 따위는 안중에도 없다는 듯 무시하고 지나쳐버렸었다. 무척이나 서운하고 화가 난 마음에 그냥 발길을 돌렸다. 하지만 끝내 화를 참지 못하고 그대로 돌아서서 갔다면 레이나는 지금 이 세상에 없든가, 병원의 침대 위에 누워 있을지도 모르는 일이다. 그렇게 됐다면 페자는 죽을 때까지 자신을 용서할 수 없었을 것이다.

그때 레이나는 달려온 사람이 페자라는 사실은 알아채지 못한 것 같았지만 페자의 물음에는 대답했었다. 페자는 처음에 화를 내며 돌아섰지만 그 순간 불길한 생각이 떠올랐다. 마치 넋을 잃은 사람마냥 위험하게 달려가던 레이나의 태도가 이상하기도 했고 또 걱정이 되기도 했다. 무슨 좋지 않은 일이라도 있는 듯 몹시 낙심해 있는 모습, 더구나 흐트러진 머리카락 사이로 얼마나 울었는지 통통 부어오른 눈매며 백지장처럼 창백한 얼굴이 심상찮다는 생각이 들었다.

페자는 방향을 바꿔 몸을 날리듯이 레이나에게 뛰어갔다. 하지만 레이나는 페자가 잠시 발길을 돌린 사이 벌써 저만치 내달리고 있었다. 더구나 어디서 그런 힘이 났는지 무척이나 빨리 달리고 있었기 때문에 레이나를 따라잡기는 쉽지 않았다. 차도로 뛰어든 그녀의 휠체어는 달리는 차들 사이를 무서운 속도로 빠져나가며 위태로운 곡예를 하듯 달렸다. 페자도 차도로 뛰어들까 생각했지만 도저히 사정이 허락하질 않았다. 갑자기 뛰어든 휠체어를 피하기 위해 차들이 줄줄이 늘어서며 길을 막았기 때문에 할 수 없이 인도로 뛰어가는 수밖에 없었다. 빨리 달리고 싶은 것은 마음뿐, 인도는 지나가는 사람들로 붐비고 있어 사람들을 피해서 달린다는 건 쉽지 않았다. 요리조리 사람들 사이를 빠져나가며 조금씩 휠체어와의 거리를 줄여나갔다. 어느 순간 휠체어와의 거리가 좁혀지고 차도를 사이로 나란히 서게 되었을 때 비로소 숨을 돌릴 수 있었다. 따라잡기는 했지만 레이나가 눈치 채지 못하도록 사이를 두고 뒤따랐다. 그리고는 줄곧 레이나만 바라보며 걷다가 비옷을 걸친 사내와 부딪쳐 그 사내의 발을 밟고 말았다. 무척 아팠던지 사내는 페자의 팔을 붙잡고 고래고래 소리를 질렀다. 오래 사과를 하고 있을 여유가 없는데도 사내는 페자의 팔을 붙잡고 놔주지를 않았다.

페자가 사내에게 붙잡힌 채 실랑이를 하는 사이, 휠체어는 어느새 내리막길 부근 저만치로 달려가 쏜살같이 내달리기 시작했다. 내리막길을 미끄러지듯 내닫는 모습을 발견한 찰나, 휠체어는 레이나가 몰고 있는 것 같지도 않은데 저절로 버스를 향해 돌진해 가고 있었다.

"안 돼!"

페자는 미친 듯이 사내의 손을 뿌리치고는 레이나를 향해 쏜살같이 달려갔다.

바로 뒤에서 차가 급정거하는 소리가 들렸다. 그러나 페자에게는 무엇 하나 보이지도 들리지도 않았다. 단지 전속력으로 뛰어갔다. 사람들이 멈춰 서서 자신과 휠체어를 보는 모습이 잠깐 눈에 들어왔다. 하지만 누구도 그 자리에서 움직이지 않았다. 어떤 사람은 망연히 서서, 어떤 사람은 페자에게 성원을 보내면서 바라보고 있었으나 페자는 숨이 멎는 것만 같은 느낌을 받으며 마지막 힘을 냈다.

꿈이 아닐까……. 그림 같은 순간, 몸을 날렸을 때 페자는 못 박힌 듯 서 있는 무궤도 버스까지 2미터밖에 남지 않은 곳에서 휠체어를 붙잡을 수 있었다. 그러고선 숨도 쉬지 않고 무거운 휠체어를 보도로 밀어 올렸다. 2, 3초만 늦었다면…….

"휴우……."

페자는 지금 식은땀이 흐르는 것만 같았다.

장례식은 그리 오래지 않아 끝났지만 음악의 여운은 산허리마다 걸려 있는 것만 같았다.

　'죽음'에 대해서는 별로 생각해 본 일이 없었던 페자로서는 그 전부터 묘지란 뭔가 추상적이고 비현실적인, 단지 인간을 겁주기 위해 있는 것처럼 생각했었다. 하지만 그런 묘지에도 햇살이 있고, 나무가 있고, 그 나무들 사이로 새가 지저귄다는 사실이 무척이나 신기했다. 햇살을 받고 있는 탓일까. 조금 낯설기는 했지만 묘비는 생각했던 것처럼 그렇게 무시무시하지도, 또 쓸쓸하지도 않아 보였다. 하지만 레이나의 슬픔 때문에 곧 그런 생각은 지워져버리고 허전한 느낌이 다시금 몰려왔다.

　지나의 묘는 바로 눈에 띄었다. 묘지의 맨 가장자리에 자리잡은 지나의 묘는 아직 흙이 평평하게 다져지지 않아 주위의 묘와 쉽게 구별이 갔다. 또 바로 좀 전에 만들어진 묘의 다갈색 흙은 아직도 물기가 남아 있었지만 지나의 묘의 흙은 이미 조금 굳어져 잿빛에 가까웠다.

　레이나는 침울하게 고개를 떨구고 있었다. 이미 가고 없는 친구에게 자신의 서러움을 호소하고 싶어서였을까, 마지막 인사를 하고 싶어서였을까……. 한참을 그렇게 있더니만, 이내 휠체어 안에서 몸을 움츠리고 두 손으로 얼굴을 감쌌다. 소리를 죽이고 흐느낄 때마다 그녀의 등이 부르르 떨렸다.

　페자는 이토록 무력하고 외로운 모습을 일찍이 본 적이 없었다. 하염없이 울고 있는 레이나의 모습이 페자의 마음을 아프게 흔들었다. 하지만 내버려두었다. 페자가 쉽게 들어설 수 있는 여지가 없어서가 아니었다. 그저 레이나를 편안하게 해주고 싶어서였다. 그러나 끝도 없이 흐느끼는 소녀의 무력하고 외로운 모습이 페자의 마음을 다시 흔들었다. 언젠가처럼 소녀를 위로해 주어야 한다는 용기와 확신이 페자에게 싹터 올랐다.

페자는 휠체어를 돌아서 레이나 앞에 무릎을 꿇고 앉았다. 그러고선 얼굴을 감싸고 있는 레이나의 두 손을 가만히 잡아 떼냈다.

"레이나."

"……."

"내 말 들어봐."

"……."

레이나는 울음을 그칠 생각도 하지 않았고 페자의 손을 뿌리칠 힘도 없어 보였다.

"레이나……."

페자는 두 손을 꼭 붙잡고 레이나를 바라보았다.

"레이나, 제발 생각해 보렴. 부탁이야. 너 스스로 말하지 않았니? 해가림 말이야. 우리의 불행은 결국 해가림 같은 거야. 그리고 불행도 필요한 거야. 불행이 없으면 희망을, 인생을 응시할 수 없다고 말이야."

"……."

레이나는 처음엔 못 알아들은 듯, 멍하니 페자를 바라보았지만 이윽고 눈을 빛내며 말을 꺼냈다.

"저어, 그전에 지나가 읽었던 책 속에 이런 말이 쓰여 있었어."

그리고 갑자기 밝은 소리를 계속했다.

"자아, 들어봐."

레이나는 말을 하기 위해서인지 숨을 크게 들이쉬었다. 지나의 말을 떠올린 레이나의 모습은 이제 괴로움으로부터 조금 해방된 것처럼 보였다. 다시 한 번 물끄러미 지나의 묘를 바라보고 페자에게 눈을 돌렸다.

"이런 말이야. 우리는 모두 누구나 비극적인 운명에 있다. 우리는 누구나 고독하다. 때로는 사랑이나 강한 그리움, 창조하는 정신을 가지고 고독에서 탈출할 수도 있지만 이와 같은 인생의 승리도 우리가 자신의 손으로 만드는 빛의 오아시스이고 종착지는 항상 어둠 속에 중단된다. 결국 누구나 죽음을 맞게 된다."

페자는 엷게 웃었다. 레이나도 가볍게 웃으며 페자를 바라보았다. 페자는 레이나의 한 손을 놓아주었다.

"성서에 나오는 말이니?"

"찰스 스노우의 책에 있어. 들어본 적이 있니?"

"아니, 한 번도."

페자는 머리를 저었다.

"지나도……."

"……."

"봐, 지나도 혼자서 죽어 있잖아."

"이제 그만해 둬."

페자의 말을 듣고 레이나도 입을 다물었다.

"집으로 돌아가자, 레이나."

페자는 또박또박 말을 이으며 휠체어의 방향을 바꿔 입구로 밀고 갔다.

크고 묵직한 문을 나오자 비로소 마음이 가벼워졌다. 마치 먼 나라로 떠났다가 돌아온 것처럼 짓누르는 슬픔을 뒤로 두고 나왔다.

거리는 마치 아무 일도 없는 것처럼 여전히 활기에 차 있었다. 여기저기서 삶의 소리가 울려 퍼지는 풍경은 아무래도 사람을 다시 일상 속으로 끌어당기는 힘을 지니고 있는 것 같았다. 길고 긴 슬픔의 터널을 빠져나와 다시 만나게 된 이 거리는 마치 무더운 여름날의 한 줄기 바람처럼 상쾌하게 다가왔다.

사람들이 거리를 오가고 있었고 다른 때와 마찬가지로 버스가 둔탁한 소리를 내며 지나다니고 있었다. 그 옆으론 개들이 짖으면서 뛰어다니고 있었다. 모든 것이 그대로인 사실이 너무나 반갑게 느껴졌다.

묘지에 있을 때 페자는 레이나에게 오빠와 같은 우월감을 느꼈다. 길을 잃은 한 마리의 새처럼 하염없이 울고 있는 소녀에게 어떤 힘이 되어주고 싶었다. 하지만 그런 우월감은 불과 몇 분밖에 지속되지 않았다. 레이나가 영국인 같은 느낌이 드는 스노우란 사람의 말을 꺼냈기 때문이다. 몰라서 부끄러웠다거나 자신이 무식하다고 생각하지는 않았다. 단지 무슨 말인지 알아듣기도 힘들고 또 차갑고 냉소적이라는 느낌이 들었다. 묘지 앞에서 절망하고 있는 레이나의 모습 때문에 그 말은 더욱더 음침하게 들렸는지도 모른다. 그래서 그 말에 반박하고 싶어 이것저것 생각하다 보니 발걸음이 무거워졌다. 그 스노우란 사람의 현명한, 그러나 차가운 말에 어떻게 반박하면 좋을까? 저어, 뭐라고 하더라, 그렇지. '자신의 손으로 자신을 위해 빛의 오아시스를 만든다'든가.

"레이나."

페자가 말을 꺼냈다.

"네가 말했던 찰스 스노우란 사람, 자기 혼자서 자문자답하고 있을 뿐이야."

레이나는 대답하지 않았다.

"'사랑이나 짙은 그리움'이라고 했지……. 그러고 나서 뭐라고 했더라, 그렇지. '자신의 손으로 만든다'고 했던가."

페자는 계속해서 열심히 말했다. 하지만 레이나는 대꾸할 생각조차 없다는 듯 여전히 고개를 수그리고 있었다. 페자는 초조해졌다. 무슨 말이라도 해주었으면 하는 마음으로 대답을 기다렸지만 아무 대꾸가 없어 페자는 점점 마음이 불안해졌다. 미칠 것 같았다. 머리가 이상해지는 것 같기도 하고 속이 타서 죽을 것만 같기도 했다. 그래서 화가 난 듯 휠체어를 거칠게 자기 쪽으로 돌렸다.

"이봐, 레이나."

"……."

"좋아, 아무 말도 하지 않아도 좋아. 하지만 내 말은 들어줘. 네가 말했던 그 영국인이 얘기한 빛의 오아시스는 옳다고 생각해. 인간은 이성적인 동물이야. 백번을 양보해서 그 사람 말이 옳다고 치자. 그래, 그 사람 말대로 만약 우리 인간이 모두 외톨이이고 고독에서 벗어날 수 없다고 한다면, 그렇다면 문제는 간단해. 그 일생을 쭉 '빛의 오아시스'로 만들어버리는 거야. 또 우리는 분명히 그렇게 할 수 있어."

페자는 속에 응어리진 말을 다 털어놓으려는 듯 레이나의 눈을 똑바로 쳐다보며 또박또박 힘주어 말했다. 하지만 레이나는 페자의 눈길을 자꾸만 피했다. 무너지는 자신을 추스를 생각이 없는 사람처럼 무너지는 마음과 함께 한없이 가라앉고 있는 것만 같았다.

"하지만……."

"하지만, 뭐?"

"지나는 이제 없어."

레이나는 울음을 터뜨렸다.

"나도 죽게 될 거야."

흐느끼는 소리에 페자는 마음이 아팠지만, 동요하지 않았다. 무너지고 있는 소녀를 그 슬픔의 구렁텅이에서 꺼내와야만 했기 때문에…….

"우린 모두 언젠가는 죽게 돼 있어. 그렇다고 해서 팔짱을 낀 채 아무것도 하지 않고 죽는 날만 기다려야 된단 말이니?"

"그게 아냐, 페자. 넌, 넌…… 이해할 수 없어. 아니, 너뿐이 아냐. 정상적인 사람들은 아무것도 이해할 수 없어. 우리들의 학원에는 오아시스 따윈 존재하지 않아."

눈에 슬픔을 가득 담고 레이나가 바라보았다.

"우리에겐 오아시스를 만드는 게 바로 죄가 되는 거야."

그러고선 또 울음을 참지 못하고 눈물을 터뜨렸다. 입술을 깨물고 눈물을 씹어 삼킬 것 같은 서글픈 모습을 하고서.

하지만 페자는 머리끝까지 화가 났다.

"도대체 누가, 누가 너에게 그런 바보 같은 짓을 가르쳐 주었니! 너는 지금 자신을 포기하는 거야? 너의 삶을, 행복을 모두 포기하는 거니? 아냐, 레이나. 그렇지 않아. 넌 강해. 나는 알고 있어. 세상에는 건강하기는 해도 너보다 훨씬 불행한 사람도 많이 있어. 그런데 만일 그 사람들이 모두 비탄에 잠겨 허우적거리기만 한다면 어떻게 하니. 어떻게 살 수 있겠어. 그런다고 무엇이 달라지지? 오직 슬픔만 커질 따름이야. 그걸 알면서 자꾸 죽음만 생각하면 어떡해!"

길거리에 오가는 사람들이 발길을 멈추고 페자와 레이나를 돌아보았다. 하지만 페자의 눈엔 레이나밖에 보이지 않았다. 화를 내면서 큰소리로 말을 하긴 했지만 마음속으론 레이나가 가여워 가슴이 미어졌다. 꼭 심장이 얼어붙는 것 같은 아픔이 가슴을 찔렀다. 소녀가 무력해지면 질수록 소녀에 대한 사랑은 점점 커져가고, 그 사랑만큼의 아픔이 또다시 페자를 아프게 했다.

"며칠 전에 우리는 함께 해가림을 보았었지. 그때 네가 말한 것처럼……. 그래, 오늘은 분명히 '해가림'일 뿐이야."

페자는 한숨을 쉬었다.

"지금은 해가림, 개기일식이라고 생각해 보렴. 봐, 네 손이 차가워지잖아, 꼭 그때처럼. 레이나, 눈을 들어보렴. 주위를 둘러봐, 그리고 생각을 해봐. 오스트로프스키*의 말 말이야. 삶은 한 번밖에 없다. 살아야 한다! 살아야 한다!"

페자는 더 이상 슬픔을 억누를 수가 없어 금방이라도 울음이 터질 것 같았다.

---

* 니꼴라이 오스트로프스키(Nikolai Alekseevich Ostrovskii, 1904~1936). 대표작은 「강철은 어떻게 단련되었는가」이며 우리나라에도 소개되어 있다. —역주

휠체어의 방향을 휙 바꾸고선 입술을 깨물었다. 레이나의 등을 보면서 휠체어를 힘껏 밀었다. 가슴 끝이 저며오고 뜨거운 눈물이 솟구쳤다. 레이나가 너무나 가여웠다. 바보 같은 녀석……. 소리를 죽여 울었다. 소리를 내지 않으려고 입술을 꼭 깨물면서.

바람이 갈라지며, 휠체어의 바퀴살이 윙윙 소리를 냈다. 왜 이런 시련이 있는가. 왜 너의 삶은 언제나 구름 낀 험한 산과 같을까. 눈물이 솟구칠수록 바퀴살 소리는 더욱 거세졌다. 솟구치는 눈물만큼 휠체어도 빨리 달렸다.

레이나를 설득할 수 없다는 것, 그 소녀의 불행을 깨뜨릴 수 없다는 현실 앞에 페자는 절망의 눈물을 흘렸다. 가슴이 찢기는 듯한 아픔과 그 아픔을 닮은 사랑으로도 넘을 수 없는 레이나의 불행이 페자를 끝없이 무너뜨릴 것만 같았다.

또한 자신에게도, 자신의 몸에도 다가오는 피할 수 없는 슬픔을 예감하고 있었다. 그 슬픔의 원인은 무엇일까? 무엇인지 그것도 페자는 알고 있었다. 무너지는 옛집을 보며 꿈과 사랑과 추억과 고향이 무너지듯 한 발자국씩 잔인하게 다가오고 있는 이별의 예감 앞에 페자의 마음은 또 끝없이 무너져 내렸다.

(불행은 늘 이렇게 오는가? 끝도 없이, 잔인하게 숨쉴 여유조차 주지 않고…….)

마을 입구로 들어서자 낯익은 나무들이 눈에 들어왔다. 하지만 이별의 예감은 더욱 또렷하게 다가올 뿐이다. 마을 저편에 울창한 아카시아 나무를 건너 '으르렁'거리는 불도저 소리가 페자의 가슴을 더욱 무겁게 짓눌렀다. 마을은 이렇게 새롭게 건설되고 있지만 고향은 사라져가고 있다.

　포크레인의 커다란 엔진이 지르는 소리가 웅장하게 들려왔다. 오늘도 어제와 마찬가지로 사람들은 새 건물을 세우기 위해 낡은 집을 무수고 있다. 페자는 괴로운 마음으로 생각했다.

　(모든 것은 변하고, 변하는 현실 앞에 홀로 변하지 않는다면 우리 모두는 고립과 고독에서 벗어날 수 없으리라. 그래서 또한 낡은 집들이 부서지고 새것이 들어서고 있다는 사실도 안다. 하지만 그 낡은 집 속에는 사람들이 어렸을 적부터 묻어온 꿈과 사랑과 추억이 있다. 낡은 집 속에 묻힌 이 사랑을 누가 알 수 있을까?)

　그러므로 세상이 변하는 현실 가운데 새것은 언제나 찾아오고 또 필요하지만 새로운 것이 항상 '좋다'고는 할 수 없다. 어떤 사람에게는 낡은 것이 불편함과 고통을 주겠지만 또 어떤 사람에게는 사랑과 용기를 주는 것이기도 하다. 더욱이 무너지는 옛집들처럼 그의 사랑도 무너지고 있는데 어떻게 이 변화하는 현실을 껴안을 수 있을까. 물리치고 싶지만, 거부하고 싶지만, 페자에게는 그럴 힘도 또 권리도 없다.

　세상은 잔인하게도 아픈 가슴 따윈 없다는 듯 잘도 돌아가고 있는데 페자의 사랑은, 또 고향은 이렇게 쫓겨 가고 있다.

　(이제 마을이 사라지면, 그리고 이렇게 헤어져 뿔뿔이 흩어지면 어느 하늘 아래 우리 쉬어가야 할까? 솟아 있는 한 뼘 어느 땅 위에 우리 몸을 기대고 살아가야 할까?)

17. 잠들고 싶은 하루

대팻밥 향내를 맡던 그 창가에서부터 지금까지
소년은 늘 레이나 곁에 서 있었다.
쏟아지는 빗속에서 레이나의 아픈 사랑이 피어났을 때도
소년은 거기 있었다.
그의 사랑이 다가오는가 싶게 멀어지는 이별이 찾아드는 순간에도
소년은 거기 있었다.
아쉬움과 서러움에 젖어 올 때도 그 비둘기집 창가에서 눈물을 삼키며
소년은 거기 있었다.
그리고 또 오늘, 견디기 힘든 슬픔의 강을 만났을 때도
소년은 거기 서 있었다.

17. 잠들고 싶은 하루

어느새 한낮이 끝나고 저녁이 오고 있다.

정말이지 긴 여행이었다. 수 킬로미터에 달하는 길보다 더욱 멀게 느껴졌던 고통과 슬픔의 시간이었기 때문일까. 페자도 레이나도 모두 지쳐 있었다. 바람은 아까보다 더 쌀쌀했다. 별이 있을 때는 그래도 그나마 괜찮았는데 해가 넘어가면서 쌀쌀한 기온이 살속으로 파고드는 것 같았다. 이제 가을은 완연히 깊어지고 있는가……

페자와 레이나가 레이나의 집 앞까지 거의 다다랐을 때 맞은편에서 손을 흔들고 뛰어오는 세 사람이 있었다. 레이나의 아버지와 어머니, 그리고 베라 선생님이었다.

세 사람은 약속이나 한 듯 한편으로는 놀란 가슴을 진정시키는 얼굴로, 또 한편으로는 태산처럼 걱정이 밀려드는 얼굴로 저마다 아무도 말을 꺼내지 않은 채 서로 어쩔 줄 몰라 하며 레이나를 바라보았다.

　레이나는 순간 발랴의 편지를 떠올렸다. 아까 그 고통스런 공포 속에서 편지를 방에 떨어뜨린 채 정신없이 밖으로 나온 것이었다. 아마도 지나의 묘지에 갔다 오는 동안 직장에서 돌아온 부모님이 발랴의 편지를 발견하고 황급히 베라 선생님에게 전화를 한 것 같았다. 베라 선생님이 바로 뛰어왔고 곧 모든 일을 알 수 있었으리라.

　레이나는 멍한 표정으로 세 사람을 바라보았다. 아무 말이 없었다. 그저 바라만 볼 뿐, 말할 수 있는 힘조차 다 빠져나가버린 듯했다. 아무 말이 없는 레이나의 모습에 세 사람은 당혹스러워하며 더욱 안절부절못했지만 누구 하나 레이나에게 감히 말을 걸 엄두도 내지 못했다. 그들 역시 겁에 질린 표정으로 서로 바라보기만 할 뿐이었다.

　하지만 페자를 향한 질책감은 역력했다. 세 사람 모두 레이나와 가장 가까운 사람들인데도 서로의 태도는 너무나도 달랐다. 어머니는 뛰어와서 페자에게 화를 내며 소리쳤다.

　"도대체 이게 무슨 짓이야? 어째서 이 애를 데리고 나갔지?"

　마치 레이나가 사라진 게 모두 페자의 잘못이라는 듯한 말투였다. 레이나는 쓸쓸한 표정으로 어머니의 행동을 지켜보았다. 어머니는 화를 내며 페자가 레이나에게 걸쳐준 잠바를 '홱'하니 벗겨냈다. 보기에도 민망했지만 페자는 가만히 자신의 낡은 잠바를 건네받았다.

　노을이 비끼는 하늘을 등지고 선 소년의 모습이 한없이 쓸쓸해 보였다. 페자는 엉겁결에 받아든 자기의 잠바가 그렇게 낡은 것인

줄 처음 깨달았다.

그러나 레이나의 아버지는 달랐다. 페자가 잠바를 받아들고 걸쳐 입는 모습을 물끄러미 지켜보던 아버지는 페자의 어깨를 두드리며 말을 건넸다.

"뭐라고 얘기해야 좋을지 모르겠구나. 오늘 레이나 곁에 있어줘서 정말 고맙다."

페자는 잠자코 있었다. 하지만 레이나는 페자의 얼굴을 볼 수가 없었다. 레이나는 고개를 수그리고 페자의 눈길을 피했다. 가슴이 아프게 저며 왔다. 오늘 하루 종일 자신과 함께 있었고 자신이 견디기 힘든 고통 속에 몸부림칠 때 그 슬픔의 강을 건너서 집까지 바래다준 소년에게 뭐라고 말해야 할지 레이나는 정말 알 수가 없었다. 페자를 피한 눈길이 베라 선생님의 옷자락에 닿았을 때 레이나에겐 새삼 지나의 얼굴이 서럽게 다가왔다.

궁금했다. 베라 선생님은 어떻게 나올까. 선생님은 내게 할 말이 있지 않을까. 하지만 무슨 말을 할까.

레이나는 선생님을 뚫어지게 바라보았다. 선생님에게 묻고 싶은 말이 있었다. 하지만 이상하게도 선생님의 얼굴을 바라보면 바라볼수록 묻고 싶은 생각이 사라졌다.

6학년이었을 때, 레이나는 언젠가 베라 선생님에게 학생들을 불쌍히 여기지 말고 진심을 말해야 한다고 말했었다. 이번에도 레이나는 베라 선생님에게 똑같은 물음을 던지고 똑같은 문제에 대해 똑같이 행동으로 대답해 주었다. '진실을 말해야 한다'고. 사실 이성적으로 생각해 보면 베라 선생님만을 탓할 수는 없었다. 어차피 레이나도 조만간 지나의 죽음을 알게 될 테고 또 선생님이 얘기를 하지 않는다고 해서 지나가 죽었다는 사실이 변하는 건 아니니까. 하지만 그 죽음이 너무나도 준비 없는 상태에서 다가왔고, 더욱이 발랴의 냉정한 말을 통해 알았기 때문에 받지 않아도 될 충격까지 한꺼번에 레이나를 덮쳐왔던 것이다. 선생님은 자신을 책망하고 있음에 틀림없다.

하지만 역시 베라 선생님의 잘못은 선의에서 비롯된 것이었다. 그때는 결심이 서지 않았고, 자신이 가엾게 생각되어 뒤로 미루었으리라. 연민이 앞섰기 때문에.

그때 레이나는 어딘가 모르게 그늘진 선생님의 표정을 밀어놓고 살며시 페자의 얘기를 꺼냈었다. 사랑을 자랑하고 싶은, 또 이해받고 싶은 마음에서였다.

"사랑을 하고 있는 게야?"

선생님은 자기의 눈을 깊이 응시하며 물었었다.

"에, 예……. 선생님, 그래요……."

레이나 역시 선생님의 눈동자를 똑바로 바라보며 대답했었다.

그 당시 레이나의 나날은 밝은 햇살에 눈이 부실 정도로 모든 게 멋졌었다. 그런 레이나가 선생님을 무슨 죄로 심판할 수 있을 것인가. 선의라는 죄로? 정말로 선생님에게 무슨 말을 물을 수 있단 말인가?

"이제 가봐야겠구나."

아버지가 어렵게 말을 꺼냈다. 선생님과 레이나는 여전히 서로를 바라볼 뿐 어떤 얘기도 꺼낼 기미를 보이지 않고 우두커니 있었다.

모두 레이나의 아파트로 갔다.

아파트 현관까지 다다랐을 때 레이나는 페자의 목소리를 들었다.

"안녕."

휠체어를 돌리자 페자는 벌써 저 멀리에 있었다. 검은 머리카락, 밝은 빛 셔츠와 닳아빠진 잠바차림. 초췌한 모습이었다.

힘없이 두 손을 늘어뜨리고 서 있는 소년의 모습이 안타깝게 다가왔다. 손이 닿을 수 없는 그곳에 소년은 우두커니 그림자처럼 서 있었다.

대팻밥 향내를 맡던 그 창가에서부터 지금까지 소년은 늘 레이나 곁에 서 있었다. 쏟아지는 빗속에서 레이나의 아픈 사랑이 피어났을 때도 소년은 거기 있었다. 그의 사랑이 가다오는가 싶게 멀어지는 이별이 찾아드는 순간에도 소년은 거기 있었다. 레이나가 아쉬움과 서러움에 젖어 울 때도 그 비둘기집 창가에서 눈물을 삼키며 소년은 거기 있었다. 그리고 또 오늘, 견디기 힘든 슬픔의 강을 만났을 때도 소년은 거기 서 있었다. 레이나 곁에서, 레이나를 지켜주고 위로해주기 위해 소년은 온 힘을 다해 우뚝 서 있었다.

레이나는 갑자기 귀가 먹먹해졌다. 몸을 부르르 떨었다. 깨달은 것이다. 오늘 지나의 죽음을 알았는데 지금은……, 사랑을 생각했다. 지푸라기라도 잡는 심정으로 빛의 오아시스인 사랑을 생각했다. 용서받을 수 없는 것, 용납되지 않는 사랑을 생각하다니…….

하지만 실제는 아무 일도 없었다. 레이나의 사랑이 무르익은 일 따위는 존재하지 않는다. 기대조차 슬픔으로 돌아올 것을 알고 있기 때문이다. 그러므로 절망의 무덤을 파는 빛의 오아시스는 애시당초 꿈꾸지 말았어야 했다고 생각하고 레이나는 도리질을 했다. 빛은 어디에도 없다. 다만 꿈을 꾸듯 한 줄기 가느다란 빛의 오아시스가 설령 자신을 찾아온들 또 무엇이 남아 자신과 함께할 것인가.

어느 날 운 좋게도 찾아온 빛의 오아시스는 자신도 모르는 사이에 손가락 사이로 흘러내려 버리고 손바닥에는 이제 아무것도 남지 않았다. 보라, 저기. 페자는 가버린다. 한 발, 또 한 발 멀어져 가고 있지 않은가.

레이나는 나지막이 페자를 불렀다.

"페자, 어떻게 되는 거니?"

소년은 얼굴을 돌리고 힘없이 웃어보였다.

"나, 또 올게."

페자는 뒤돌아가면서 대답했다. 그리고 몇 번이고 다짐하듯 몇 발자국 떼놓다가는 다시 돌아서며 대답하고, 대답하고는 또 돌아섰다.

"걱정하지 마, 나 또 올 거야."

그러고는 어느 순간 뒤돌아 뛰어갔다.

눈물을 흩뿌리듯, 슬픔이 날아가듯, 뛰어가는 그의 모습 뒤로 눈물 같은 바람이 일었다. 안녕, 페자…….

휠체어는 조용히 방향을 바꾸어 아버지의 힘센 손에 올려졌다. 휠체어와 함께 레이나도 공중으로 떠올랐다. 레이나는 담배냄새와 꺼칠꺼칠한 아버지의 수염을 느꼈다. 자신이 마치 아버지 품에 안긴 갓난애처럼 생각되었다.

울고 싶어졌다. 레이나는 조용히 눈물을 흘렸다. 이미 슬픔은 지나가버려 이제 외롭지도 아프지도 않은데 그저 눈물이 흘러내렸다. 그리고 그렇게 흐르는 눈물을 타고 편안함이 찾아왔다.

이윽고 눈물 사이로 해맑은 미소가 떠올랐다. 비구름 사이로 햇빛이 새어나오듯 눈물에 씻긴 맑은 눈에 맑은 하늘빛 개울이 차올랐다. 그리고 어깨를 무겁게 짓누르던 마음의 짐도 풀렸다.

왜, 눈물은 어떠한 괴로움도 쉽게 풀어헤치는 힘을 가졌을까? 혹시 괴로움이 헤쳐 모여 눈물이 되고, 눈물을 통해 솟아내기 때문에 평화가 찾아온 것일까? 마음이 홀가분해졌다.

폐자의 말대로 자기는 외톨이가 아니다. 누구나 죽고, 누구에게나 불행은 있기 마련이다. 자신도 그러한 사람 가운데 하나이고, 그런 자신 곁에는 외로움을 함께 나눌 사람들이 꿋꿋하게 변함없이 자리를 지키고 있는 것이다. 그 자리에 오늘 자신이 돌아와 앉아 있다. 자신을 염려하고 사랑하는 사람들이 오늘 종일토록 애타게 자신을 찾았던 그 자리에 이토록 평화롭게 들어와 앉아 있다.

누가 이 평화의 땅을 일구었는가……. 사랑하는 사람들, 함께 살아가는 사람들 모두이다. 혼자가 아니라는 생각이 들자 그만큼 괴로움도, 무거운 짐도 덜어지는 것 같았다.

아버지, 어머니, 베라 선생님, 레이나 모두 집안으로 들어가 소파에 앉았다. 아직까지 마음이 불편한 듯 베라 선생님은 눈을 떨구었다. 선생님은 무척 괴로워하고 있는 것 같았다.

레이나는 가만히 선생님을 바라보았다.

(레이나가 받은 상처를, 자신의 태도를 마음 아파하며 마음속으로 자신을 나무라고 울고 있지 않을까?)

"선생님, 입맞추게 해주세요."

레이나의 갑작스런 말에 선생님의 손은 떨리기 시작했다. 떨리는 손으로 선생님은 레이나의 뺨을 가만히 쓸었다.

"고맙다."

선생님은 속삭이듯 말했다. 하지만 그저 키스를 받았을 뿐 레이나의 심정은 제대로 이해하지 못하는 듯했다.

"어머니도요."

레이나는 자신의 힘을 보여주기라도 하려는 듯 어머니를 자기쪽으로 힘차게 끌어당겼다. 하지만 어머니는 어정쩡한 자세로 딸의 키스를 받았다. 어머니의 체온을 느끼고 싶었지만 그럴 수 없었다. 어머니는 딸의 심정을 이해하기에는 아직도 너무나 두꺼운 벽 뒤에 몸을 숨기고 있었다.

아버지를 보았다. 레이나는 어린아이처럼 아버지에게 매달렸다.

"아버지, 입맞추게 해주세요."

아버지의 힘을 느끼고 싶었다. 혼자가 아니라는 사실을, 자신의 삶을 함께 지켜주고 함께 살아가는 사람들의 사랑을 느끼고 싶었다. 아버지도 딸을 힘껏 껴안고 속삭였다.

"레이나, 괜찮니?"

"네, 아빠······."

아버지의 품은 따뜻하고 푸근했다. 혼자라는 외로움은 그 넓은 품속에서 어느덧 사라지고 강한 힘, 살아야겠다는 희망이 샘솟는 것만 같았다.

"우리, 이사 가게 된다. 네가 말한 대로야."

아버지는 이해하고 있었다. 지금 이 순간까지도 그토록 숨겨왔고 또 내색하지 않은 상처였지만 아버지는 모든 것을 알고 계셨다.

다른 어떤 때보다 폐자와의 이별을 앞두었던 때, 아니 미리부터 폐자가 들어설 수 없도록 마음의 문을 꽁꽁 닫아걸었던 때 지나의 죽음이 찾아왔다. 상처 위에 또다시 덧난 상처처럼 불행은 한꺼번에 파도처럼 몰려와 헤어날 수 없는 구렁텅이로 레이나를 몰고 갔었다.

아무 말도 하지 않았지만, 또 레이나와 똑같이 아무런 내색도 하지 않았지만 오직 사랑으로 레이나를 아버지는 이해하고 있었다.

레이나는 등을 맘껏 뒤로 젖히고 싱긋 웃었다.

"저, 변했어요. 응석이나 부리는 울보가 되고 말았어요. 정반대로 되어야 하는데. 이래봬도 9학년*이 되는데 말이에요."

레이나는 말을 마치고 자신과 가장 가까운 세 어른을 엄하고 차가운 눈길로 바라보며 덧붙였다.

"내일부터 9월이에요. 저 학원으로 돌아가겠어요."

어머니는 눈을 껌벅거렸지만 아버지는 이해하고 고개를 끄덕였다.

"전 학원에 있어야 하는 거예요."

레이나는 단호하게 말하고 베라 선생님을 흘끗 보았다. 2년 전이었다면 선생님은 어땠을까. 아마, 그때 자신들을 가엾게 생각하지 말아달라고 부탁했을 때처럼 선생님은 어쩔 줄 몰라 했으리라.

---

* 러시아의 아동들은 6~7세에 의무교육을 시작하여 17세 전후에 고교 졸업을 하는 것이 일반적이다(초등학교 3~4년, 중등학교 5년, 고등학교 2~3년).—역주

하지만 지금은 차분히 듣고 있었다. 조금도 당황하는 기색이 없어 선생님은 차라리 냉정하게 보일 정도였다. 그저 냉정한 눈길로 레이나를 보고 있었다. 선생님은 레이나의 말이 분명 살을 깎는 노력 끝에 얻어낸 결론이라는 사실을 누구보다도 정확하게 알고 있는 것이다.

피로가 다시 몰려왔다. 새삼스레 오늘 하루가 떠올랐다. 얼마나 멀고 험한 길이었던가. 슬픔에 지쳐 작열하는 태양볕 아래, 그 아스팔트 길 위에 뿌렸던 눈물이며 지나가 죽었다는 사실에서 몰려들던 공포, 그리고 또 묘지 앞에서 끝없이 무너졌던 허탈감, 견디기 힘든 절망과 체념, 아픔, 그 모든 것이 새삼스러웠다. 그 끝이 없을 것 같은 슬픔과 절망의 터널을 뚫고 지금 레이나는 집으로 돌아와 쉬고 있다.

18. 아픔은 꿈을 타고

304 아프니까 사줍니다

설령 어른이 되고
헤어지는 아픔이 온다고 해서
이대로 끝낼 수는 없다.
내일, 또 내일,
우리의 가슴이 터지도록 아픈 이별이
우리를 기다리고 있을지 모른다고 해서
오늘 미리 넘어지고 깨질 수는 없다.
아픔 때문에,
아픔 때문에
사랑을 포기할 수는 없다.

18. 아픔은 꿈을 타고

페자는 아침부터 서둘러 학교에 갔다. 이사한 이후로 며칠이 지났지만 집안 정리가 덜 끝났기 때문에 어제도 늦게야 잠들 수 있었다. 그래서인지 다소 잠이 부족한 것 같았다.

어제 9월의 새 학년이 시작되었다.* 오랜 여름이 지나고 다시 맞는 학교생활은 생각보다 활기에 차 있었다. 전학을 했기 때문에 아이들은 전에 알던 친구들은 아니었지만 씩씩하고 친절했다. 페자는 전학한 새 학교에서 아이들의 얼굴을 주의 깊게 살피면서 공부했다.

친구들은 모두 낯설었다. 그래서 좋았다. 모두 페자를 모르고 또 페자의 아버지를 몰랐기 때문이다. 지금은 누구도 아버지의 이름이 존이란 걸 알지 못한다. '양키', '샘 아저씨'라는 별명도 모른다. 게다가 지금 아버지는 예전과는 달리 착실하게 생활하고 있기 때문에 페자도 친구들을 피할 필요가 없었다. 그리고 동급생들을 얼마간 경계하면서도 흥미 깊게 관찰했다.

---

* 러시아에서는 9월에 새 학년이 시작된다.—역주

어떤 아이들은 굉장히 서먹서먹하기도 했지만, 또 어떤 아이들은 굉장히 짓궂고 명랑했다. 왠지 장난스럽거나 명랑한 모습은 사람을 안심시켜 주는 구석이 있었다. 그런 친구들이 폐자에게 조심스럽게 장난을 걸어오면 폐자도 빙그레 웃어주었다.

하지만 더 이상의 흥미나 관심은 생기질 않았다. 비어 있는 가슴만이 격정에 싸여 출렁거릴 뿐 자신은 비껴나 있는 듯했다. 그래서인지 늘 쓸쓸함이 밀려오곤 했다. 마음 한구석에 채울 수 없는 빈 구멍이 생긴 것처럼 폐자의 마음은 외롭기만 했다.

그래도 시간은 지나갔고, 생활은 또 생활대로 꾸려져야 했다. 학교와 집 사이를 오가는 사이 폐자의 자리도 생겨났다. 그 자리를 지키기 위해, 또 그 자리를 채우기 위해 폐자의 하루도 바쁘게 지나가야 했다.

학교에서 돌아오면 어머니의 분부대로 새 집에 커튼이나 부엌 선반을 달아야 했다. 어머니가 시키는 일은 의외로 쉽지가 않았다. 시작할 때는 그까짓 것 눈 깜짝할 사이에 해치울 수 있다고 생각했었는데 의외로 시간이 많이 걸렸다.

비둘기집을 만들 때와는 또 달랐다. 학교 성적은 늘 밑바닥을 맴돌았어도 공작이나 노동일이라면 자신이 있는 터였지만 어머니가 시킨 일은 생각만큼 쉽지가 않았다. 하지만 오히려 그렇게 힘들게 시간이 흐를수록 폐자는 옛날 생각을 하며, 일 속에서 또 행복한 추억 속에서 자신을 위로받을 수 있었다.

어린 시절부터 무엇인가를 만들 때면 늘 뿌듯한 쾌감에 젖곤 했던 추억, 폐자는 일을 할 때마다 늘 기뻤다. 새로이 태어난다는 것,

사람에게 또 누군가에게 필요한 무엇인가를 만든다는 것, 사람의 위대함은 거기에 있는 것 같았다. 그래서인지 페자는 커서 무엇이 되고 싶냐고 물을 때마다 늘 '일하는 사람'이 되고 싶다고 생각했었다. '일하는 기쁨'이 좋았기 때문이다. 그런 어린 시절을 추억하다 보면 시간은 어느새 날개를 달고 그리운 옛날로 돌아갔다. 정든 옛집이며 사랑하는 비둘기와 레이나, 그들과 함께 살아왔던 자신의 삶을 떠올리며 한없는 꿈의 여행을 떠난다. 푸른 하늘 아래 그 누구도 방해할 수 없는 행복. 그리움으로 불러보는 옛날이며, 추억이며, 내 사랑이며……. 날아라, 날개를 달고 하늘을 향해 훨훨 날자꾸나…….

그리움은 그렇게 끝도 없이 밀려오고, 그 끝없는 그리움을 잠재우기 위해 어느새 저녁이 찾아온다. 페자는 하루가 끝나가는 시간이 되면 다시금 허전한 자신의 자리에 들어가게 된다.

새로 지은 건물의 벽은 콘크리트로 되어 있어서인지 무척이나 단단했다. 텅스텐 합금못을 사용해도 잘 들어가지 않았다. 몇 번이고 실패를 거듭한 끝에 한밤이 다 되어, 그것도 아버지가 거들어주어서야 겨우 끝이 났다. 오늘도 하루를 마감하고 잠자리에 들었다.

아침이 되면 또 등교하고 그리고 수업……. 수업이 끝나면 또 집. 페자의 하루는 온통 낯설고 새로운 것으로 가득 찼고 또 그만큼 바삐 움직여야 했지만 그 속에는 그리움이 숨어 있었다. 그것은 이 새로운 생활의 틈 사이사이마다 아무도 몰래, 페자도 몰래 숨어 있다가 페자가 잠시라도 혼자 있는 시간이면 미친 듯이 페자의 품에 와 안겼다. 옛집에 대한 추억은 다른 어떤 것들보다 자신이 그곳에 남겨두고 온 비둘기와 레이나에 대한 것들이었다. 자신이 떠나온 아픔만큼이나 그들을 남겨두고 온 아픔의 상처도 컸다.

개학한 지 이틀째 되던 날, 수업이 끝나고 페자는 자신의 빈 가슴, 자신이 살아온 고향으로 설레이는 가슴을 안고서 그 정든 곳으로 찾아갔다.

버스에서 내렸을 때 저편 언덕의 능선을 타고 멀리서부터 저녁이 찾아오고 있었다. 하지만 그리움은, 또 그리워하던 마을은 이미 사라져가고 있었다. 페자는 벌거벗은 듯한 기분으로 아카시아 나무를 바라보았다.

나무는 다리가 얼마나 아팠을까……. 누워 있었다. 해질녘, 정들었던 길 옆에 언제나 마을 입구에서 자신을 반갑게 맞아주던 나무는, 오랜 세월 동안 동네 사람들을 늘 위로해 주었던 나무는, 아버지가 기대고 서서 울었던 나무는, 오랜 삶을 마감하고서 누워 있었다.

페자는 어머니와 함께 걷던 길을, 묵묵히 마을을 지켜오던 정든 나무를 한참을 지켜보았다. 마을을 새롭게 개발하기 위해서인지 아카시아 가로수길 양 옆으로 정든 옛집은 무너졌고, 무참히 잘려나간 나무가 외롭게 드러누워 있었다.

계절은 수도 없이 찾아들고 또 스쳐갔지만 매번 맞이하는 가을은 언제고 이렇게 찾아오지는 않았었다. 사방은 온통 죽어가고 있는 것들뿐이고, 불과 며칠 사이에 옛날의 자취는 찾아볼 수 없었다. 페자가 기대어온 꿈의 고향은 이제 잠들고 있는 것이다.

저녁 바람이 썰렁한 페자의 가슴속으로 파고드는 해질 녘, 페자는 깊은 한숨을 쉬며 발걸음을 뗐다. 길을 지나 비둘기집으로 터벅터벅 걸어갔다. 길 저만치에 비둘기집이 눈에 들어오자 페자의 가슴은 뛰기 시작했다. 가슴이 터질 것 같은 설레임을 안고서 페자는 단숨에 비둘기집으로 내달았다.

비둘기들은 페자가 만들어준 집에서 지금까지 살고 있었다. 그의 옛 친구가 나타나자 비둘기들은 너무나도 반가운 듯 날개를 파닥거리며 페자의 어깨와 등, 머리, 온몸을 둘러싸고 무엇인가 열심히 종알거렸다.

"잘 있었니?"

"구구구구…… 구구구……."

비둘기들은 무얼 먹고 살았는지 그동안의 일을 몽땅 일러바치겠다는 듯 시끄럽게 울어댔다. 페자는 한없이 정겨운 마음으로 비둘기들을 품에 안았다. 한 마리씩 머리를 쓰다듬어주며 또 다정하게 말을 건넸다.

"춥지는 않아?"

"구구구구……."

"후후후, 넌 아직도 수다쟁이구나. 네 가장 친한 친구는?"

"구구구구……."

늘 일하던 페자 옆에서 재롱을 떨던 숫비둘기가 친구들 틈새를 비집고 튀어나왔다.

"아, 너도 계속 여기서 살았구나."

페자는 반가움에 목이 메었다. 비둘기를 마냥 품에 안고서 페자는 자신의 그리움을 쏟아놓았다. 그리고 오랜만에 챙겨온 모이를 꺼내 그 앞에 뿌려주었다. 비둘기들은 무척이나 기분이 좋은지 사방을 이리저리 뛰어다니며 '콕콕콕' 잘도 모이를 먹었다.

한참 동안 지켜보다가 페자는 레이나의 창을 보았다. 고개를 빙 돌려 바라본 창은 굳게 닫혀 있었다. 가슴이 두근거렸다. 꼭 하늘에 떠 있는 비둘기처럼 아찔한 기분이 드는 순간이었다.

레이나의 집은 텅 비어 있었다. 차양도 없었다. 가슴을 졸이며 두세 번 큰 소리로 불러보았다. 하지만 아무 대답이 없었다.

"레이나……!"

"……."

"레이나…… 레이나……!"

"……."

"……? 레이나……?"

가슴이 터질 것만 같았다. 왠지 모르게 눈물이 터져 나올 것처럼 얼굴이 얼얼해졌다.

무엇엔가 머리를 얻어맞은 것처럼 아찔하더니만 섬뜩한 기분이 스쳐지나갔다. 페자는 미친 듯이 비둘기집 밑으로 내려가 아파트 입구로 들어갔다.

아파트는 온통 썰렁한 느낌을 주었다. 현관마저도, 계단마저도 사람이 사는 온기는 모두 사라져버린 듯했다. 불안하고 초조한 느낌이 페자의 온몸을 휩싸고 돌았다. 입 안으로 한가득 눈물이 괴어 왔지만 단숨에 꿀꺽 삼켜버렸다. 숨을 들이쉬고 레이나의 집 문 앞에서 초인종을 눌렀다. 초인종 소리가 커다랗게 울려 퍼졌다. 소리는 왠지 어느 때보다 훨씬 크게 생각되었다. 클수록 허전함과 적막감이 감돌았다. 집안은 잠잠했다. 다시 한 번, 그리고 또 초인종을 눌렀다. 하지만 나오는 사람은 아무도 없었다. 옆집의 벨을 눌러보왔다. 두 번, 세 번······. 역시 아무런 대답도 없었다.

어디로 간 걸까. 떠난 걸까. 눈물이 다시 코끝으로, 입 안으로 몰려들었다. 머리를 세차게 흔들며 페자는 눈물을 삼켰다. 눈에 고였던 눈물이 사방으로 흩뿌려졌다.

페자는 다시 밑으로 내려가 잠시 생각에 잠겼다. 그리고 배수관을 타고 올라갔다. 레이나의 집 창 옆에 매달려 안을 들여다보았다. 아무런 장식도 없는 을씨년스러운 벽이 보였다. 방 안은 텅 비어 있었다.

레이나는 떠나고 없었다. 정말로 레이나가 없었다. 가슴이 멍멍해져 왔다. 젖은 눈으로, 안타까운 마음으로, 밀려오는 그리움으로 레이나가 떠나고 없는 자리를 페자는 자꾸만자꾸만 들여다보았다. 들여다보아도 없을 것은 뻔해도 그렇게 애타게라도 보고 있으면 그 애가 꼭 금방이라도 나타날 것만 같았다. 이렇게 창틀에 매달려 눈물이라도 흩뿌리고 있으면 어디엔가 레이나의 모습이, 어디선가 레이나의 소리가 금방이라도 나타나고 들려올 것만 같았다.

가구가 놓여 있던 자리는 말끔하게 치워져 있었고 그 자리만 색이 바래 있었다. 이사 갈 때 말끔히 청소한 모양이다. 물로 구석구석 닦아놓은 흔적이 조금씩 남아 있었다. 저녁에 남아 있는 마지막 햇빛이 바닥을 희미하게 비춰주었다.

페자는 아무리 사소한 것이라도 모두 기억해 두려는 듯이 썰렁한 실내를 두세 번 찬찬히 둘러보았다. 이제껏 레이나의 가족이 살았던 이 방을 조금밖에 알지 못했으니까. 언제나 레이나만 생각했을 뿐 그 애가 사는 이 집은 미처 돌아보지 못했던 것이다. 그때는 그랬었다. 이 집 어디에 옷장이, 소파가, 텔레비전이 있는가는 전혀 의미가 없었다. 레이나만이 소중했다.

그 애가 울고 웃고, 기뻐하고 슬퍼하며, 괴로워하고 화내는 것, 오직 그 애의 즐거움을 바라보는 것만이 소중했다. 그것이 전부였다. 다른 모든 것은 이 기쁨과 슬픔의 벽을, 애타는 사랑의 벽을 결코 넘어 들어올 수 없었고 그 안에 둘만의 사랑이 뜨겁게 피어났다. 모두가 사소했고 그래서 아무것도 돌아볼 필요도, 아니 돌아볼 마음도 생기지 않았고 하찮게 생각되었다.

하지만 지금은 그 애가 떠나고 없는 자리에서 그 애의 흔적들을 눈여겨보며 가슴을 태운다.

레이나가 떠나고 없는 자리에 그 소중한 레이나 대신에 남아 있는 그 애의 흔적들을 페자는 부둥켜안고 싶었다. 모두가 소중했다. 비록 자그마한 흔적일지라도 하나도 놓치지 않고 싶었다.

그 애의 냄새, 그 애가 밟았던 마루, 페자를 부르던 창가, 하루를 마치고 잠들었던 방과 생활의 흔적……. 그리울수록 다가오는 빈 공간, 그 빈자리로 애타게 다시 밀려오는 그리움이 애절하면 애절할수록 거기에 남아 있는 자취가 페자에겐 더욱 소중하게 다가왔다.

문가의 어두운 한구석에 조그만 셀룰로이드로 만든 큐피드* 인형이 나뒹굴고 있는 것이 보였다. 장밋빛 인형은 몹시 잠자리가 불편한 듯했다. 두 손을 등 뒤로 돌리고 얼굴을 방바닥에 대고 있었다. 마치 절망에 몸부림치다 몸을 내던져버린 것처럼 보였다. 그

---

* Cupid : 로마신화에 나오는 사랑의 신. 미소년에 비유됨.—역주

모습이 마치 레이나를 마지막으로 보았던 날의 추억인 양 다가왔다. 어쩌면 그 인형이 그리도 슬픈 그의 사랑을 닮아 있는 것 같아 페자는 마음이 아팠다. 할 수만 있다면 달려가 끌어안고 싶었다. 오열하고 싶었다. 절망에 몸부림치던 소녀를, 그 아이의 인형을 부여안고 자신의 가슴으로 통곡하고 싶었다.

다시 한 번 휑뎅그렁한 방을 둘러보고 나서 페자는 내려왔다. 배수관에 기대서서 비둘기의 움직임을 좇았다. 태양은 아카시아 가로수 너머로 가라앉았다. 하지만 하늘은 여전히 맑고 투명했다. 비둘기들은 공중회전을 하며 푸르른 하늘을 날아다니고 있었다. 비둘기들은 오랜만에 만난 주인 앞에서 그동안에 익힌 날갯짓을 보여주겠다는 듯 자유롭게 날고 있었다. 비둘기들의 나선 비행이 왠지 슬퍼보였다.

"레이나가 어디 있는지 알면 가르쳐주렴."

땅거미가 내려앉은 저녁, 페자는 집으로 돌아왔다. 페자의 마음처럼 어둠이 밀려왔다.

집은 아직도 휑하니 비어 있었다. 외로웠다. 아무 말도 할 수가 없었다. 아니 하고 싶지 않았다. 뭔가, 페자의 마음에 자물쇠가 채워진 것 같았다. 아무런 생각도 하지 않았다. 머릿속은 텅 비어 있었다. 자꾸만자꾸만 비어갔다.

이젠 모두 떠나고 없고, 이젠 모두 사라졌다.

그날 이후 페자는 모든 것을 잃었다. 말도, 정열도, 생활도……. 잃어버린 그대로, 무너진 그대로 페자는 자신을 내버려두었다. 어떤 것도 얻고 싶지 않았다. 다만 잃어버린 것에 대한 추억과 그리움만이 페자를 아프게 했다.

학교에서 수업시간에 지적받아 일어서도 아무 대답도 못했다. 급우들은 '킥킥' 웃음을 터뜨렸다. 페자에겐 이미 '벙어리'란 별명이 붙어버렸다. 그러나 페자의 귀에는 아무 소리도 들리지 않았다. 마치 온몸의 감각이 사라진 것 같았다.

그리고 학교가 끝나면 페자는 매일 버스를 타고 옛 동네로 가는 것이었다. 모두가 떠난 자리로……. 비둘기에게 모이를 주고 그들이 나는 모습을 오랫동안 지켜보았다. 그러고 나서 레이나가 살았던 아파트의 2층까지 배수관을 타고 올라갔다. 배수관에 매달려 휑뎅그렁한 방을 표정 없는 눈으로 꼼짝도 않고 한참 동안이나 바라보았다. 보아도 보아도 레이나는 없었다. 다만 레이나의 추억만은 거기에 남아 있었다. 페자를 부르던 창 너머 쓸쓸한 방 안에 외롭게 버려진 인형과 그리움이 거기에 남아 있었다. 배수관을 타고 그리움을 타고 페자는 레이나가 떠난 자리를 지켰다.

어느 날 페자는 이제 더 이상 배수관을 타고 올라갈 수가 없었다. 늘 그 창으로 데려다주던 배수관이 무참하게 부서져 쓰레기더미 위에 누워 있었다.

메마른 가을바람이 스산하게 불어 휴지조각을 날렸다. 이리저리 뒹구는 휴지조각은 마음을 스산하게 흔들었다. 올려다보면 거기에 또 레이나가 내다보곤 했던 십자형 창틀이 허전하게 자리를 지키고 있다.

"어이, 자네."

트럭 운전수가 덤프 차 속에서 폐자를 불렀다.

"비둘기집을 옮겨야 될 걸. 내일은 그쪽도 부술 테니까 말야."

폐자는 망연히 서서 철거된 집터를 보고 있다가 문득 어머니가 마련한 돈을 과일 저장소로 가지고 갔던 날의 아침을 생각했다. 새벽부터 부모님은 서로 웃으며 정답게 속삭였다. 하지만 폐자는 왠지 불안에 휩싸여 잠을 깼었다. 바로 그날 아침부터 오늘까지…….

그렇게 모든 게 이젠 끝났다. 오늘이 지나면 폐자의 손으로 만들어준 비둘기집까지 없어지는 것이다. 비둘기도 떠나야 한다.

고향에서 쫓겨 가기 시작하던 날부터 오늘까지 폐자의 삶은 오직 아쉬움과 허전함뿐이었다. 아버지를 기다리던 길, 비둘기집을 만들어준 땅과 하늘이 모두 '새로운 것'에 빼앗기고 무너졌다. 정든 옛 집이 무너지고, 길도 나무도, 서러움에 떨던 그의 사랑도 떠났다. 폐자에게 꿈과 사랑과 희망과 용기를 주었던 정든 동네는 이제 한 점 돌아볼 추억조차 없이 사라져가고 있다.

사람들은 말하기를 어른이 되면 고향을 그리워한다고 한다. 사람들은 떠나지만 고향은 남는다고 말한다. 고향은 사람들이 떠난 자리를 묵묵히 지키며 세월을 보낸다고 한다. 떠난 사람들이 기뻐 돌아오든 슬픔에 젖어 찾아오든 고향은 늘 반갑게 맞아주고 그의 아픔도 행복도 모두 이해해 준다고 한다. 고향이 그리운 것은, 정든 옛집이 그리운 것은 단지 '정' 때문만이 아니다. 그곳에 묻었던 자신의 꿈과 추억을 간직한 채 변함없이 지켜온 고향은 누구보다도 그를 알아주고 또 사랑해 주기 때문일 것이다. 그런 터전이 이제 무너지고 있다. 아니 모든 게 무너졌다.

언제고 돌아와도 너그럽게 받아줄 정든 고향은 이제 어디에도 없다.

레이나와의 사랑도 옛집도 모두 끝났다.

페자는 비둘기들을 날려 보내기 위해 비둘기집으로 올라갔다. 페자는 비둘기들을 바라보았다.

마지막까지 자신이 돌아와 쉴 수 있었던 친구들이다. 영원히 쉬기 위해 드러누운 아카시아 나무를 보았을 때도, 레이나가 떠난 자리에 돌아왔을 때도 언제나 자신을 반겨주고 위로해 주었던 비둘기들이다. 맨 마지막까지 페자가 돌아갈 수 있는 자리를 남겨두었던 비둘기들을 이제 보내야 한다.

페자는 가만히 비둘기집 철망을 열었다. 비둘기들이 줄을 지어 나와 멀뚱멀뚱 페자를 바라보았다. 여느 때와는 달리 페자는 한 마리씩 손에 쥐고 머리를 쓰다듬어준 뒤, 위로 날려 보냈다. 쓰다듬는 깃털마다 눈물이 뚝뚝 떨어졌다. 아버지 때문에 늘 외톨이로 지내던 불행했던 날, 그날의 외로움과 짜증을 하늘로 떠나보내 주던 비둘기들. '하늘에는 끝이 있을까' 너의 날갯짓으로 알려주던 비둘기들. 대팻밥 향기를 사랑하는 소녀를 만나게 해주었고 그 슬픈 사랑을 지켜보아주던 내 친구야.

우리 이젠 헤어져야 하는구나.

어느 하늘을 날아도 늘 자유롭게 살렴…….

차가운 감촉 때문이었을까. 비둘기들은 놀란 듯 페자를 바라보고 날아갈 생각을 하지 않았다. 부리로 페자의 발등을 콕콕 찍으며 페자를 달랬다. 비둘기들은 이제 곧 이별인데도 페자의 눈물을 이해하지 못하는 것 같았다. 그 부리에 찍힌 발등 위로 또 눈물이 떨어졌다. 페자는 가만히 비둘기 한 마리를 품에 안았다.

"안녕……."

이젠 다시 이곳에 올 일은 없다. 이젠 다시 사라진 옛 추억의 자리로 올 수 없다.

페자는 품에서 비둘기를 꺼냈다.

"날아라, 비둘기야."

비둘기는 날개를 퍼덕이며 무리를 지어 날아갔다. 페자는 한 마리 한 마리를 쓰라린 가슴으로 날려 보냈다.

어머니는 며칠 전에 이 애들을 팔라고 했다. 페자가 옛날에 비둘기들을 팔겠노라고 하지 않았느냐면서. 그때는 그랬다. 비둘기들을 사랑하지만 어머니의 슬픔이 훨씬 더 마음 아팠고, 그 슬픔과 불행을 벗겨내는 데 페자도 힘이 되고 싶어서였다. 그때 어머니는 새는 자유를 사랑한다면서 팔지 말라고 했다. 어머니의 불행은 끝났지만 페자의 비둘기들에 대한 사랑은 더욱 깊은 것을 어머니는 모른다. 어머니의 말대로 요 근처에 페자의 전서비둘기를 사고 싶어 한 퇴역 육군 대령이 살고 있긴 하지만 도저히 팔 수는 없었다. 누가 사랑을 팔 수 있을까…… 누가 정든 친구를 팔 수 있을까……. 페자의 눈물방울이 점점 굵어졌다.

"날아라, 비둘기야!"

목멘 소리가 하늘 위로 어눌하게 떠올랐다. 보기에도 싱그러운 하늘 위에 페자의 슬픔은 아랑곳하지 않고 비둘기는 맑게 갠 가을 하늘을 날아다녔다.

페자는 천천히 대팻밥을 긁어모았다. 맑은 날이 계속되어 조금 굳어 있는 대팻밥은 손바닥 안에서 잘게 부서졌다. 두 손 안에서 부드러운 나무 냄새를 내뿜으면서 바삭바삭 소리를 냈다.

페자 옆으로 굴착기 운전수가 일을 끝내고서 걸레로 손을 닦고 있었다.

"아저씨!"

"왜 그러니?"

"성냥 있어요?"

페자가 물었다.

"장난하려는 거니?"

운전기사는 흰 이를 드러내며 웃음을 터뜨렸다.

"옜다. 여기! 엄마한테 야단맞으려고……."

운전기사는 성냥갑을 건네주고서 그냥 갖고 쓰라는 듯 손을 흔들고는 정류장 쪽으로 가버렸다.

페자는 비둘기집 옆에 앉았다. 아쉬운 눈길로 다시 하늘을 보았다. 비둘기는 모두 원을 그리면서 날다가 뿔뿔이 흩어졌다가 다시 한 덩이 구름이 되어 모였다.

날이 저물었다. 저녁노을 속에서 비둘기들은 한 마리씩 자기 집 쪽으로 돌아왔다.

페자는 비둘기집으로 올라갔다. 문을 '쾅'하고 닫았다. 그리고 단단히 자물쇠를 채웠다.

이제 돌아올 곳이 없겠지. 돌아오지 못한단다.

이제, 집은 없어.

가고 싶은 곳으로 가거라, 훨훨 날아서…….

좋은 하늘 좋은 집을 만나렴…….

성냥갑을 꺼냈다. 불을 붙인 성냥개비를 든 손이 파르르 떨렸다. 비둘기집이 훨훨 불타올랐다. 파란 연기가 한 줄기 실이 되어 뭉게뭉게 하늘 위로 솟아올랐다.

페자는 기지개를 켜듯 몸을 뒤로 젖혔다. 그러고는 다시 몸을 펴서 서글프게 옛 동네를 바라보았다. 이제 그곳에는 아무것도 없었다. 넓은 공터 한구석에 아직까지 헐리지 않은 기울어진 아파트가 몇 동 남아 있을 뿐, 동네는 허허로운 벌판으로 변해 있었다. 여기는 고향, 그러나 사라진 고향이다. 불과 얼마 전까지 사람들이 살았던 곳은 이제 흔적도 없다. 지금은 비둘기집과 버드나무 두 그루뿐이다.

페자는 대팻밥 더미에 불을 붙였다. 그리고 밑으로 내려왔다. 불이 죽음의 해처럼 타올랐다. 하늘을 올려다보니 비둘기들은 아무 일도 없는 것처럼 날아다니고 있었다.

페자는 뒤돌아서서 뛰기 시작했다. 버스 정류장에는 몇 사람이 줄지어 서 있었다. 하지만 페자의 눈에는 그 사람들 무리가 보이지 않았다. 페자는 무턱대고 그 사이로 끼어들었다. 사람들이 저마다 한마디씩 했다. 하지만 아무 소리도 들리지 않는 사람처럼 페자는 멍한 눈길로 사람들을 바라보았다. 정신이 하나도 없었다. 사람들의 모습이 어릿어릿 보였지만 말소리는 전혀 들리지 않고 꼭 흔들리는 사진처럼 다가왔다가 또 사라졌다.

버스를 타고 뒷문가에 서서 유리창에 이마를 대고 밖을 보았다.

흔들리는 버스를 따라 유리창도 덜덜덜 떨렸다. 페자의 이마도 몸도 따라서 흔들렸다. 페자는 아래쪽 잿빛 아스팔트길만을 보려고 안간힘을 썼다. 하지만 소용이 없었다. 자신의 의지와는 상관없이 눈은 자꾸만 하늘로 향했다.

비둘기들이 자기들에게 닥친 불행도 모르고 평화롭게 날아다니고 있었다. 그 아래로 검은 구름이 괴물처럼 몰려들었다. 마치 비둘기들의 날갯짓을 집어삼켜버리려는 듯 무섭게 치솟았다. 페자는 앞문으로 달려가 미친 듯이 문을 두드렸다. 가슴이 터질 것만 같았다. 말이 나오질 않았다.

"기사 양반!"

승객 한 사람이 페자를 대신해서 소리쳤다.

"이 애가 내릴 때가 지난 모양인데 좀 세워주시오."

버스가 섰다. 문이 열렸다. 페자는 버스에서 뛰어내리자마자 미친 듯이 뛰기 시작했다. 바람이 머리카락이며 옷깃을 심하게 때리고 앞을 가로막는 것만 같았다. 가슴이 꼭 그 바람에 떠밀리고 다리를 꺾는 것만 같은 느낌이 들었던 순간, 다리가 어지럽게 헛갈리면서 페자는 무릎을 찧었다. 날카로운 통증이 온몸을 꿰뚫었다. 마치 잠에서 깨어난 것처럼 머리끝까지 통증이 와 닿았다. 정신이 퍼뜩 들었다. 그렇다. 요 며칠 동안 내내 잠들어 있었던 것이다. 기나긴 꿈속에서 페자는 혼자 그리움에 젖은 채 빈 땅을 지켜온 것이다. 깨어 있어도 깨지 않은 채, 숨을 쉬어도 쉬지 않은 채 아무도 살지 않는 레이나의 창만 하염없이 바라보았다. 그런데 지금 날카로운 통증과 함께 페자는 잠이 깬 것이다.

비둘기! 절대로 비둘기를 버릴 수는 없다. 누구에게도 그런 짓을 할 권리는 없다. 그들은 어디에서 쉰단 말인가. 뭘 먹고……. 어느 하늘 아래 누구를 믿고 또 어디로 돌아온단 말인가. 자신이 만일 비둘기였다면 어떻게 살아갈 것인가.

누군가 이렇게 말했었다.

"우리는 자신이 보호한 것에 대해 책임이 있다."

(그렇다. 페자는 자신의 비둘기에 대해 책임이 있다. 그리고 레이나도 찾아야 한다. 비둘기도 또 레이나도 지켜야 한다! 고민하고 마음만 아파한들 해결되는 것은 없다.)

페자는 기나긴 잠에서 깨어난 듯 초롱한 눈망울로 어둠이 찾아드는 하늘을 바라보았다. 긴 꿈이었다. 참으로 긴 꿈이었다.

페자는 불길에 싸인 비둘기집을 향해 달려갔다. 날은 완전히 저물어 있었다. 짙은 어둠 속에서 활활 타오르는 불길 주위에 어쩔 줄 모르고 우왕좌왕하는 비둘기들의 그림자가 몸부림치고 있었다.

페자는 멈춰 서서 두 팔을 펼쳤다. 페자의 그림자가 땅바닥에 비쳤다. 이글거리는 불길 밑으로 자신의 그림자가 가볍게 흔들린다. 그 그림자를 보니 갑자기 온몸에 힘이 솟았다. 이글이글 타오르는 불길을 삼켜먹은 듯 우뚝 선 그림자. 페자는 마치 자신이 고난에 몸부림치는 비둘기들을 구원할 무척 힘센 장사처럼 생각되었다.

페자는 두 팔을 더욱 활짝 펴며 외쳤다.

"내 품으로 오라!"

"여기 돌아오라, 친구여!"

주인을 발견한 비둘기는 기쁨에 넘쳐 날개를 치며 어깨에 날아와 앉았다.

　짙은 어둠 한가운데에 타오르는 불길처럼 뜨거운 애정과 불같은 용기가 두 팔로, 어깨로, 가슴으로, 명치끝으로 활활 타고 올라왔다.
　그토록 오랜 시간, 레이나가 가고 없는 빈자리를 무엇 때문에 지켜왔는가. 그토록 오랜 시간, 자신은 무엇 때문에 빈자리에 남아 홀로 아파했던가. 사랑, 사랑 때문이다. 지켜야 할 것은 빈자리가 아니다, 결코. 지켜야 할 것은 레이나이고 비둘기다. 그리고 살아 있는 나의 사랑이다.
　어둠이 내린 하늘을 페자는 뜨거운 가슴으로 올려다보았다. 페자는 비둘기를 품에 안고 아무도 없는 캄캄한 하늘을 향해 목이 터지도록 외치기 시작했다.
　밤이 깊어가고 있는 벌판 한가운데에서 터져 나오는 소년의 소리가 벌판을 울렸다. 잠에서 깨어나듯, 외로운 벌판은 소년의 소리를 뜨겁게 받아주었다.
　가슴에 쌓인 한숨과 애절한 이야기가 봇물이 터지듯 터져 나왔다. 목이 터져도 좋았다. 또 가슴이 터져도 좋았다. 잠든 벌판을 깨우는 소년의 소리가 끝도 없이 울려 퍼지고 있었다. 소년은 자신의 아픈 사랑을 목이 터져라 쏟아놓으며 하늘에 대고 맹세했다. 그리고 떨고 있는 비둘기들을 두 손으로, 품으로 감싸 안으며 자신의 사랑을 지켜주기 위해 곧 발길을 옮겼다.
　페자는 캄캄한 벌판을 지나 바람처럼 달려가기 시작했다. 흩어지는 머리카락에 사랑이, 바람이 부대끼는 가슴에 용기가, 달려가는 온몸으로 그리움이 미친 듯 달려들었다.

가자! 레이나에게로!

설령 어른이 되고 헤어지는 아픔이 온다고 해서 이대로 끝낼 수는 없다. 내일, 또 내일, 우리의 가슴이 터지도록 아픈 이별이 우리를 기다리고 있을지 모른다고 해서 오늘 미리 넘어지고 깨질 수는 없다. 바보처럼 더 큰 아픔을 피하기 위해 오늘 우리의 사랑을 포기할 수는 없다. 아픔 때문에, 아픔 때문에 사랑을 포기할 수는 없다.

멀리서 빛이 다가오고 있었다. 그 빛이 페자의 길을 가르쳐주었다. 빛을 향해, 또 그 빛을 향해 페자는 가슴이 터지도록 달려갔다. 빛이 점점 가까이 왔을 때 쓰러질 듯 숨을 돌리며 페자는 비둘기와 함께 가까운 경찰 지구대로 뛰어들었다.

"장애자들이 있는 기숙 학원이 어디입니까?"

페자는 학원으로 가는 길을 물었다. 비둘기들도 따라 물었다.

"구구구구……."

제복차림의 근엄해 보이는 경찰은 페자의 얘기를 듣고 착한 소년이 가엾은 아이들에게 가져다주려는 비둘기를 보더니 친절하게 길을 가르쳐 주면서 경찰차에 페자를 태워주겠다고 했다.

페자는 경찰의 사이드카에 딸린 오토바이를 타고 학원에 도착했다. 오토바이를 내려 삐걱거리는 커다란 문을 열고 안으로 들어갔다. 페자는 숨을 죽이고 울창한 가로수길을 지나갔다.

널따란 정원에 몇 채의 건물이 서 있었다. 짙게 내린 어둠 뒤에 우뚝 선 건물이 페자의 심장을 톡톡 두드렸다. 페자는 두근거림 때문에 눈이 잘 떠지지 않았다. 하지만 용기를 내어 눈을 뒤집을 수 있을 만큼 크게 뜨고 페자는 똑바로 건물을 바라보았다.

모두 불이 꺼진 채 단층 벽돌 건물에만 불이 켜져 있었다. 창안에서 떠들썩한 웃음소리가 들려왔다. 페자는 일순간 자신이 그 웃음소리로부터, 이 안의 모든 것으로부터 소외된 것처럼 느껴졌다. 하지만 숨을 크게 들이쉬고 용기를 내어 레이나를 불러보았다. 처음에는 자신이 없어 작은 소리로 그 작은 소리 다음에 조금씩 용기를 보태어 조금 더 큰 소리로, 그 소리에 소리를 보태어 아주 큰 소리로 불러보았다.

"레이나!"

"……."

"레이나, 레이나, 레이나!"

창가에 사람 그림자가 나타났다. 창문이 열리고 할머니의 얼굴이 불빛 아래 나타났다.

"누굴 찾니?"

"레이나를 불러주세요."

할머니는 얼굴을 돌리며 큰 소리로 레이나를 불렀다.

"레이나, 누가 찾아왔어."

왁자지껄한 아이들의 소리에 뒤섞여 레이나가 대답하는 소리가 희미하게 새어나왔다.

"그, 그래 레이나. 비둘기를 가진 사내아이다."

페자는 금방이라도 심장이 터져 그 자리에 주저앉아버릴 것만 같았다.

19. 어른이 될 때까지

"안 돼, 페자."
레이나의 목소리는
낮고 조용하게 떨려왔다.
"이젠, 우리 스스로 끝내는 쪽이 좋아."
"나도 알고 있어."
페자도 물러서지 않았다.
"그래도, 그렇게 할 수 없어.
아마 우리가 어른이라면
그렇게 분별 있는 척해야 되겠지.
하지만 우린 어른이 아니야,
어른이 될 때까진
그렇게 분별을 따질 필요는 없어……."

19. 어른이 될 때까지

심장이 터질 것만 같았다. 아니, 돌고 있는 지구가 거꾸로 가고 있다면 바로 이런 게 아닐까 싶게 당장이라도 세상이 숨을 멈출 것만 같았다.

레이나의 손이 저절로 가슴으로 올라갔다.

"두샤 아주머니, 저, 저, 레인코트 좀 입혀주실래요."

심장이 멎든가, 세상이 숨을 쉬지 않든가, 뭐 그런 상태가 계속되었다. 급히 레인코트를 걸친 레이나는 사시나무 떨 듯 부들부들 떨리는 손으로 휠체어의 제동기를 잡았다.

온몸을 흔들며 휠체어를 달렸다. '쿵쿵'거리는 심장 소리가 휠체어의 바퀴살 소리와 함께 머리를 뒤흔들었다.

복도를 지났다. 그리고 낙엽이 깔린 샛길을 달리며 꿈! 꿈이라고 생각했다.

깜깜한 어둠은 모든 것을 감추고 잠재우고 있었다. 오직 깨어 있는 것은 열망, 오직 깨어 있는 것은 그리움뿐이었다.

어둠 때문에, 정신없이 달리던 휠체어 때문에 레이나는 하마터면 페자와 부딪칠 뻔했다.

'휴우'하고 숨을 돌리고 나서 레이나는 물었다.

"페자?"

페자는 비둘기 한 마리를 내밀었다. 레이나는 조심스레 그 비둘기를 받아들고는 레인코트에 품었다. 비둘기는 오랜만에 만난 레이나의 품에서 갓난애처럼 '구구구' 울었다.

비둘기를 품에 안은 레이나는 두려움, 불안, 뭔가 분명히 설명할 수 없는 격앙된 감정으로 가슴이 '빵'하고 터질 것처럼 자꾸자꾸 부풀어 올랐다.

페자는 부드러운 불빛 속에서 신선한 공기를 한껏 들이마신 듯 말없이 뜨거운 눈길을 레이나에게 쏟고 있었다. 레이나는 바보처럼 되풀이했다.

"페자?"

그러고는 휠체어를 뒤로 돌렸다.

"왜?"

생각하곤 딴판으로 말이 나왔다. 말이, 또 말이 마음을 거역했다. 가슴속을 한껏 뒤집으며 말이 자신의 사랑을 뒤로 물렸다. 말이 자신의 아픈 사랑을 거부했다. 한껏 때렸다.

"왜 나를 찾아왔지? 이젠 이런 짓을 해서는 안 돼. 우린 어차피 끝내야 할 때가 온 거야. 우린 스스로 끝내는 쪽이 좋아. 그게 편하니까."

페자가 말을 가로막았다.

"이제 비둘기집은 없어, 네 집도."

레이나는 '부르르' 몸을 떨었다. 잊었던 기억이 머리를 때렸다. 바로 전까지 살았던 동네, 남의 집처럼 생각했던 자기 집, 비둘기의 울음소리, 찌르는 듯한 대팻밥 냄새……. 두고 온 동네의 모든 것들이 한꺼번에 떠올랐다.

아니, 레이나도 알고 있었다. 다만 잊고 있었다. 기억하고 싶지 않고, 매달리고 싶지 않았기 때문에 냉정하게 지워버렸던 기억들이다. 모두 없어진 동네, 그 동네를 기억하는 것은 오직 더 큰 상처와 아픔만을 줄 뿐이었다. 사라진 동네처럼, 그리운 추억처럼 머지않아 페자와 자신도 사라지리라. 그 아픔이 싫었다.

머리를 흔들었다.

안 된다. 아픔을 다시 반복할 수는 없다. 레이나는 세상사를 이해할 수 있는 현명한 소녀였다. 페자는 비둘기를 들고 그녀 앞에 버티고 섰다.

"안 돼, 페자."

레이나의 목소리는 낮고 조용하게 떨려왔다. 가슴이 뛰고 있었다. 무엇 때문에…….

"이젠, 우리 스스로 끝내는 쪽이 좋아."

"나도 알고 있어."

페자도 물러서지 않았다.

"그래도, 그렇게 할 수 없어. 아마 우리가 어른이라면 그렇게 분별 있는 척해야 되겠지. 하지만 우린 어른이 아니야, 어른이 되기 전까진 그렇게 분별을 따질 필요는 없어……."

페자는 입을 다물었다. 그러나 레이나는 페자가 다음에 하려는 말을 알 수 있었다. 속으로 생각했다.

(그래……, 페자. 어쩌면 우린 어른이 될 때까지 그런 분별 따위는 따질 필요가 없어.)

"그래, 네 말이 맞아. 그럴 필요는 없어."

숨을 토하듯 말이 토해져 나왔다. 페자도 알아듣고는 그래 하고 말하듯 고개를 끄덕였다.

잠시 후 두샤 아주머니의 발소리가 들렸다.

"레이나, 어서 방으로 돌아가거라. 감기 걸리겠다."

아주머니는 레이나와 페자 사이에 서서 두 사람을 번갈아 쳐다보았다. 페자는 두샤 아주머니에게도 비둘기 한 마리를 내밀었다. 그리고 또 한 마리, 또 한 마리, 언젠가 레이나가 날려 보내던 종이 비둘기를 생각하며 비둘기를 내밀었다.

"새장에 넣어주세요."

페자가 말했다.

"제가 또 오겠습니다. 그때 비둘기집을 만들어드리겠습니다."

"구구구구……."

"어머나, 어머나!"

두샤 아주머니는 놀란 듯이 소리를 지르며 비둘기를 웃옷 속에 넣었다. 비둘기들은 불만스럽게 울어대다가 이윽고 얌전해졌다.

이제 비들기들은 이곳에서 레이나와 함께 있을 것이다.

(밥 잘 먹고 자유롭게 날아야 한다. 네가 날아다니는 하늘을 늘

볼 수는 없겠지만 레이나를 찾아올 때마다 볼 수 있겠지. 너의 그 멋진 비행을 잊지 말아라.)

두샤 아주머니는 비둘기를 품에 안고 구두 소리를 내며 돌아갔다.

레이나와 페자는 다시 둘만이 있게 되었다.

"나, 또 올게."

페자는 조용히 말했다.

"비둘기집을 만들겠어. 그리고 우리……, 우리 어른이 될 때까지는……."

페자는 몸을 굽혀 레이나의 얼굴을 두 손으로 감쌌다. 레이나는 눈을 감았다.

장밋빛 건물에서 환기창이 닫히는 소리가 들렸다.

푸른 하늘을 닮은 소년아!
너는 아니……?
네가 외친 소리 모두가 사랑이고
네 사랑이 하늘 끝에 닿았어.
하늘에는 끝이 있을까?

늘 푸른 하늘을 시리도록 바라보며 묻던 소년아!
너는 아니……?
네 사랑에 날개가 있었어
그 사랑의 날개를 타고 나는 오늘도 꿈을 꾼단다.
행복의 꿈, 사랑의 꿈을…….
바람처럼 달려오던 네 모습을 싱그럽게 감싸 안으며

나는 나는
사랑이 된다, 하늘이 된다, 네가 된다.
소년아, 나의 사랑아.
너는 너는…… 꿈이고 추억이고 행복이다.
늘 쉬어가게 하는
물이고, 풀이고, 햇살이며, 하늘이고, 바람이다.
너는 너는……
나의 고향이다, 사랑이다, 소년아.

[끝]

중원문화 아카데미 新書

1. 한국 근대사회와 사상
   • 강재언·김정미 외 편저
2. 걸어다니는 철학
   • 황세연 저
3. 반듀링론
   • F. 엥겔스/김민석 역
4. 헤겔 법철학 입문
   • 꼬우즈미 따다시 지음
5. 이성과 혁명
   • H.마르쿠제/김현일 외 역
6. 정치경제학 교과서 I-1
   • 짜골로프 외/윤소영 엮음
7. 정치경제학 교과서 I-2
   • 짜골로프 외/윤소영 엮음
8. 정치경제학 교과서 I-3
   • 짜골로프 외/윤소영 엮음
9. 이탈리아 맑스주의
   • K. 프리스터/윤수종 옮김
10. 걸어다니는 경제사
    • 황세연 편저
11. 자본론에 관한 서한집
    • K.마르크스와 F.엥겔스 저
12. 푸 코
    • 질 들뢰즈/권영숙 외 저
13. 과학기술사
    • 석동호 편저
14. 한국에서의 자본주의발전
    • 김진균 외 저
15. 자연변증법
    • F.엥겔스/이재영 외 역
16. 역사적 맑스주의
    • R.알뛰세르/서관모 옮김
17. 경제학의 선구자들
    • 일본경제신문사/김종호 옮김
18. 근현대 사회사상가 101
    • 이마무라 히도시/안효상 옮김
19. 맑스를 넘어선 맑스
    • 안토니오 네그리/윤수종 옮김
20. 교육과 의식화
    • P.프레이리/채광석 역
21. 정치경제학 교과서 II-1
    • 짜골로프 외/윤소영 엮음
22. 정치경제학 교과서 II-2
    • 짜골로프 외/윤소영 엮음
23. 청년 마르크스의 휴머니즘
    • H.포피츠/황태연 역
24. 사회를 어떻게 볼 것인가?
    • 황세연 편저
25. 헤겔연구②
    • 임석진 외저 (절판)
26. 칸트 철학입문
    • W.O.되에링/김용정 역
27. 노동조합 입문
    • 양원직 편저
28. 마르크스에서 쏘비에트 이데올로기로
    • I.페처/황태연 역
29. 소유의 위기
    • E.K.헌트/최완규 역
30. 변증법의 현대적 전개①
    • W.뢰트/임재진 역
31. 변증법의 현대적 전개②
    • W.뢰트/임재진 역
32. 모순의 변증법
    • G.슈틸러/김재용 역
33. 헤겔연구③
    • 임석진 외저 (절판)
34. 국제무역론
    • 久保新一/김선기 역
35. 칸 트
    • 코플스톤/임재진 역
36. 자연과학과 철학
    • H.라이헨바하/김희빈 옮김
37. 철학 입문
    • 황세연 편역
38. 마르크스주의의 역사①
    • P.브라니츠키/이성백 외 역
39. 마르크스주의의 역사②
    • P.브라니츠키/이성백 외 역
40. 한국사회와 자본론
    • 황태연 저
41. 정치경제학 비판을 위하여
    • K.마르크스/김호균 역
42. 과학기술 혁명시대의 자본주의와 사회주의
    • 황태연 저/허상수 엮음
43. 혁명운동의 문제들
    • S.P.노보셀로프/이창휘 옮김
44. 마키아벨리의 고독
    • 루이 알뛰세르/김민석 역
45. 들뢰즈와 가타리
    • 로널드 보그/이정우 옮김
46. 과학적 사회주의
    • G.그로서/송주명 옮김
47. 맑스-레닌주의 철학의 본질
    • F.V. 콘스탄티노프/김창선 역
48. 철학의 기초(1)
    • A. 라키토프/김신현 옮김

중원문화 아카데미 新書

49 철학의 기초(2)
· A. 라키토프/김신현 옮김

50 리엔지니어링 정보혁명
· 채릴 커리드 & 커리드 사/황홍선 역

51 한눈에 들어오는 서양철학사
· 타케다 세이지/홍성태 옮김

52 마르크스즘과 유로코뮤니즘
· 산티아고 까리요/김유향 옮김

53 마르크스즘과 인식론
· 도미니크 르쿠르/박기순 역

54 논리의 오류
· 에드워드 데이머/김희빈 역

55 프랑스 문화와 예술
· 마르크 블랑팽·장 폴 쿠슈/송재영 옮김

56 개발과 파괴의 사회학
· 홍성태 지음

57 인민의 벗이란 무엇인가
· V. 레닌/김우현 역

58 예술·정보·기호
· 가와노 히로시/진중권 역

59 담론의 질서
· 미셸 푸코 지음/이정우 해설

60 사회학의 명저 20
· 김진균 외 지음

61 철학사(1)
· Akademiya Nauk SSSR 편

62 철학사(2)
· Akademiya Nauk SSSR 편

63 철학사(3)
· Akademiya Nauk SSSR 편

64 철학사(4)
· Akademiya Nauk SSSR 편

65 철학사(5)
· Akademiya Nauk SSSR 편

66 인격의 철학, 철학의 인격
· 김종엽 저

67 담론의 질서
· 푸코 지음/이정우 옮김

68 왜 유물론인가?
· 강대석 저

69 정치경제학
· 짜골로프 저

70 박정희 시대-5.16은 쿠데타다
· 이상우 저

71 박정희 시대-민주화운동과 정치주역들
· 이상우 저

72 박정희 시대-5.16과 한미관계
· 이상우 저

73 박정희와 유신체제 반대운동
· 이상우 저

74 세계사 (제국주의 시대)
· 김택현 편

75 세계사 (제1차세계대전)
· 김택현 편

76 세계사 (제2차세계대전과 파시즘)
· 김강민 역

77 세계사 (현대)
· 조진원 편/이춘란 감수

78 근현대 형성과정의 재인식①
· 안종철 외 저

79 근현대 형성과정의 재인식②
· 정근식 외 저

80 시몬느 베이유 철학교실
· 앙느렌/황세연 역

81 소크라테스에서 미셸 푸코까지
· 기다 캔/김석민 역

82 상식 밖의 세계사
· 가바야마 고아치/박윤명 역

83 들뢰즈와 카타리
· 로널드 보그 저/이정우 옮김

84 새로운 예술을 찾아서
· 브레이트 저/김창주 역

85 역사 유물론의 궤적
· 페리 앤더슨/김필호 역

86 철학적 맑스주의
· 루이 알튀세르/서관모 역

87 생산의 발전과 노동의 변화
· 마이클 피오르 외/강석재 외 역

88 항일과 혁명의 한길에서
· 김운선 지음

89 지배와 사보타지
· 안토니오 네그리/윤수종 역

90 헤겔철학 서설
· 오토 푀겔러/황태연 역

91 과학적 공산주의란 무엇인가
· 빅토르 아파나시예프/최경환 역

92 페레스트로이카 논쟁(서독)
· 에케르트 외/송주명 역

93 페레스트로이카 논쟁(동독)
· 모르젠슈테른 외/신현준 역

94 페레스트로이카 논쟁(프랑스)
· 프랑시스 코앵/신현준 역

95 페레스트로이카 논쟁(소련)
· 야코블레프 외/신현준 역

96 마르크스주의와 개인
· 아담 샤프/김영숙 역

중원문화 아카데미 新書

- 97 변증법이란 무엇인가
  - 황세연 지음
- 98 지역 민주주의와 축제의 관계
  - 정근식 외 저
- 99 루카치
  - F. 라다쯔/정혜선 역
- 100 문장론 입문
  - 황송문 저
- 101 교육자의 길
  - 이오덕 외 저
- 102 경제학의 선구자들 20
  - 일본경제신문사 엮음/김종호 역
- 103 남영동
  - 김근태 저
- 104 다시하는 강의
  - 이영희, 한완상 외 저
- 105 철학의 명저 20
  - 한국철학사상연구회 엮음
- 106 민족문학의 길
  - 구중서 저
- 107 맑스, 프로이트, 니체를 넘어서
  - 서울사회과학연구소 저
- 108 일본적 생산방식과 작업장체제
  - 서울노동정책연구소 저
- 109 근대성의 경계를 찾아서
  - 서울사회과학연구소 저
- 110 헤겔과 마르크스
  - K.베커/황태연 역
- 111 헤 겔
  - 나까야 쪼우/황세연 역
- 112 탈현대 사회사상의 궤적
  - 비판사회학회 지음
- 113 역사가 말 못하는 것
  - 민상기 지음
- 114 왜 인간인가?
  - 강대석 지음
- 115 성(性) 혁명
  - 빌헬름 라이히 지음/윤수종 옮김
- 116 성(性)정치
  - 빌헬름 라이히 지음/윤수종 옮김
- 117 왜 철학인가?
  - 강대석 지음
- 118 분열과 혁명의 영토
  - 신승철 지음
- 119 사랑과 욕망의 영토
  - 신승철 지음
- 120 인동의 세월:1980~1985
  - F. 가타리 지음/윤수종 옮김

남영동

김근태 지음/신국판 고급인쇄/양장본/
정가 20,000원

이제 영화로 만들어지다!

박정희시대와 전두환시대를 넘어 새역사를 조국에 선사한 김근태 전(前)장관!

고문 기술자 이근안! 그리고 또 하나의 고문기술자 추재엽 등 상식적으로 용서할 수 없는 군상들이 우리주변에 널려 있다. 이번 정지영 영화감독이 고문의 진상을 적나라하게 폭로한 김근태 전(前)장관의 고문기록을 담은 책이다. 고문이 남긴 육체적·정신적 아픔을 추스르고 다시 깨어 일어난 한 인간의 회생의 과정도 밝히고 있다. 특히 옥중서신 등을 통해 고문의 진상을 신랄하게 파헤친다.

"국민천세!" 천승세 평역
중국역사대하소설

십팔사략

천승세 선생님께서 심혈을 기울여 엮어내신 주옥같은 이야기는 지금까지 느낄 수 없었던 새로운 역사철학을 여러분 가슴에 선사할 것이다.

노자, 공자, 손자, 한비자, 진시황제, 항우와 유방, 한무제, 조조, 유비, 손권, 측천무후, 당현종과 양귀비, 칭기즈칸 등의 냉혹함과 예리한 통찰력, 그리고 목숨을 건 판단으로 한 시대를 움켜잡았던 드라마 같은 실록은 오늘 날 정치가나 CEO 및 조직의 리더들에게 성공이란 지혜를 제공할 것이다.

십팔사략(전8권 세트)/천승세 평역/정가 120,000원

녹정기(전12권 세트)
김용 지음/정가 168,000원

천룡팔부(전10권)
김용 지음/정가 140,000원

소오강호(전8권)
김용 지음/정가 112,000원